KUADU
CHANGPIAN XIAOSHUO
WENKU

跨度长篇小说文库

琉璃女人

孙彦良荒诞小说系列

孙彦良◎著

中国文史出版社

目 录

第一章 邂逅 …… 1
第二章 一夜情 …… 9
第三章 回归原点 …… 14
第四章 堕落 …… 24
第五章 神秘的鬼屋 …… 32
第六章 重逢 …… 41
第七章 摆脱束缚 …… 50
第八章 烦恼的伪装 …… 55
第九章 进退维谷 …… 63
第十章 流放地 …… 67
第十一章 新生 …… 73
第十二章 面具 …… 85
第十三章 孤注一掷 …… 97
第十四章 清除障碍 …… 106
第十五章 因祸得福 …… 113
第十六章 车祸背后 …… 119
第十七章 初露锋芒 …… 124
第十八章 借刀杀人 …… 132
第十九章 败露 …… 139

第二十章 复活 …… 145
第二十一章 鬼敲门 …… 155
第二十二章 谁杀了我的孩子 …… 161
第二十三章 偷艺 …… 165
第二十四章 恩情 …… 173
第二十五章 复仇 …… 179
第二十六章 斩草除根 …… 186
第二十七章 下蛆 …… 191
第二十八章 贪婪的觊觎 …… 198
第二十九章 圈套 …… 207
第三十章 决斗 …… 218
第三十一章 反围剿 …… 226
第三十二章 奸细 …… 232
第三十三章 小白脸 …… 240
第三十四章 无赖 …… 246
第三十五章 目空一切 …… 251
第三十六章 琉璃的魔力 …… 259
第三十七章 手筋儿 …… 271
第三十八章 苟延残喘 …… 279
第三十九章 陷入泥潭 …… 285
第四十章 追杀 …… 289
尾 声 …… 302

第一章　邂　逅

那年严冬,石久一真不该选择那趟北极村之行,否则,不会爱上有妇之夫,成为琉璃女人。

当时,她还是一名二十二岁刚出头的留学生,以留学名义打工一年,就被移民局遣送回国,钱没赚到,还欠了一屁股饥荒。好在饥荒并不由她自己承担,她有个男友,叫王福来,他一直供养着她,供她念完大学又送她出国,打黑工这条路走不通了。福来安慰心灰意冷的久一:

“没关系,回来找个事儿做,不比国外差。”

国外的文明还只享受一点儿,就被打回原形,久一的情绪自然低落到冰点。福来为了安慰她,就鼓励她出外散散心,由她选择路线。久一在国外见过了阳春白雪,就鬼使神差地选择了独特的北极村。

那年严冬的北极村,就是个晶莹剔透的冰窖,空气稀薄,仿佛停滞不动,俨然一个透明的天然冰雕。呼吸费劲儿,须得不断搓手跺脚,推着寒风滚动,才可以获得足够的氧气儿。用冰天雪地来形容,根本无法说透极地的寒冷。

因为极寒,北极村之旅就成了败兴之旅,看不到北极光,只看到肆虐的寒流,封锁住所有的旅游线路,大家只得坐在大巴或宾馆房间里傻望着漫天暴雪。当时久一关心的不是景点观光,而是能不能飞离北极村。

旅行社为了帮助大家打发时光,在酒店里,每晚都会安排联谊舞会,久一在一旁看着大家玩儿得开心,却从来不参与。每当她坐下要看一会儿,总有个操南方嗓音的矮子钻出来,请她跳舞。她推说不会,矮子却纠缠不放,她只得无聊地回房间看电影。

这次,可能是最后一夜的原因,矮子穷追不舍,追到客房叫门,她不给开，任他在门外敲着。她很害怕，就给福来打电话，一想距离如此远，怎么够得着？给导游打电话，导游却说：

“大家都在玩耍，你也一起来吧。”

“这个人太讨厌，你让他滚开。”

“都是一个团的，人家热情过了点儿，也正常，不会有什么歹意……”

久一对导游十分生气，就挂掉了。这种无赖，久一并不是没见过。她决定自行处理，就打开房门，指着矮子的脸，叫道：

“干吗？干吗？”

“小姐，你这么漂亮，我们交个朋友吧！”

“我不想和你交。你滚开！”

那人见久一一个人，又漂亮又可人，就要动手动脚，久一欲把门关上，却被他挡住，就往里挤。门被推开，把久一带个趔趄。久一正要叫喊，那人扑过来的身子就像遇到弹簧，向后飞过去，摔在走廊里。

“耍流氓？找踹！”一个东北汉粗鲁地喝道。

久一惊魂未定，看到门口站着的男人，竟然文弱俊秀。他指着走廊，还在继续骂道：

“看什么看？还不滚蛋！”

这时候，同室的女生从外面冲进来，关心地问：“小石，没事儿吧？”

女生叫陶淘，虽然和她打过一次照面，一直没有和她同屋住过。她是个公司高管，跟着她老总来出差，也同样倒霉地赶上这个倒霉团，却从未见他们随团活动过。

“没事儿。谢谢你。”

“要谢就谢我们吴总，他听到走廊叫声不对，就出来了，正好碰到这个无赖。你不用怕，把那人吓跑了。”

久一向吴总慌忙点头道谢，请他进屋来坐。

吴刚并没想进来坐，却见久一如此漂亮，也有些吃惊。加上是手下的室友，就对陶淘说：

“你去回屋把咱自带的茶叶取来，在这儿请你这么漂亮的室友喝一杯。”

陶淘不情愿地转身往走廊那端走，回头回脑地看。

“快点，把烧好的开水也带过来。”

久一回身忙把散乱的衣服塞进皮箱，请吴总坐在沙发里。

“怎么，就你一个人？”

“是。”

“一个人出来旅游，多危险。”

“我刚回国，就想到北极村这儿来玩玩儿，没想到会遇到这么恶劣的天气，还有……无赖。”

“无赖也是个别的，还是好人多。”

吴刚看到久一的脸上有了块冻疮，忙对正进来的陶淘说：

“你去把冻疮膏取来，石小姐的脸被冻坏了。怎么这么不小心？”

陶淘答应着，将泡好的茶给吴总和久一分别倒上，却要坐下。

“快去，把冻疮膏取来。”

吴刚显得不高兴。陶淘似乎并不在乎，做出刚想起的神色，出屋取去了。吴刚歉意地说：

“我的这个陶淘部长，办事儿虽细，就是爱忘事儿，刚告诉完的，她就会忘。你别介意。”

“谢谢您。我一小在农村，总被冻伤，没关系，习惯了。”

“那是反复性冻伤，寒风一抽，就会犯，那你更应该注意。”

“是。”

久一突然很紧张，觉得这个寒冷的冬夜竟然这么温暖，是因为遇到吴总的缘故。她正要问他是经营什么业务的，陶淘进来了，将一管冻疮膏往桌上一放，对吴总说：

“董事长找你，关于这次协议的事儿。”

“明天再说。”

“董事长很急。”

吴刚不耐烦地说：“急有什么用？想打飞机回去，哪有飞机呀？明天再说。”

陶淘并不肯罢休，说：“董事长的视频，还在房间里等着呢。”

吴刚无奈，站起来冲久一说：“好了，我还要工作。再见。”

“您忙您的。再见！”

陶淘端着水壶，也对她歉意地点头说：“再见！”

一早，终于等到暴雪停止，机场开放，迎来几天未见的第一架飞机，乘客再没有了游兴，只想着尽早离开这个鬼地方，堪称落荒而逃。

北极村机场是旅客逃离的唯一路径，乘客从简朴的航站楼出来，沿着栈桥，往机舱有序地疾行。石久一就混在其中，靓丽大方，鹤立鸡群。她身材姣好，步态轻盈，裹在裘皮大衣里，露出两条匀称健美的秀腿；她戴着棉口罩，只露出一对长而弯的漂亮睫毛，像蝴蝶一样地翕动，呼出的霜雾一团团地飘向脑后。

有的旅客如出笼的小鸟，站在飞机旁快乐地合影。久一却不敢，担心飞机飞不起来；即使飞起来，会像风车一样旋转……那么合影就成了永别。所以她只是闷头疾走，不敢多看这只“铁皮大鸟”。

久一带着脸部有块小冻疮的收获，边走边给福来打电话，告知平安的同时，抱怨福来不陪自己出来游玩儿，放心地让她一个人到这个鬼地方来体验死亡。福来在那边好像在搬货物，喘着粗气，直说抱歉，边上好像还有训斥的声音，听得出，福来的抱歉不光是给自己的。她就无聊地挂了，想着回去的天空，也未必比这里的天气好到哪儿去，走路就慢下来，无精打采。

无意中，久一回头望，已经看不到白茫茫的山岭，却希望从乘客中找到吴刚。当她意识到自己这个无意识行为时，吓了自己一跳，心咚咚地跳起来。可是煞风景的是，矮子腆着脸凑上来。久一转身就走，大衣角却被扯了一下。

“对不起，石小姐，我向你道歉。”

“用不着，离我远点儿。”

“别生气。我可以把我的头等舱让给你，算向你正式赔不是。”

矮子涎脸倒满是诚意。

“我最喜欢你们哈尔滨女孩儿的漂亮，您尤其漂亮。我们不能成为朋友，我就只想收藏你的这张登机牌，可以吗？”

这时，吴刚从后面走过来，站在两人中间说：“得到赞美，被大家喜欢，并不是什么坏事。交换一下也未尝不可。”

吴刚抽过来矮子的登机牌，将久一的交换给他：“好好收藏吧。”

矮子点头哈腰地道谢，冲着进入舱位的久一喊：“背面有我的手机号……”

吴刚一伸胳臂，把他推到后面，冷冷地说：“谢谢你。”矮子胆怯地后退两步，落到陶淘后面，小心地把登机牌放入口袋，一脸的尴尬。

久一坐进头等舱，竟然和吴刚并排，心就慌得要跳出来，不得不感谢这个色棍。可是入座后，吴刚却没了话，好像有心事，望着舷窗发呆。这时，她才有机会细看他，竟然是个帅哥。五官端正，棱角分明，皮肤细腻，手指纤长，衬衣洁白，皮靴锃亮，浑身散发着一股淡淡的茉莉花香……

“冻疮好些了吗？”

吴刚并没有转头，却这样问，吓了久一一跳。她忙紧张地收回贪婪的目光，轻声回答：

“好多了，谢谢！”

久一伸到包里夹层，将冻疮膏拿出来，放在他的手上。

“干什么？”

“还你……谢谢！”

吴刚回头将冻疮膏放回她的包里，命令似的说：“给你了。我只用了一次，没毛病。”

“你也被冻着了？在哪个部位？”

久一过度的关心，导致声音有些颤抖。

“耳垂儿。每年只要寒风一吹，耳垂儿就会重复犯。在中学时踢雪地足球时冻坏的。”

“我看看……”

吴刚转过头，久一果然看到吴刚的右耳垂儿有点儿红肿。

“光给我用了，你没上吧？”

“我不用了，没事儿。”

“我给你上吧。”

久一旋开盖，将膏挤在手指肚上，尽管吴刚说着不用，还是将头侧过来，让她将膏液涂在患处。

这时，飞机才开始加速起飞了。

飞机一直在摇晃着，在几千米高空，像个老人，颤颤巍巍地飞行，大家都在提心吊胆。机长一直告诫乘客，不要离开座位，系好安全带，似乎随时有可能栽下去……

吴刚转过头，冲她微笑道：“真是一次难忘的旅行。”

“是呀。不过，倒挺刺激。”

“像坐过山车一样。”

吴刚侧脸认真地盯着她看，像发现了什么东西。

“你做过美容？”吴刚问，直截了当。

“我可以不回答吗？”

久一做出小女人的样子，娇羞地反问。

“当然可以，这是你的自由。不过，你真的漂亮，太漂亮了……”

吴刚说完，还是望向窗外，手里摆弄着登机牌。他第一眼就看到久一佩戴的首饰是假琉璃，实在忍不住鄙夷的神色，回头坏坏地问：

“有真首饰，为什么要戴假的呢？”

久一大惭，脸红到耳根儿，双手护住脖颈，不知如何回答。

吴刚从兜儿里掏出一串首饰说：“我是做琉璃首饰的，这个才是真的，正配你这么漂亮的女士。不用难堪，你遇到货真价实的主儿，你要走运了。现在就换成这个吧。”

久一愣怔着，不肯答应，也不否认。

吴刚打开锁环，示意她：“喏，送给你啦。”

久一的脖子上戴的，是福来送给她的，知道是假琉璃，一般人是看不出来的，没想到碰到内行啦。徒然她增加了对福来的不满，便生气地推开吴刚的手，不快地说：

“对不起，我戴不起。你留着吧。”

久一难掩尴尬，把头埋下，翻看旅行杂志，刚好又翻到琉璃首饰宣传页。吴刚在边上说：

“这就是我们公司的产品。”

久一一看，是“永祥”品牌，琉璃工艺品琳琅满目，却花里胡哨。久一故意捣毁道：

“不错，真不错。就是有点儿杂，没有突出特点，如果打上别的品牌标签，没人能看出是你们‘永祥’产品。这是一个品牌的失败。对不起，恕我直言。”

久一是潜意识里在为自己的难堪找平衡，故意说得一无是处，而吴刚听罢却眼前一亮，赞同道：

“看来你还真有研究，也很有见地，说得有道理。”

飞机又遇到寒流，抖起来，大家就把嘴巴闭上了。担心话太重，会危及到飞行安全。

久一把自己的脸埋在领子里,不让假首饰露出来。其实她太想和他聊了,只是觉得自己和他差距太大,他那么帅,那么有钱,怎么能靠近并拴住他的心,让他下飞机后,即便做不到茶不思饭不想,也要让他时常想起自己呢?

吴刚见久一不言语,以为她生气了,就说:

"你的名字真有趣,石久一——你是日本人吗?"

久一知道自己的妩媚所释放出的雌性气味,产生了作用。

久一莞尔一笑。

"登机牌上并不是我的名字,你怎么会知道我的名字?"

吴刚笑笑,调皮地说:"保密。可以吧?你的名字很好听。"

久一觉得自己不能再装下去,她也实在装不下去,就尽量用淑女的羞涩掩饰内心的欲望,做出慵懒的样子。

"我父母没文化,见我出生时像个鸡仔,就请家乡的一个老学究给我起了这么个可恶的名字。不瞒您说,我因为这个名字挨过揍。"

吴刚理解地说:"可以想象。如果你是日本人,我也想揍你。"

久一瞪起眼睛,又温柔下来。问:"为什么?"

"我们公司用的,就是日本技术。但是现在大家更看好欧洲技术,所以我们会做出调整。"

久一一直喜欢琉璃,买不起真品,就总到大学城北工艺品跳蚤市场买仿品。她有三件真品,也是琉璃,是杂牌,价格要比"永祥"便宜很多。她把真品收起来,佩戴仿品,丢了也不可惜。

"唔,对啦,昨天的话题儿还没唠完……你是从哪个国家留学回来的?"

"澳洲。"

"澳洲留学生多。学的什么专业?"

"产品设计。"

"噢!我说你这么内行。"

"什么内行?我是戴假首饰戴出经验了。"

久一还在为刚才的尴尬找台阶。

"你找到工作了吗?有兴趣来我公司,就找我。"

久一要昏过去了。她没想骗他,却怎么会顺口说出来呢?她用纤手给自己的嘴巴扇风,希望把谎言快速地从自己的语言中挥发掉。

“不相信吗？”

吴刚见久一迟疑，主动递上他的名片。这是久一要达到的目的。只是没想到会这么顺利，轻而易举。

“谢谢。可是，我是学生，还没有工作，没有名片。”

“没关系。我做留学生的时候，也是这样。”

“你也留过学？”

久一问完，就有些后悔，怕再聊就露馅儿了。

“澳洲。和你一样，我们是留友。你在哪个大学？”

吴刚的问题太让她难堪。因为她只是说说而已，在地图上去过，也只记得开奥运会的那个城市。

“怎么，刚离开校门，就不记得母校了？”

久一慌乱地点头，又摇头，说道：“不是的。我有点感冒，数九寒冬，真寒冷……”

吴刚恍然大悟，忙伸手关掉空调。

久一恨自己哪壶不开提哪壶。原来自己应付男人游刃有余，怎么一碰到吴总，就神魂颠倒了？

机身剧烈地抖动一下，向左侧倾斜。广播里播出安全通知，再次提醒乘客，收起小桌板，系上安全带。气氛骤然紧张起来。

第二章　一夜情

飞机经过几次盘旋，才改降在长春，因为哈尔滨上空正在下暴雪。

长春也在下雪，但无大碍。因为天色已晚，所有的乘客被请到机场周转区候机，期待着从空管那传来可以重新起飞的消息。久一觉得这倒是天意，她可以大摇大摆地并肩伴吴刚边走边聊。突然，她感觉到身后有双狼眼盯着自己，后背冷飕飕的，回头一看，正是陶洵。

同样是母性，久一能够感受到狼的领地被侵占的杀气。

"这天气，真是糟透了。"

久一抱怨着，她是在没话找话。

"有什么急事儿吗？"

"有一家外企，约的明天一早面试。看来很倒霉，明天要赶不去了。"

"哪家企业？"

吴刚的疑问总是让她难以回答，但根源还是久一总是信口雌黄，大话不过脑地说出，然后需要以百米冲刺的速度，自圆其说。她觉得累，就看到洗手间，便歉意地说："我方便一下。"

"好的，一会儿见。"

吴刚笑着说，对身后的陶洵说：

"陶洵，叫公司来长春接我们，打电话了吗？"

陶洵显然一直盯梢盯入了戏，此时才如梦方醒，手忙脚乱地打公司电话。她的皮肤黝黑，像非洲人，佩戴的黑琉璃首饰，光彩照人。

待久一走出洗手间，没想到吴刚就在转弯处等着自己，大为感动。

"据说要一个小时后才飞，只要明天八点前到达哈尔滨，就不会误事儿。"吴刚安慰着。

"没事儿。我本来也没有抱什么希望。可去可不去。"

陶淘在不远喊道:“吴总,有新通知,快走两步吧。”

“你去听吧,你的耳朵就行!”

“回声太大,我听不大清楚。”

“问一下工作人员。”

吴刚有些恼火,但他还很绅士地忍耐着,请久一到消费区喝杯咖啡。久一哪里会拒绝,坐在最显眼的地方,特意让陶淘能够打远就看得到。

陶淘和其他乘客一道,在同航空公司吵。久一却不想吵,她感激他们误机还来不得呢。她一直观察着吴刚,觉得他一定有很大的背景,他那温文尔雅的气质,太吸引她了。她自信是这些旅客中最漂亮的,就安静地等待着,显得很有修养,并将优秀的身段展示在吴刚的视线里。

航空公司经过谈判,除了给每位乘客发份夜餐,还补贴一百元钱,并用大巴将大家拉到航空宾馆,安排住下,等待暴风雪过去。一旦过去,马上飞走,但要求乘客不得擅自离开宾馆。

“真倒霉。”陶淘气呼呼地抱怨。

“没事儿,住下吧。”

“公司要你赶回去开会!”

“怎么总开会?”

“不信你可以打给董事长问一下。如果不行,我就让公司派车来接您。”

“行李怎么办?”

“我带着,你先回去吧。”

“那么现在呢?”

“现在只能到宾馆休息。刚刚通知,一个小时后也不行,暴雪还在下,太平机场快没飞机了。”

“真能玄乎。把哈尔滨全没了,算老天有能耐。”

陶淘将宾馆钥匙交给吴刚。吴刚问:“怎么没有久一的?”

陶淘不高兴地说:“我怎么知道?”

久一听陶淘对吴刚说话的口气,不像普通的领导与被领导的关系,觉得诧异。她走向机场工作人员,也领了一把钥匙,而且是单间。她走向吴刚,故意在陶淘戒备森严的眼皮底下,对吴刚微笑着说:

“吴总，我在211房间。”

吴刚忙回答：“好哇，我在……”

他用目光问陶淘。陶淘像没听见似的，向走廊里走，小声说：“在里边。”

久一对付男人是有经验的，对付女人更有经验。她暗暗得意地笑了，知道一会儿就会有人来敲门。

果然，久一还没等把脸洗完，吴刚就来敲门。

“一会儿我要坐公司的车走，你跟我一起走吧。明天一早，你不是要赶着去招聘吗？”

陶淘在后面插话：“车子没座位了吧？”

“你问谁呢？”吴刚不高兴地反问。

久一微笑着道谢：“谢谢，我的行李还在飞机里，我是离不开的。”

吴刚回头问陶淘：“我们的行李也在飞机上，我们也离不开呀。”

陶淘解释道：“您可以，行李由我来带。”

“你的行李也由陶淘带着。”

陶淘听吴总这样说，快要哭啦。

“不可能。”

“那我也不可能离开飞机。人家以为我是恐怖分子呢！”

久一见这二位你一言我一语，扑哧乐了。

“谢谢吴总，我不会搭陌生人的车。”久一这样说，并没有请他们进来的意思。

敲门声再次响起。久一急着跑过去打开，却见是南方人矮子站在外面。

“怎么是你？”久一一脸的诧异。

“打扰了，石小姐，我能请你喝杯茶吗？”

久一呯地关上门。

久一用手挠着浑身起的鸡皮疙瘩，只想呕吐。

不一会儿，房门又咚咚响两下。久一也不理睬，继续看电视。三秒钟后，又响了两声，然后才传来叫门声：

“久一！久一，是我，吴刚！”

久一噌地从沙发上蹿起来，慌忙收拾一下，又照照镜子，才打开房门。

吴刚进来，反身关上门，就将久一抱住，猝不及防。

“吴总，别……”

久一感觉到吴刚呼出的气体，滚烫着，仿佛内脏在燃烧。她最了解这时候的男人，什么甜言蜜语都会说出来，什么疯狂的举动都能做出来，一旦目的达到，就可能像一盆热水，扬在冰天雪地里。但是，她已经管不了那么多了。

“久一，我一见你，就喜欢上你啦。认识您，是我此行的最大收获！”

吴刚疯狂地亲吻着久一的脖颈，气喘吁吁地表白着。

“我也喜欢你，吴总。”

久一将胸怀整个给了吴刚，让他在自己的沃土上驰骋。偏偏这时，门又咚咚响了两下。

吴刚恼火地停止。

门上又响两下，然后是陶淘的声音：“吴总，吴总，车子到了。”

吴刚有些扫兴，没精打采地说：“好哇。请你把我包里的礼品带过来一份。”

陶淘答应着快速去了。

久一主动抱住吴刚亲吻着。

“我们还能见面吗？”

“当然能。你随时可以打我的电话。”

“我可不是随便的女人，我是当真的。”

“我也是当真的。”

吴刚说完，仿佛要将她吸入骨髓里，令久一陶醉窒息。她不顾一切，知道这是最后的机会，就将最甜的吻给了他……

门铃响起。

吴刚整理一下头发，打开房门，从陶淘手里接过个礼盒，亲手打开，放在茶桌上。

“久一，临走送你一件真正的琉璃艺术品。这是我父亲创业时做的第一代产品，都是手工制作，每件都不同，而且在脐下或腰带处，有签名和日期，算起来有几十年了，还算珍贵，送给你啦。”

久一受宠若惊，推辞道：“已经给我一件了，还……”

“我觉得这件更与你的美丽相配。这件叫‘琉璃女人’,它是裸体雕塑,裸而不俗,色而不惑。你不是说我们的产品杂而无神吗?你仔细看完这个作品,相信你会喜欢的。”

“真好。真好。”久一赞不绝口。

“送给你,做个纪念吧。”

久一喜出望外,比他留下来还让她喜不自禁。她接过礼物,马上搂在胸前。

“喜欢吗?”吴刚问。

“喜欢喜欢。太喜欢啦。”久一娇羞地点头。

吴刚就势揽久一在怀里,就深吻起来。

久一张开眼,惊讶地发现,房门还敞开着,陶淘就站在走廊的阴影里,露着半个脑袋……

第三章　回归原点

久一睡得正香,电话铃乍响,吓她一跳。走廊里一片杂沓的脚步声,掺杂着人语。

“大家抓紧,飞机可以起飞了。”

空乘人员在催促这个倒霉航班的这群乘客,赶猪归圈。

久一因为吴刚而心情大好。收拾东西,然后乘轮渡巴士,又看到小矮子,她就迎着矮子走过去,很想和他握下手,谢谢他,不承想那矮子却畏缩地躲开了,一脸木然。久一快乐地坐进机舱座位,才发觉吴刚的位子坐着陶淘,向她问好,陶淘竟然像不认识一样,鄙夷地白了她一眼,苦大仇深的样子,望向窗外。久一的心情一落千丈,眼前一片黑暗。

飞机从长春起飞,似乎还没到万米高空就开始下降,没多久就降落在太平机场。陶淘自始至终没有把脸转过来,连对久一的道别也没有做任何反应。她之所以主动要和陶淘打招呼道别,其实是对陶淘的羡慕,她能够天天工作在吴刚跟前,该是多少幸福啊。除了这个羡慕,久一还希望能和她成为姐妹,爱屋及乌。可是,陶淘倔强,并没有给她任何可乘之机。所以她无趣地下飞机的时候,才想起机场还有个人在接她,说不上是什么滋味。

久一不情愿地打开手机,果然都是福来的未接电话。她问福来有什么事吗。福来激动地说:

“宝贝,我在机场等你一宿了!”

“我不是说过嘛,我自己回去,又不是找不到家。”

“我还带给你鲜花呢,我浇了五次水,尽管有点儿萎,但还芳香着。”

久一深受感动,道完谢,问:“你怎么没有上班?”

福来一下子卡住了，然后赶紧解释："我不想上夜班，夜班太辛苦，领导给我换了个工作。没事儿，等见面再说吧。"

久一的情绪再次产生波动。她预感到福来朝不保夕的工作，可能真出现问题了，那么以后的生活可怎么办呢？久一没有什么行李，只有一个双肩挎包，包里只多了件"琉璃女人"艺术品。她用眼睛扫向往出走的人群，果然见到一群人像迎接公主一样地迎接着陶淘，至少有五六个人，个个衣着考究，文质彬彬。再看福来，一身蓝布工作服，扬着肥脸，张着大嘴，手捧着快凋谢的枯花，被一群人挡在外面，还在踮脚望呢。

久一从一侧溜出，到站口外才打福来的电话。

"把你那破花扔掉！"

"久一，你在哪儿呢？"

"你把花扔掉，出来就看到我了。"

福来听话地将花扔到垃圾箱，就往外跑，见到久一就要拥抱。久一就势将包塞给他，问："车呢？"

福来歉意地说："本来昨天带着朋友的车来了，见你的航班晚了，没时候，就让朋友走了。现在我们打车怎么样？不坐机场巴士，咱打车走！"

久一一听福来的口气，就气不打一处来。

"打你个头！没车你来接什么机？我说我自己回去，我又不是没长腿！"

福来一看久一不高兴，忙讨好地说："这回咱不用住阁楼了。这回我租了一户楼房，保证你会满意。到家你就知道了！"

久一看着福来兴奋的样子，问："你赚到大钱了？"

福来摇摇头。

"没关系，没大钱，咱也要享受一下。尤其不能委屈着我的久一。"

久一推开福来搂过来的手臂，训斥道："没钱你摆什么谱？"

福来一下子僵住了，嗫嚅地说："我还不是为了你，让你开心些……"

这时，久一走到机场巴士点，对福来说："我也没什么行李，还是坐巴士吧，省点儿是点儿。"

福来又恢复了兴奋，说："好嘞，省钱咱俩吃夜宵去！"

久一望着福来的背影说："福来，你真好。"

久一这样心不在焉地客套着，满脑子里却都是吴刚。因为想到吴刚，而心潮澎湃。而福来得到久一的表扬，也兴奋得边走边哼久一爱听的小曲。

这时候，久一的手机响起，她第一时间想到了吴刚，连忙接听起来。

"吴总……"久一脱口而出地唤。

然而，她听到的却是个女人的声音。

"久一，你在叫谁？"

久一听出是第一个在哈尔滨收留自己的尤二哥，虽然是个男性称谓，却是个老婆婆，久一管她叫干妈，已经年纪很大，声音竟然还是那么年轻！干妈经营着一家按摩房，关关停停，但还保持金枪不倒！久一受过她的恩惠，所以立刻兴奋地尖叫起来，弯下腰笑着喊：

"干妈，你怎么找到我的？我可真想你啦。"

"你这丫头就是会说，嘴巴还是那么甜！我说嘛，我总是把你当楷模，跟那些姐妹夸你，说你出息了，出息到国外去发展了！那叫什么，叫留洋！按摩都能按到国外，你有多了不起！这些孩儿仔，没有一个不羡慕你的。"

久一有些惭愧，如实说："羡慕什么？我这是混不下去，才回来的。不要跟我学。"

"回来好，这叫战略转移。毛泽东军事思想——好！干妈给你接风。"

"不用了，我男朋友来接我……"

"你有男朋友了？是圈里的还是圈外的？"

干妈问的意思，是不是做按摩的。

"不是。他是个普通的打工仔，五金商厦的库工，不值得一提。"

久一又想起吴刚，从挎包里摸出"琉璃女人"，觉得她特艺术，是自己的救命恩人。

"人怎么样？人品不好，你可不能找。我可跟你说明白，将来你就知道了！"

"人还不错。你不是早见过吗？"久一说的时候，福来也听到对自己的夸奖，十分骄傲。

“我见过的多了，我怎么记得住？你那些过去的事儿，你男朋友知道吗？”

尤二哥就担心这些丫头一处对象，嘴巴没把门的，把老底全盘托出，大多被遗弃，所以她这么关切地问。

久一犹豫了一下。她不愿意想起那半年的经历，在干妈的袒护下，偶尔做皮肉生意。自从认识福来后，就洗手不干了。如今重提，久一早已麻木的面孔，浮现出冷酷的表情。

“不知道。也许不知道。”

“什么叫也许不知道？”

“他没问过我。”

“你们同居了？”

久一反感干妈刨根问底，但又不好不回答，就说：“要上车了，回头我去看您。”

久一忽然想起吴刚的名片，竟然忘在了宾馆房间里。她昨晚至少看了八遍，临走匆忙，忘记带上。她苦苦回忆，怎么也想不起吴刚的电话，就后悔没有及时将他的号码存入手机通信录。而久一的手机号码并没有告诉吴刚，这源于她那半年的职业习惯。怎么能和吴刚联系上，才是当务之急。

久一没言语，坐在巴士最后排，靠在福来的肩上，看着福来别扭，却不知道什么原因。忽然想起吴刚英俊的面孔，才发现参照物出现的缘故。也发现福来老了许多，白头发从鬓角伸出几根，眼袋肿大，像盛着多年的苦水，还没放掉。福来也发福了，肚子大了一圈儿，像扣着面锅……

“你有三十吗？”久一问。她真的记不得他有多大。

“大你七岁，你不记得了？还是有意唬我？”

“当然是唬你了。你的岁数我怎么会不记得？”

她记得，他俩是在干妈的按摩院认识的。当时，福来被一个老板带进来，要两个按摩女。久一被选中，给老板按摩，老板的手一直不老实，直到久一忍无可忍，大叫道：

“这里不是妓院！”

老板也发火，把干妈叫过来。干妈好言相劝，把她与另一个姐妹调换。久一没心情，不想做，干妈小声告诉她：

“这是个呆子，处男，肯定没沾过女人。”

久一好奇地向房间里张望一下，就看到福来老老实实地躺在那里等着。

久一走进去，坐下来，给他按摩。福来却制止了，说：“不用按，说会话儿就行。”

久一第一次接触这样的男人，有了些好奇。

“不按摩，来这里做什么？”

福来一看久一，就目瞪口呆。

“说话呀！不说话我就撤了。”

久一收拾备品。

福来缓过神儿，磕磕巴巴地说：“你是我见过最漂亮的女孩儿。”

久一听这样虚假的赞美，早没感觉，继续收拾东西，往出走。

“我给你钱。”

久一听到钱，就停下脚步。无论生多大的气，人不能跟钱过不去。久一放下备品筐，坐在床头，问：“多少？”

“你想要多少？”

“我想要一个亿，你有吗？”

“七月十五前三天，你想要多少？我给你。”

福来的调侃，带有戏谑的成分，让久一很恼火。她再次站起，甩掉他的手，就出来了。

干妈守在外面，见她出来，着实一愣，问：“客人不满意？”

“你找别人吧。”

福来从屋里追出来，喊道：“我就要她。”

久一这样回忆着，望着车外暴雪后无所不“埋”的城市，只有高楼大厦是可以战胜风雪的巍巍群山，觉得浅薄的福来，已经不是可以靠的山啦。

久一坐直身子，掖了掖裘皮大衣。

“冷了？睡着了吗？我怕打扰你，见你闭上眼睛就没敢说话。”

“乏。还用我说吗？”

“我知道我知道，你靠我身上吧，我的肉厚，是天然火炉。”

福来憨憨地乐了，看着久一就幸福。久一也笑了，觉得福来这个调侃才好，他真是个好人。但好人不毒不狠不贪不恶，永远不会富裕起来,这是没办法的事儿。

"福来,谢谢你这一年来给我汇的学费和生活费。谢谢你!"

"我那点儿,能够你用的吗? 出国费用大。"

"我还打了几次工。"

久一所说的打工,并不是指到中国餐饮端那几天盘子。她的打工,其实是黑工,还沿用干妈的资源,业务延伸到国外,竟然发展了三个客户,一直喜欢着她,有的要求一个月特服一次,有的要求一周一次,尤其那个前洲议员班托姆,解甲归田后也做生意,玩儿得最丧心病狂。但是他给钱最多,够久一做心灵纠正、抚慰和体能补充,每个季度还可以到欧洲旅行一次。

福来握着久一的手,不肯放开,好像意识到什么,她那可爱的久一立刻飞了似的。

福来带久一进入一套青年公寓,显得异常兴奋。看福来的高兴劲儿,仿佛现在是在天堂。

"国外,比这好百套吧?"福来问。

"其实,和这也差不多。你租的,要多少钱?"

福来咬着牙,往开岔话头。

"不用你操心,别管了。反正你开心,我就高兴。"

久一的魂儿才飞回来,脱掉衣服,觉得现实已经来到面前。眼前的这个人再不好,好赖不计,他供自己一年留学,与两年同居相比,这更有意义一些。想着,久一就搂过福来的脖子,躺在床上。

福来突然爬起来,跪向久一,号啕大哭,吓了久一一跳。

"久一,谢谢你能嫁给我。谢谢你!"

久一立刻明白过来,捧起福来的脸,为他擦着泪水。

"别像孩子似的。这一年多,你肯定受了不少委屈,尽情发泄出来了吧!"

"不,不是委屈,我是高兴。我能为你做什么事儿都高兴……"

"既然高兴,就不要哭了。"

"久一,你答应了? 咱们年底结婚吧?"

久一闻听,浑身的疲惫一扫而光。一路上,她曾经考虑过这个问题,就知道回来的第一件事儿,福来会向自己求婚。这是女孩儿最高兴的事儿,不管是不是自己中意的人。久一同时想起了偶遇的吴刚,不觉心旌荡漾……

无论持续多少缠绵，当天放亮之后，一个现实问题摆在久一的面前。

“今后，我怎么办?”久一自言自语。

“你就在家吧，我养着你。”

福来快乐地亲她一下，穿上工作服，这样对她讲，充满着柔情蜜意。

“你当我是宠物?”

福来刮一下她的鼻尖儿，亲昵地说：“我情愿把你当宠物，养你一辈子。”

福来这听似简单的爱的表达，却让久一听起来发愣。当她独自一个人面对简陋的房间时，她一再告诉自己，这一切不是她所想要的，她不想就这样平平淡淡地活下去，一直到白发苍苍，牙齿掉光，然后这一辈子就结束了。如果不想这样活下去，自己必须独立，依靠一个库工，怎么可能有所作为呢?

久一打旅游团导游电话，导游一听要找落在房间里的名片，热情告诉她，清洁工早把废纸扔垃圾箱了。久一一想，也是。再问她团员吴刚或陶淘的电话，导游还是热情地解释，她出于对个人隐私的考虑，不便把团员的通信信息外卖。

久一拨114查寻，查到永祥集团的电话号，拨过去，是总机号，她查转总经理办公室电话，一个熟悉却严肃的声音从电话里传来：

“你好，哪位?”

久一激动得手在颤抖。

“喂，哪位?”

久一听着这熟悉的声音，泪都流下来了，竟然没法控制。

电话在那端啪地挂断了。

久一捂着脸，幸福地哭出来。她把永祥集团总机号存入联系人，刚打上令她朝思暮想的“吴刚”，手机就有来电，她一看，就是这个号码。她不知所措，就看到了她和福来凌乱的床。

她擦掉泪水，稳定一下情绪，在手机再次响起的时候，接了起来。

“你是石久一，是久一吗?”

吴刚的喜出望外,毫不隐瞒地尽情表达着,语气里仿佛要吞下她,激动不已。

“是我……”久一强控制着情绪。

吴刚突然惊讶地问:“你怎么了? 声音嘶哑,没休息好吗?”

“不是。”久一快速想着,随口回答道,“我刚刚去了那家公司,人家已经招满了,我就……”

“没关系,没关系。如果你不嫌弃,可以到我这儿来试试。”

“不,”久一回绝道,连她自己都想不到,“我还有个职位,一会儿去面试,然后再说吧。”

她为自己的谎而想抽自己的耳光。

“那好吧。像你这么优秀的留学生,肯定是抢手货,我就等着排号喽! ——喂,久一,我其实一直忙公司的事务,焦头烂额,也正想打电话找你呢,有事儿要和你说。”

久一怨他,想打为什么不早打? 小声问:“啥事儿?”

吴刚朗声笑道:“一是惦记你应聘情况,二是请你吃个饭,在一起聊聊天,可以吗?”

久一从床上跳起来,高兴得要手舞足蹈。忽然停住,担心被吴刚听到,回想着北极村和机场偶遇的一幕幕,觉得是上苍的赐予。既然是上苍有眼,把吴刚送到她面前,她怎么能拒绝呢?

然而,她撒惯了谎,这时也没把门的。她的口气平静得像潭死水。

“谢谢您的关心,您还能记得我,真的感谢你。我这两天特忙,能过一段吗?”

“好吧。”吴刚丝毫没有察觉,问,“你打电话来,一定有事儿吗?”

久一继续撒着谎:“没事儿。我只是觉得你给我的琉璃艺术品,太好了……我再次谢谢您。”

吴刚哈哈笑着,说着没关系,问她还有什么事儿吗? 久一听到背景里有人在说话,料他公务繁忙,就说没事儿。挂上电话,久一就迫不及待地将“琉璃女人”搂在怀里,倒在床上翻滚,大喊大叫起来。

如果要想投入一个男人的怀抱,只有这样拒绝式的勾引,才最有效果。久一这样为自己愚蠢的拒绝,既后悔又找理由解脱。久一不是拿把儿,而是现在这种情况,不能和吴刚见面。倘若现在见面,不但不会达到自己的目的,反而会被他老底看穿,知道她早不是淑女,一直被一个男友供养着，还与几个老主顾保持着关系……结果只会鸡飞蛋打！只有把自己打扮成轻手利脚的清纯女孩儿，才好堂堂正正地出现在白马王子面前！

久一正为难着，就想起了干妈。她原来一有难事就找干妈，自从有了福来，就不和她来往了。而这个难题因为和福来有关，她只能再次请教老奸巨猾的尤二哥。

自从通过电话，尤二哥也没想到久一会这么快就找到自己。自从久一从她的身边被福来抢走，她的生意损失不少，闻听久一有事儿请教，她早想看看这个她亲手调教出来的丫头出息成什么样儿了，相貌保持得怎么样了，就急三火四地赶到久一的住处，不让进屋都不行。待她一进屋，却大失所望，不快地说：

“这是什么呀？猫窝还是狗窝，这能住吗？你这是咋混的呀？干妈是这么培养你的吗？”

久一就帮助福来解释说，王福来原来是个很棒的小老板，专门做电磁炉生意，憨厚仗义，赚点儿小钱儿，自从认识她，送她出国，商铺就一直亏损，他为保障久一的生活来源，将商店盘掉，把祖屋卖掉，又重新开始打工，对她久一是一百个诚心……

干妈不听则罢，一听就把嘴歪到天上了。

“这叫什么？这才贫困、贫穷，第三世界。”

干妈的气愤让久一羞愧，无地自容。干妈告诉她，国内打击非法按摩交易非常严厉。

久一明白干妈的暗示。但她既然要靠大山，就不能像少女时那样放荡。可是现实情况却是，久一回国的一切安排都无着落。久一替福来说好话，把要养她一辈子的话，当干妈学了，不想干妈更是气不打一处来。

“放屁！这话我在四十年前就听过！鬼才信！等你年老色衰，肯定把你一脚踢开！傻丫头，毛泽东说的好，一切要靠‘自力更生’！”

久一想着吴刚，就有些失神。干妈以为她动心了，才吞吞吐吐地说：“我倒是有路子，让你摆脱困境。”

久一预感到什么，摇着头，不想听。

“哟，没赚到别的，倒赚到了自尊，也算有出息。”

久一故作委屈地搪塞着：“干妈，你别再挖苦人了。有事儿你就直说吧。”

干妈沉吟一下说:“你想赚笔大钱吗?”

这是有诱惑力的问话。久一一听,明白了八九不离十。

“我不做了。”

“在国外不是一直在做吗?”

“国内却不一样。再说,我也到了谈婚论嫁的年龄。”

“我理解。但是没有钱,拿什么结婚?发昏吧!”

久一不想再听干妈解释下去。她明白,这种生意很快会来的,只是有些无奈。

第四章　堕　落

三天后的星期六下午，久一来到干妈指定的琉璃酒店，坐在大堂沙发上等待。不一会儿，有个中年女子走过来，问她：

“姐们儿，太阳岛怎么走？”

久一一愣，这样的问话很熟悉，在三年前，明白她是在说暗语，便摇摇头，说：“我不熟悉你说的地方。我只听说在江北。”

“想去吗？”

“不想去。”

中年女子听完久一的回答，面无表情，扭头向电梯间走去。

久一到大堂侧面的洗手间，出来就走向电梯间。中年女子已经在里面等着她。

“谢谢。”她礼貌地说。

中年女子仍然面无表情，只盯着指示楼层的屏显，一路上没有任何人叫梯，直达十九楼。走廊里安静极了，没有一个人影儿，从走廊尽头打过来的天光，反衬着一路暗淡的橙色灯光，显得神秘恐怖。

“三号门，在走廊尽头，你会看到。”

久一点头，道声谢。她像个新手，牙骨有点儿打战，克制不住内心的恐慌。大概是三年前，也是在这里认识的干妈尤二哥，她也是这样带她进来，第一次给了个外国人，这个外国人回国，还帮她办出国手续，不久就死在他同胞女人的床上。后来她又接待过两个，都是偷腥的那类，戴着面具，享受完就老鼠一般在墙角溜掉了，也听说后来死掉了。似乎和她有过这种关系的男人，都没有好下场。

走到 1903 房前，久一抱着包，犹豫一下，伸手按门铃。

里面的人似乎就在门后等着，立刻打开房门。如久一想象的一样，他是个白发绅士，有五十几岁的样子，看上去很帅，因为不可以问客人姓名，就叫他熟老吧。熟老的眼神冷峻，上下打量一番，突然惊喜地说：

“哇，比通过镜子看到的还漂亮！”

久一知道他先已在大堂看过自己，觉得可以才允许她上楼来到房间，她礼貌地说声谢谢，就径直走进去。

熟老伸头向空空的走廊望一下，就快速关上门。回身请她坐到写字椅上，他自己则坐在沙发里，像个禽畜市场上的买家。

“你叫什么名字？”

这是雇主调节气氛的惯常问话，早知道她的名字（化名）、年龄及其他情况，也要问。知道她回答的，未必是真话，也要问。

“娜娜，修娜娜。”

“这个名字好听。你是留学生？”

“是的。刚回来。去北极村一趟玩儿了一周，刚回来。”

“北极村？这么冷的冬天，那里有多少度？”

“我回来的当天，达到零下四十二摄氏度。”

“哇，你的脸上的冻疮，是不是在那里搞坏的？你怎么这么不小心？”

久一放松了些紧张，知道这是个老手，很会糊弄女生。

“正常。许多人都被冻伤了。”

“那，会不会冻死人呢？”

“不会的。下飞机有汽车，观光车里开空调，屋里有暖气，比我们这里都要暖和。”

“我是被冷吓怕了。我到你们这里都受不了。”

熟老这样说，无非是暗示自己并非本地人。但久一一看就知道他是本地人，无论故作长音方言和行为做派，一眼看到水底，她有这个本领。但她学得很乖巧，明知故问：

“哥哥是哪里人？”

“南方人。”

“听得出来。您是南方人在北方年头长了？”

“妹妹真是好眼力。”

“所以您还应该是北方人。同化了嘛。”

说到这，熟老突然撕掉了斯文，变得迫不及待，说：“听说你的胴体很美的，展示给我看。”

久一犹豫了一下，但还是显得老到地将外套除下。

“继续。”

久一将毛衣除下，将及肩秀发散开，这是撩拨男人的一招。

“再继续嘛。”

“别急嘛，又不是夏天穿的少，这衣服这么厚……”

“和夏季不一样吗？”

“不一样。穿比脱还麻烦。”

“那就不穿。”

这样挑逗着，熟老就兴奋起来，凑近前，欣赏着久一的胴体，说了一句让她惊讶的话。

“我从没见过这么精美的工艺品，简直是座完美的‘琉璃女人’！”

久一一震惊，就护住自己。她想起了吴刚和他送给自己的琉璃，突然推开老男人的侵扰，匆匆穿上衣服，说：

“不行。我来事儿啦。”

“为什么？”熟老很恼火。

久一叫道：“我来大姨妈啦！”

久一没有和干妈做任何解释，因为她砸了她的一个大客户。她才不管什么大客户，她只惦记着吴刚！想念着吴刚！她发现吴刚竟然如此让她魂牵梦绕！

可是，并没有等到吴刚的电话，这是最让她失意的地方。她想靠近他，对他进行全面了解，却又无计可施。她有一种预感，吴刚也在寻找自己。只是他被那个陶淘缠着，无法脱身，像张蜘蛛网，锁着他的自由，所以她必须主动出击。

干妈说她疯了，也说她成熟了，所以就原谅她了。

她无法再下咽福来所做的饭菜，却只用了一周的时间，就把福来卡上的钱全部花光了。当她得知这些钱是抬来的，立刻暴跳如雷，差点儿把他掐死。当得知下个季度青年公寓租金还没着落的时候，她没有表露出太多对福来的失望，只是说：

“看来，你还要我出去按摩，给你挣钱呐。”

“不要。我肯定能养活得了你和孩子。”

久一闻听一惊,忙问:"你说什么？什么孩子?"

"没说什么……我任可去卖血,也要养活你。"

"你说的孩子是什么意思?"

福来打着哑谜,借上班就溜掉了。

久一紧张起来,福来昨晚可能没戴套,但不确定。她出门打车就来到医院做检查。她有一个信念,就目前状况,她绝对不能怀上福来的孩子。其他的,还没有想过多。

琉璃医院里病人多,做检查的人更多。久一挂了号,排在一个小时之后。她饿了,要出去走远一点儿吃早点,太近了怕传染。正站在门前不知道往左还是往右,突然,一个男生的面孔在旋转门一闪,吓了她一跳。

久一追到停车场入口,见那个男生冷冷地看着自己。她扭脸往侧门走,觉得这眼光很熟,就收住脚步,转过身来。

"吴刚……"她惊叫道。

男生的面孔也现出惊讶,问:"您叫我什么?"

久一分明看到的就是吴刚,可吴刚的眼里却满是疑惑。细看,只能说像,并不是。因为吴刚的额头没有这么秃,也没有嘴唇下一撮儿小胡须。

"对不起,我认错人了。"

男生叫住她,友好地说:"可能你认错了,但并没有全错。许多人都叫我吴刚,吴刚是我哥哥。但我不姓吴,我姓袁,我叫袁祥生。"

久一的惊喜被袁祥生看在眼里。久一极力掩饰着,说:"这么巧?"

"你是我哥的同学吗？怎么称呼你?"

久一一愣,忙点头说:"是,是呀。我叫石久一,叫我久一就行。"

"久一？我没有听他说起过！这小子,他有这么漂亮的同学,竟然瞒着我,看我不回去收拾他!"

"我们,"久一努力让脑筋转得飞快,用娇滴滴掩饰着内心真正的目的,"我们是小学同学,也许他早忘记了。"

"唔,他这个浑小子,我更要用拳头让他想起来。你到这里来做什么?"

女生的事儿,是不好对陌生男人讲的,便撒谎道:"我来看一个病号。"

“看过了?”

“是的。”

“真巧,我也刚看过病号,现在回公司。离召开股东大会还有两个小时,肯赏脸一起喝个茶吗?”

本来久一想说有约会,就可以轻易推掉祥生的邀请,但因为他是吴刚的弟弟,就忙用嘴拦住拒绝,为难地说:“我,我还有……”

“什么事儿?我替你办。”

祥生的直率和热情,让她觉得舒服。她暗自感谢福来留在自己体内的精液,让她有机会碰到这个男生,可以通过他,接触上那个对她十分重要的吴刚。

“不可以吗?还有什么问题吗?”

祥生不容分说,爽快得有点儿强权味道。

久一希望这样,故意认真地想一下,开心地笑了。

“好吧。你长的真和吴刚一模一样。”

“大家都这么说,所以我就把胡子留一小撮儿,以示区别。”

“你留了胡子,更帅气。不像你哥那么古板。”

“他古板?你说错了。他才不古板呢。他特有女人缘,总有女孩儿,一见他就像耗子见到猫——麻爪儿啦!把他当成白马王子,对他服服帖帖,百依百顺。我就纳闷啦,我俩长得差不多,怎么我就没有这个福分呢?”

久一坐进祥生的轿车,就仿佛跨上永祥琉璃集团的战舰,与吴刚同行,心不免咚咚地打鼓。

“你的眼光太高了吧?”

“我的要求不高,只要漂亮就行。”

“这还不高?七仙女才适合你的条件。”

久一这样说,心里生起不祥的预感,觉得祥生是个麻烦,他对自己会不会一见钟情?但是,这倒是可利用的条件。

一路上聊着,很是开心。通过祥生,久一得知一个不妙的信息,吴刚是永祥集团琉璃工艺品公司总经理,但面临着前所未有的下台危机。公司里的三大股东,三面围剿,自持有功,将材料供应、市场开发和销售,三分天下,吴刚成了傀儡。

“现在他怎么样?”

久一不无担心地问。她关心的不是企业，而是吴刚这个人。人倒了，投靠就是自投罗网。

“还那样。”祥生极力显摆，“老家伙们都在看老爷子的眼色行事儿，如果还是这种局面，恐怕就会送他出国深造。如果是这个结果，对他就太不利了，这就等于强迫他让出手中权力。权力有什么好？互相争啊抢啊，我可不想参与他们的争斗！不过，我真想帮助刚哥，不能看热闹，又帮不上。大家都认为他是扶不起来的阿斗，平心而论，我也觉得他的能力有限，还担不起这么大产业的重任。”

久一心情沉重，一落千丈，没心思再聊下去。可是，祥生并不肯放她走，要带她到他的新别墅去。

久一很敏感，知道一个陌生的男人请一个陌生的女人，到别墅去是什么目的。她实在觉得他比不上吴刚，说不清楚，也许第一印象的缘故。这是什么心理现象了？她不记得，就婉言谢绝了。

“你好像有什么心事？对我不放心吗？”

祥生霸道地问，酸急的性格暴露无遗。

“不是不放心。你多心啦。我在想，你当这个总经理倒合适。你为什么不争取呢？”

祥生点着她的头，笑着说：“果然你是个既漂亮又聪明的姑娘。我没看错。有些秘密，还不是提示才能明了的，得慢慢琢磨，才能一目了然。现在我告诉你一件事儿，这件事儿你不问，我也要告诉你。我是吴永祥的私生子。所以我姓袁，跟我母亲姓。但是他已经认我两年了，只是还不肯让我把姓改过来，也就不肯重用我。”

久一恍然大悟。

“唔，我说你俩怎么长得这么像！——你有机会，但要沉住气，一定要沉得住气。”

“我真的没兴趣。话又说回来了，即便我有兴趣，也没有用，我还没在永祥家族正式的继承人名单之列，已经有人站出来反对我了。我索性就站在吴刚一边，希望他站得住，我才会有机会。一荣俱荣，一损俱损。”

久一鼓励他：“你这么做是对的。无论如何，你要支持他，一定要支持他……”

祥生哈哈笑着，点着久一的脸蛋。

“瞧把你急的。我是故意把事情说得严重，你还真就急得什么似的。哈哈，我会告诉刚哥的。”

久一脸红起来。她不怕他告诉吴刚，倒担心他嘴上功夫，不把自己的情义传达过去，说得好听，不办实事儿。

“不要乱讲。我也只是一问。”

“一问就急成这样？哈哈。”

“我要回去了。谢谢您。”

祥生还有点儿恋恋不舍。见久一坚决，盯着她的眼睛，诡秘地问：“我送你到家吧？”

她最怕祥生送家，一送事情就全砸了。她忙不迭地拒绝：“不用不用真不用。刚好我有个姐妹，在卓越商场那等我逛街。”

久一说的是真事儿，只是等她的不是姐妹，而是干妈。在这期间，干妈来过三个同样内容的信息：发财了，速来。

还是玻璃酒店，久一旁若无人地走进去，冲热情的接待员高雅地点头，并没见到那个中年女人，就直接上到十九楼。然后，她直接到洗澡间洗澡，安静地躺到床上。

还是那个熟老，因为付了双倍的金钱，就要她陪一晚上。久一正缺钱，随口说：“五倍。”

熟老欣然答应。他说久一是他所接触过的最有品味的女人。

久一并不把这些屁话当回事儿。但是女人喜欢听好听的，知道是花言巧语，也笑纳。熟老跟他约定，每个月的第一个星期六，在这里住一晚上。久一不置可否。她知道这个有钱人给自己的价码不菲，已经是天价。按照这个频率，一年之后，自己就可以在这个城市买一个大房子，到时候再甩掉这个垃圾也不迟。

熟老不肯暴露自己的任何信息，也不打探久一的任何信息，专心致志地研究久一的身体。他在每一寸皮肤上，反复地抚摩、观察，不知道他要做什么。这种抚摩没有色情在里面，像是位医学专家，甚至连汗毛孔都不放过。

“您是人体研究者？”

“不。我只对少女的皮肤感兴趣。”

“美吗？”

久一知道客人需要什么，到什么时候，自己要装模作样配合一下。

“无与伦比。美轮美奂。”

“您真会说话。”

“真的。我不骗你。我可以给你投险。”

“我的皮肤？”

“还有你的青春。当你衰老的时候，你会得到一笔可观的钱财，足够你将来美容、整容的费用。”

久一受宠若惊，将自己几年来的所有经验，都用在这个熟老身上，像一场为了争夺资源却打着民主幌子的战争。

第五章　神秘的鬼屋

久一回来后的一些变化，引起了福来的注意。与一年前那个单纯的女孩儿相比，现在的久一也单纯，却在单纯的背后，多一层世俗的背板，让福来坐卧不安。福来在给久一整理屋子的时候，特意留意了一下她的箱包，发现里面有一张新买的保单，觉得奇怪。他摇醒熟睡的久一，问：

“哪来这么多钱买保险产品？”

久一以为福来发现了吴刚的电话号码，一看是保单，就抢过来，塞进枕底。

“没什么，我想留住我的青春。”

福来固执的头脑虽然反应慢，却肯努力想，更觉得不对劲儿，问：

“你哪儿来的钱？”

“在干妈那陪客吃了两顿饭，赚的。怎么了？咱长得漂亮，吃饭赚钱。你呢，吃饭买单，赔钱。人的差距就是这么大。”

福来没说什么，继续收拾东西，又发现了一尊裸体雕塑，问：

“这‘玻璃女人’，倒塑得好看。”

久一抬头，睁着惺忪睡眼，娇柔地说：“你别动。那不是玻璃，是琉璃。”

福来把玩着这个物件，爱不释手。那裸女顾盼流连的神态，惟妙惟肖，栩栩如生，用手一触，就跟抚摩少女的皮肤一样。

“别动！我告诉过你，你不能动！”

久一噌地坐起来，暴跳如雷。

福来马上放手，畏缩地说：“我看一看……还不可以吗？”

“你懂艺术吗？”

福来无语，默默地离开卧室。他从门缝里望进去，看到久一手里把玩着“琉璃女人”，心里不是滋味。

他越想越生气，就冲着门框撞了两下，就有血流下额头。

久一听到响动，打着呵欠出来，见到受伤的福来，才惶急地说：

“吃什么醋哇！我也只是和他们逢场作戏。”

久一从抽屉里拿出酒精棉，给福来擦拭伤口，然后用创可贴包扎上。

福来哭丧着脸，抱着久一说：“你是我的全部，你不能背叛我……”

“怎么会？日子虽然苦了点儿，但还是有希望的。我希望尽快找到一份稳定的工作，这样我们就不必天天犯愁了。”

“我们年底结婚。你选个日子吧。”

“结婚？结什么婚？”

“成家呀！一起生个娃娃，建立一个我们自己的家园！”

“要个孩子，成本太高。我看咱们现在这样，就挺好的。”

“但是，”福来搂着久一说，“我妈着急，已经为我们准备了婚礼。”

久一推开福来，略有所思。结婚可不行，会坏了自己的宏伟计划。可是又不能回绝，福来为自己花了那么多的钱，供自己留学，从良心上过意不去，从道义上也不能那样做。拖着可以，伤害就不厚道了。

“那也得征求一下我妈的意见。”久一认真地说。

久一的父母是农民，看似没主见，却说道儿多。别看他们文化不高，心气却高。她带福来回去，还不给轰出来？所以她说：

“我父母对你可有看法。”

福来紧张地问：“我们并没有见过面，他们能对我有什么意见？”

“还用说吗？”

福来听明白久一话里的意思，头耷拉下来，闷头干活。

“等我有一天，当上像永祥集团大老板那么大的老板，我看谁还敢小瞧我！我要有自己三十层楼的大厦，有自己的工厂商场，有自己的别墅庄园，还有自己的司机保姆……”

福来说完，也觉得自己是在白日做梦，没待久一讽刺，兀自先讪笑了。

在久一的心目中，福来并没有资格见久一的父母。

她回家乡，以耽误工作为名，留福来在家里，却秘密地另找了个男人，就是祥生。刚好祥生请她到乡下滑雪，她欣然同意，觉得趁热打铁，机会来了，利用祥生的示好，给自己和吴刚搭桥。她坐上祥生的车，却提出先回趟虽近在咫尺却阔别多年的家乡，祥生当然同意，他并不明白自己已经悄然扮演了一次他想要的角色。

当然，久一是把祥生当成吴刚看待的，所以介绍的时候，也称作男友。家乡早有流言蜚语，传说久一大学毕业留城里，很神秘，出国也神秘，一定是被人包养了。今天一见，豪车、帅哥，加上大财团背景，邻居都闭了嘴，或嫉妒或羡慕，自叹不如。有好田地儿，不如有好闺女呐。尤其祥生自我介绍的工作，连久一也是第一次听说，不肯相信。

“我在派出所上班，刚刚报到。”

家人更是高兴得无可无可的。久一捶着祥生的胸脯，怨他不早告诉，夸他心直口快，却满有心计。祥生告诉她，这都是父亲的功劳。自从假母病重，他的亲母主动到床前伺候，只因一件事儿，为当年抢了有妇之夫的爱而道歉。祥生说假母已经不会说话，只会眼角流泪，连愤怒都做不出来了。

祥生说得轻佻，并不掩饰他的幸灾乐祸。

“对于你们母子俩，这的确是个天大的好消息。”

“关键是，父亲还算够男人。原来我恨他，现在爱都爱不过来。他竟然这么重情重义，我太喜欢他啦。所以他看我也高兴，就托人把我弄到派出所上班。”

久一对吴家有了初步了解，兴头虽高，心头却掠过一大片乌云。她也不知道这乌云来自何方，去向何处。

“你父亲真是个好父亲……”

“是啊，如果他不认，我们也没有办法。从小到大，没有父亲的日子也习惯了。我无所谓，只是苦了母亲。”

“这回好了，她老人家也有了归宿，真幸运。像这样幸运的事儿，不是每个女人都能碰到。”

“怎么不能碰到，远在天边，近在眼前。”

“得嘞，你们男生都会花言巧语。好听的话，随口就可以说出来，兑现诺言的却没几个。所以，我还是很佩服你的亲爸。”

“主要还是母亲的痴心，感动了上苍！一守就是二十年，不是花言巧语能打动的。父亲也是排除了刚哥、三叔吴永福的反对后，才正式宣布接纳我们娘俩，怕刚哥和我们闹矛盾，特意给我们娘俩买了幢别墅，就是那天我邀你去你没去的那栋别墅，一步到位。父亲很念旧，每周的星期天，必到别墅来，一般是住一宿。”

久一对老爷子的私生活不感兴趣，只关心吴刚。她怯怯地问：“刚哥他会反对？他有那么小心眼儿？”

“人都是自私的，尤其是爱情。”

“他没结婚吗？”

“结婚了，刚离。”

“为什么？有小三了还是……”

“吴刚虽然不是什么一本正经的君子，但也不是什么乱七八糟的事儿都做的小人。两口子看上去挺般配的，可就是合不来，总争吵……离婚对双方都是种解脱。”

祥生说谎，是不用打草稿的，脸上也不用做掩饰。

“他没有什么怪僻吧？”久一继续饶有兴趣地追问。

祥生有所察觉，蹙起眉头。

“你似乎只对他感兴趣，是不是？”

久一忙掩饰着：“自从上次你向我提起吴刚后，我就很担心他的处境，担心他的公司经营会不会出现问题……”

祥生意味深长地笑了。

“你倒多愁善感，为一个不相干的人、不相干的事儿，也这样牵肠挂肚，我很喜欢你这菩萨心肠。”

久一不敢玷污了菩萨名声，忙自贬道：“什么菩萨心肠？我是从农村出来的女孩儿，只会没有目的地瞎操心。”

祥生欣赏地望着她，就忽略了久一露出的马脚。他一门心思追求着久一，觉得久一漂亮得明亮，忧伤得凄美，粗糙得自然。他搂着久一的腰，想揽进怀里，却被她挣脱了。他也意识到，久一处处提防着自己，保持着相当恰当的距离，不远不近，不亲不疏，让他有一种喝了温吞水的感觉。如果放在平时，没有进派出所，他早把她按在雪地里了。

见过父母，打过了结婚招呼，久一就算完成任务，滑雪的想法因为雪大路滑而取消，饭也不吃，就往城里返，因为仓促而显得此行缺少诚意。祥生见久一双手合十，不再言语，就问：

“你在祈祷吗？”

“祈祷什么?”

久一反问,笑而不答。

“还是吴刚?”

久一摇摇头。她坐在副驾驶位置上,拉着祥生的肘部说:“祥生,说心里话,我知道你喜欢我。”

“你知道就好,我的确喜欢你。”

久一扑闪着迷人的睫毛,犹豫地说:“我有件事儿求你,你能答应我吗?”

祥生见久一很认真的样子,就停下来。

“我祈祷的,是希望你哥哥吴刚,顺利闯过这一关。”

祥生惊讶地看着她,像看着怪物。

“你看看,我猜得不错吧?你还摇头否认!我一看就知道你在想什么。我也服了你了,你从来没见过他,你怎么会天天想他?”

“我哪里天天想他?我只是关注永祥集团,算台上唱戏台下落泪,空为古人操心。”

“你是不是喜欢他了?”

久一想一下,觉得到了让祥生知道的时候,这样他才会惊讶,并把话传给吴刚。

久一点点头。

“祥生,你是我的好弟弟,我认了。我不能不实话告诉你,我是个不容易动摇信念的人。我和你哥哥一见面,就一下子喜欢他了……”

“你们见过面?”

“是的。就是在前几天去北极村旅游,我们就相识了,坐着风筝一样不靠谱的飞机,给我们拉到长春,又从长春运回哈尔滨。就是在这个过程中,我们相识了。”

“你们开房了?”

祥生眼里全是惊诧。久一表面看上去很紧张,内心却高兴。

“想哪去了?我们什么也没有发生。我们只是久别重逢,一聊才知道是小学同学,就聊起从前往事,都是陈芝麻烂谷子,故事都老得掉渣儿了。”

祥生点点头,略有所思。

“我说他怎么回到公司就发呆,原来是遇到了你!”

久一听罢，心下高兴，说明自己的伎俩收到了奇效！她又想滑雪了。现在，轮到祥生失神，才知道自己只是久一的一个托儿，戏不想演下去。

“干吗这么小心眼？我可是实话实说噢！”

“我不希望你句句是真话，可以适当地撒谎。”

“谎撒多了，自己都会相信。”

“那就相信。”

久一忽然增加了俏皮的口吻，表明情绪大好。祥生架不住久一反复游说，开车来到他熟悉的远郊滑雪场。

祥生少年时，随母亲东躲西藏，曾经在这一带上过小学，在城里中学借读辍学后，数次和同学到这一带收过大豆，所以比较熟悉这里的环境及周边情况。他见过滑雪场前台经理，带着久一取了滑板、护具和滑雪服，两人一商量，征得雪场经理同意，他俩就滑出雪场，向山后那片祥生熟悉的地带滑去。在祥生的记忆中，那一带是瘪拉洼村庄，村头有一家乡村客栈或宾馆，他预计滑到那里，天就黑了，然后住在那里，期待着可能出现的浪漫……

北方的雪野就是个大滑雪场，这一带是当年林海雪原抗联队员出没的地区，赶上今年的雪特大，强劲的风刮过，雪地形成一层坚硬的外壳儿，正适合在林海穿行。他们相互追逐，时快时慢，享受着天然雪趣儿，穿过一道道山冈，到太阳接近落山时分，也没有找到瘪拉洼，才有点儿心慌，意识到可能迷路了。

正疑惑间，从雪野一条羊肠小路上开来一辆三轮车，开车的是个老汉，车上装着些废铜烂铁。他说他是捡破烂的，大家都叫他破烂汉。他可以带他们到瘪拉洼。又行了两公里，就来到一个死寂的村庄，老汉说，这就是瘪拉洼，可以看到远方哈尔滨的灯火楼群。祥生摇头，说这个肯定不是瘪拉洼，根本不是他记忆的样子。更令他吃惊的是，整个村子竟然空无一人，像座死城。

“这里已经好久没有人居住，你们没听说过吗？”老汉说，往下卸东西，老太婆从里面出来，帮他卸。

“听说什么？”久一摇摇头。

“这里要动迁。可是政府告示已经登了三年，许多人家都先搬走了。”

“为什么不在这里等着，会得到很高的补偿金呐！这倒奇怪啦。”

老太婆说：“其实这里另有原因，我告诉你们，怕你们不敢在这里待了。”

祥生有所察觉，他才想起听朋友说过有一个鬼村，原来就是这个地方。听说这个村落闹鬼，深更半夜会有人夜游，然后就有人突然倒在路上，休克而死。孩子莫名其妙地出现抽搐症状，到医院检查，却查不出任何毛病，出村就好，进村就发作。总有人在夜深人静的时候，看到有女鬼在街道间穿行，还听到女人的哭泣声，夜夜地哭，天一放亮就什么都听不到了……

果然，在村头告示板位置，有政府动迁的通知。看内容，是南方一家企业投资要做工业园区，但是破烂汉告诉他们，听说有的干部进村调查，也纷纷得病，有的卧床不起，有的一命乌呼，反正没人再敢动这片村子的主意，村民也不敢再在这里住下去。投资商不信这套邪，开着辆大吉普威风地来，就直接扎进村南池塘里。从此就没有人肯去，工业园区迟迟没有启动，就这么放着。

“那你怎么还在这儿？”

久一问。她却不相信这些，都是人吓唬人。

“现在的我不怕鬼，现在的鬼怕我。”

破烂汉眼睛瓦亮，盯着祥生问：“怎么样，今晚敢在这儿住吗？”

“我不怕。”久一说，“我一小在坟圈子睡过。”

祥生说：“我也不怕，我掘过墓，你信不？”

破烂汉说：“好哇！我今天就带你们住这户，如果你们能住习惯了，屋子白送给你们。”

“真的？就这么定啦。”久一倒对这里有了深刻印象，把破烂汉的电话留了下来，“我没事儿来这住。”

她在考虑青年公寓住不下去，就带着福来到这来住，免费的，她觉得挺好，却把破烂汉吓一跳。破烂汉像遇到了狍子，盯着久一看，忽然说：

“你还真是吉相，将来你必大福大贵。”

“谢谢大爷，借您吉言。带我去看看，我看看是什么样的屋子。”

破烂汉不怀好意地说：“房子怕空不怕住。这里是世外桃源，没有人能够发现私密事儿，最适合你们……”

祥生拍一下破烂汉后背，反击老汉的调侃：“你就是这么带着大娘私奔的？”

破烂汉不生气，反倒高兴：“小伙子好眼力，让你说对啦。”

大家说笑着，就来到破烂汉所说的鬼屋。

祥生环视这个屋子，青砖铁皮屋顶，木窗小径木围栏，小院被积雪没到膝盖，觉得并没有什么可怕，除了阴冷，还算温馨，是个偷情的好地方。

久一把眉头拧着，问：“这里离市里有多远？”

“二十里。”破烂汉说。

“你不害怕？”

“我是杀猪的，不怕鬼……”

久一淡淡地说：“我信上帝，也不怕鬼！”

但经老汉一说，她也觉得瘆得慌。尽管她已经浑身酸痛，还是希望尽快离开这个地方。

“我给你钱，你带我们出去……”

“真不行。”破烂汉说，“我也要休息了，累了。”

“打求救电话吧。”久一对祥生说。

祥生并不想打，他心里有自己的小九九，安慰着说：“没事儿。在这儿凑合一宿吧。明天一早就走，再回沃雪山庄吧。”

破烂汉说：“我又不收你们的钱，怕什么？这屋子最安全。你们放心大胆地在这儿住吧，没事儿。给你们白住。只要你们走的时候，把钥匙放在门后的玻璃瓶里就行啦。”

“这里真没人住吗？”

“真没人住。没有人敢住。”

祥生倒觉得，这里做乡间别墅，倒是个好主意。

送走二老，祥生就把炉子烧得红火，寒冷的屋子开始有了热气。他们将些干菜用水烫了，做了几个菜，喝了些小烧，觉得很惬意。在查看屋子及周边情况的时候，他们发现了屋梁上拴着的红布，房山挂着的吉祥斧……屋地偏北角有个地窖口，打开窖门，有股阴风吹上来，吓得他们连忙将木板盖上，又压上水筲儿。

“睡吧。”久一说。

“好吧，睡吧。”

俩人挤在一个炕上，点着电灯，一边一个，面对面地聊天。祥生疲惫不堪，不知不觉睡着了。

“真奇怪，没人住还有电灯。”久一想着，也睡着了。

第六章 重 逢

天亮之后，祥生、久一重新整理行装上路，在村北路口就有拉活的出租车，他们坐车就回到了滑雪场。工作人员听说了情况，已经被吓得脸色土灰。

“别说你们去过那里。”

“为什么？”久一问。

工作人员并不回答，忙着他自己的事儿。

祥生和久一还想知道些关于鬼屋的传说，没有人告诉他们，不免心里打鼓儿。他们也不知道为什么，就开车回到哈尔滨，不想多待一分钟。

祥生明白了久一的心思，主动为她联系吴刚，约在饭店会面。祥生和久一约好，如果吴刚不要她，他就要她。哥哥的菜，他不会动。但哥哥不要，她久一不可给别人。

久一一个劲儿流泪，可怜兮兮。她求祥生：“无论如何，我们做一生的姐弟。”

祥生同意了。

久一为祥生的男人性格而感动不已，她主动吻了祥生。喃喃地说：

“就这一次。”

祥生把车停在路边，将久一抱在怀里，含着她的芳唇说：

“就一次。”

久一第一次正式跨进永祥集团大厦，腿肚子有点儿颤抖。

永祥大厦地处繁华地段，造型像条飞船，是这一区域地标性建筑之一，立于城市南部中心区域，是万人仰慕的成功标志。楼体大屏幕播放着集团形象宣传片，重点推出新产品系列“琉璃女人”，强大的艺术感染力光芒四射，吸引着市民的眼球。走进永祥大厦的旋转门，让久一想起人类在地球毁灭前逃进诺亚方舟时的情景，或者毁灭，或者再生，一个崭新的世界，正在迎接着新主人的到来……久一竟然会这样想，踌躇满志起来。

“我来啦。”久一在给自己鼓劲儿。

突然久一觉得内急，就先进了洗手间，却吃惊地发现，自己可能真的怀孕了。她冲着镜子，要揍自己，想撤退，已经来不及了。

吴刚一见久一，大吃一惊。他是因为父亲格外重视祥生母子才破例为祥生设宴接风的，并不知道祥生的女友是美女石久一。

“是你？怎么会是你？”

吴刚努力不表露出惊喜。

久一终于见到吴刚，心跳得厉害，呼吸都要没了。她同时提醒自己，自己的小伎俩，并没有在这个男人身上起作用。分手后，他竟然没有被自己迷得神魂颠倒，说明他是一个很理智的男人，看来要想达到目标，会相当困难，不会一帆风顺。自己的目的，绝对不能让他察觉。如果被他察觉，会被他瞧不起，结果可想而知。

“是我。怎么了？不想见吗？”

久一延续着清纯的表情，期待着唤起吴刚对机场的记忆。吴刚那真实的惊喜微笑，表明他对自己仍然印象深刻，从未忘记过。

“真高兴又见到你！早知道是弟媳，在飞机场就直接把你拉回来了。真是大水冲了龙王庙，一家人不认识一家人。”

祥生在旁打了吴刚一下。

“瞎说什么？我啥时说久一是我的女朋友？我俩也是刚刚认识。那天我去医院看母亲，在出来的时候，就碰到了久一，久一把我当成你，喊我‘吴刚’，我们就这样认识了。我才知道久一一直想的是你，我就替她约你了，做一次和事佬。听说促成一对，多活十年，我怎么会放过多活十年的机会？哈哈，你俩谈，我撤了。”

祥生走掉，竟然没有得到挽留。过后，久一一直对此想对他道歉，却始终没有说出口。

久一秘密回到宾馆临时住处，福来早在那里气鼓鼓地怄着气。

“怎么了?”

久一问。因为心情好,对他说话多了份温柔。

“你去哪了?”

因为福来口气硬不掘的,久一马上意识到,已有几天,她忽略了男友的存在。

“我回老家探望爹妈了。怎么了?”

福来因长期劳累而苍白的面孔,第一次出现了悲哀。

“你和谁回去的?”

久一一愣,马上反应过来。这个问题因为忽略而没有设计说谎的台词。她随口编派道:

“我的一个同学。”

“你在这里没有同学。你的同学我都认识。”

“我的朋友,行了吧?”

“你的什么朋友?”

久一不耐烦了,把首饰掷到地板上,愤怒地叫道:

“福来,你盯我梢?你穷得丁当的,弄了这么个破宾馆来糊弄我,我并不嫌弃你,也没和你计较,你倒对我说三道四。我怎么了?你拿不出手,我带个像样的,充一下男朋友还不行吗?有能耐,你也开个豪车,住个别墅,我何至于找个冒充的?”

久一一闹,福来没了主意,他忙收起刚才甩在桌子上的相片,低三下四地小声问:

“真的是冒充的?”

“是的。”

久一虽然还是气浓浓的,但自知理亏,也不想闹大,有所收敛。

福来一质问,还真给自己提了个醒儿,这个地点不宜久住。自己和福来同居,吴刚他们迟早会知道,这该如何是好?关键是肚子里还有个活物,怎么处置?

一团乱麻,让久一头疼。她只推说累了,就早早躺下,翻来覆去睡不着。不知过了多久,迷糊一会儿,突然醒了。

久一出了房间,发现福来靠在沙发上也睡了。他为自己煲的银耳绿豆汤还热乎乎的,用手巾小心地包着保温,放在餐桌上。一股温暖涌上心头。

听到久一的脚步声,福来一激灵坐起来,愣愣地问:

“你去哪儿?你去哪儿?”

久一淡淡地说:“不去哪儿。没地方可去,人生地不熟的。你想让我去哪儿?我哪儿也不去。”

福来长吁口气,像个做错事的孩子说:“你把这粥喝了吧。对你身体有好处,对孩子也有好处。”

久一听到这温情的话儿,眼泪已含在眼窝。她硬是将泪水咽回去,冷冷地问:

“你怎么盯的梢儿?”

福来单腿跪下说:“我没有盯你。我只是给爹妈打了个电话,问候一下。”

久一瞪起眼睛:“我不是告诉过你,你不要给我爹妈打电话吗?”

“要结婚,我怎么可能不去拜见岳父大人?这不礼貌。即使回不去,也要打个电话,这是礼节。”

“谁说和你结婚啦?”

“你说过可以结婚。这才刚刚说过五天,你就忘记了?”

“我说马上结婚了吗?”

福来的汗涔涔而下,打湿了头发,成绺儿。

“我们还是在孩子显怀前结婚吧。这样,名声……”

福来的话,触到了久一的痛处。她提醒自己,心必须硬,像石头一样,决心才会坚决。

“我没怀孕。”久一平静地说。

福来抱住久一的腰,说:“不,我知道你怀孕了。我知道。”

久一狠狠地用手指戮着福来的肥脸,叫道:“你是故意的,我偏不要。”

福来闻听,霍地站起来,像抓小鸡儿一样,拎起久一,三步两步跨到窗前。

“你要干什么?”久一一手抓着福来的领子,一手抓住窗框。

“我的孩子要是有个三长两短,我就把你扔下去!”

一向对久一唯唯诺诺的福来,说出这么狠的话,令久一发呆。尽管福来说完就痛哭流涕,追悔莫及,但久一方意识到,家里这个定时炸弹,不得不排除。否则,前功尽弃,未来没戏。

又是月初的第一个星期六，久一一直等干妈的电话，却没有来。

久一只好打电话过去，说东扯西，干妈并没有往熟老上提，难道他们取消了约定？

久一上网玩儿游戏看视频，烦得不能再烦，终于等来陌生人的电话。

“喂，哪位？”久一慵懒地问。

“你好。我的琉璃女人。你能猜到我是谁吧？”

这是个威严却有磁性的声音，里面流淌着淫秽的小溪。

久一马上想到了熟老，惊讶地问：“你怎么得到我的手机号的？这不符合规则，严重违纪，犯规啦。”

对方哈哈地乐。

“我付了对方三年的佣金。从今往后，我们单独联系就行了。我的联系方式，不是也给你了吗？”

“可是……”

“可是什么？担心我会把你卖了？有尤二哥作保，你还犹豫什么？我可以给你一年的费用，另加一倍。”

久一不相信自己的耳朵。板手指算一下，三年就可以买栋楼了。

她极力掩饰着得意忘形，刚要回答，却看到卧室门微微一动，无声地闪开一条小缝儿。如果不是她视力好，绝对看不出来。

“好吧。这笔生意倒是你吃亏了，你不觉得吗？”

久一这样回答，一语双关，一方面是说给门外的福来的，同时对熟老做了正面回答。

“那么，就马上过来吧。我都等不及啦。”

久一恍若看到这个淫棍的丑恶行径，令她作呕，但也仿佛看到了一户楼房，属于自己的，而不是这间宾馆的临时栖息地。她娇羞地说：

“好的。我马上到。”

久一打扮一番，从里屋出来。

“久一，我病啦。”

福来躺在沙发上，这样呻吟着，痛苦地叫一声。

久一站在门口，厌恶地说：“又怎么啦？”

“我的肚子痛……”

福来在沙发上像那么回事地扭动着。

久一心想，偷听时不疼，现在就疼，瞧他那愚蠢的样儿，做得多逼真，还真有了心眼。想以这种方式留住我，也算是聪明的小进步。

“没事儿吧？抽屉里有止痛药，你吃两片就好了。干妈有急事儿找我，今晚我可能要和干妈聊到很晚，不回来住。你不是要结婚吗？我顺便和干妈商量一下，她的主意也十分重要，不能忽视。”

福来大汗淋漓，冲她说：“好吧。你把药递给我吧。”

这时，熟老又打来电话，急着问：“美女……我的心肝……到哪儿了？”

久一望着这个出租屋里没有一处是自己的田地儿，脸部肌肉抽搐一下，仿佛出去取自己家的房门钥匙似的，理直气壮地说：

“马上到。”

回头对福来说：“干妈都等急啦。你再坚持一下，今晚夜班就不要去了。”

福来强坐起身，问：“听声音，不是干妈。”

久一谎称道：“是干妈的打经老头儿。”

“老金？”

“是呀。他比猴都急。”

“什么事儿这么急？”

“他偷偷买卖古董，听说被骗惨了，血本无归。”

“这和你有什么关系？”

“当然，当然有关系……他可能要被撵出家门……”

福来打断久一的吞吞吐吐，问：“你不是去干那个吧？”

久一瞪起眼睛：“胡扯！多少年前的事儿啦，还提它干吗？这是我的心上永远抹不平的伤疤，你想在上面再撒把盐吗？”

福来忙闭上嘴，喘着粗气，指着久一的腰部。

“注意，肚子里……”

“好啦好啦，你放心吧。”

久一将门砰地关上，对着自己的小腹挥了下拳。忽然，她的眉头挑起来，一计上心。

今天的雪下得大，车不好打。久一在风雪里等了许久，被冻透了，才打到一辆合乘的士,到达酒店已经近十八点。

因为要开春,气候突然刺骨地寒起来,人们把已经脱去的冬衣又穿上。久一因为躲着福来,忘了围线围脖,一直觉得脖子后冷飕飕的,像有把刀架着。

久一走进琉璃酒店大堂,目不斜视,直奔升降电梯,到十九楼,三号房门已经虚掩着。想必里面的熟老听到了她那有韵律的鞋跟声,没敲门,就小跑着迎出来,久别重逢的样子,然后反关上门,热情地说:

“你猜猜,我给你带来什么好东东?”

自然,老家伙的咸猪手在久一的臀部摸了起来。

久一今天并没有躲,因为隔着厚衣物,没有什么感觉。她倒是在路上,一再地嘱咐自己,一定要好好配合这个变态狂,好让他在得到满足,自己实现住房梦的前提下,把孩子做掉。

下作主意。

“不想知道吗?”

熟老见她没回答,觉得奇怪。

“天太冷了,把人都要冻僵啦。”

“辛苦辛苦,我来给你泡茶。”

久一拦住熟老,顺势坐在他的大腿上,抚摩着他那沧桑的脸颊。

“我不喝茶。”

“你今天心情好? 我太高兴啦。”

熟老搂着她的腰,就在胸上亲起来。一件件脱下去,在老家伙的赞美声中,她仅剩下三角裤头。熟老自从见过久一,就一直这样喋喋不休地称赞。久一也觉得这样的赞美很舒心,就一翻身,把熟老推仰在床上,骑在他身上,开始脱他的内衣。

“你能告诉我,你叫什么名字吗?”

久一问得突然,连她自己都被惊呆了。

“冯,你叫我老冯就行。”

“对不起,我违规了。”

“没关系,我们已经是‘知心爱人’了。”

熟老把她含在嘴里,喃喃地说:“你浑身,仿佛是由琉璃做的。”

“你不是要给我什么东东吗?”

“就是根据你的身体做的,你看像不像?”

熟老伸手在床头包里，掏出件工艺品。久一一看，就愣住了。她看到老冯手里的工艺品，是和吴刚送自己的完全一样的“琉璃女人”，尺寸大小都一致，唯一的区别是，这一个的形态和相貌，更像自己。

“你的微塑，简直是女神。”

“我有这么漂亮吗？”

“你比它还要漂亮，你是我的‘小琉璃’！”

“小琉璃？”

“不喜欢这个名字？”

“喜欢，当然喜欢。只是这个东西，不会值什么钱。”

“你是说它的价钱？嘎，这么说，你就不懂了！它要几万块才可以买得到哇。”

“你是从工艺品店买的？”

“是我的公司生产的。”

熟老骄傲地说。他对久一的喜欢，又恢复到一寸一寸地享受着。而她希望的疯狂并没有来，她觉得熟老可能真老了。

突然，套间里有个声音在压抑着叫，发出恐怖的呜呜声。

“什么声音？”久一一激灵，警觉地停止动作，竖起耳朵。

“不用管，没有什么。”

熟老若无其事，令久一觉得奇怪。

一会儿，又传来呜呜的叫声，逐渐清晰，好像垂死挣扎。

久一向声音的方向望去，被吓了一跳。里套间的门一直开着，大床上躲着个人，带着氧气瓶并输着液体。

久一慌忙跳下床，快速穿上衣服。

“没事儿，不要怕。”

熟老若无其事地点上支烟。烟草的香味，像死亡的气息。

“你听，没事儿了。”

熟老向里间指一下。

“她是谁？”

“我老婆。她已经是植物人，有几年了。我一直带她在身边，你就知道我这个人，多少重情意。我让你知道她的存在，就是告诉你，我找你，是万不得已的。但既然你跟了我，我就不会亏待你……”

久一不想听熟老做任何解释，匆匆穿戴好。无论如何，他让自己

的老婆看着自己搞女人,这还能叫重情义?她对这个老家伙充满了憎恶,就抱歉地说:

“对不起,我没有思想准备。您以后还是不要这样吓唬我就行。希望下不为例。”

久一拎包要开门,却被熟老从后面搂住,正要说什么,就听到里间一声响动,是玻璃摔碎的声音,十分清脆响亮。

第七章　摆脱束缚

多亏久一被吓得早早离开琉璃酒店，否则就摊上大事儿啦。

久一一出来，觉得时间还早，就转了下商店，忽然想念起吴刚，打他手机，是他的秘书接的。她一接听，就知道是那个古怪的陶淘。

“对不起，小姐，吴总有事儿，不方便接听电话。”

遭遇防火墙，说明暂时无法靠近。久一在商店转了一下，用熟老的钱，买了一些商品，心理得到了些许平衡。但商品无法填平她的欲望，仍觉得无聊，又给祥生打电话。祥生那边很嘈杂，像是遇到了车祸，他急急地说：

“我正忙着，待会儿给你回话。”就挂了。

久一本来想找干妈，将这个变态老翁的变态行为告诉她，老家伙竟然把病榻上的老婆放在一旁观看，真恶心！然后，和干妈商量怎么摆脱福来，让她出个主意。

但是，她还没有下定决心离开福来。毕竟福来一直供养着自己这么多年，无怨无悔，光留学费用一项，就不下六十万元！如果就这样拉倒，良心上说不过去。

她越来越觉得别扭，瞻前顾后，左右为难。尤其这次回来，感觉非常差。和福来一见面就烦，不见面还惦记……是惦记他的钱吗？

说不准。

还没到家，干妈就来电话。她急三火四地叫道：

“你快回来吧，福来出事啦。”

琉璃医院里，福来已经在急救室。

干妈带着她的老头儿金道观，在走廊长椅上坐着。一见久一，纷纷站起来，松了口气，略显焦虑地说：

“还是你拿主意吧。”

“怎么回事?”

久一伸头向里张望,可以看到福来在几个大夫的忙碌中,像个大南瓜,没有一丝儿生息。

“他死了吗?”

“没有,但仍然没有度过困难期。我已经把抢救费交上了,初步诊断是胆囊破裂,可能会伤及其他内脏。”

正说着,一个大夫出来,摘掉口罩一撇儿,擦着头上的汗问:

“马上做手术,人来了吗? 唔,来了。是你签字吗? 你是他什么人?”

久一一愣,心里问自己,我是他什么人?

大夫似乎很有经验,引导式提问:“你是他爱人?”

久一摇摇头。

大夫皱下眉,继续问:“未婚妻?”

久一点点头。

大夫如释重负:“手术有风险,请你认真看一下有关条款,同意的话在这上面签字。不同意也要签字,我们就撤掉人员设备。”

干妈一听,不高兴地叫道:“这是什么话呢? 不同意就撤,你们这还是不是救死扶伤的人民医院?”

大夫似乎身经百战,不怒反笑地解释:“这是必须向患者家属介绍的条款,例行公事,不用当真。但是你们有什么异议,可以在外面商量一下,商量好后,随时叫我,里面还在抢救呢。”

借机逃了。

“怎么办?”干妈问。

“能救过来吗?”

“大夫说,各占五成。”

久一一听,流下眼泪。

“如果救不过来,会死吗?”

干妈点点头。

久一突然想起祥生,是孕检时认识的。那么吴刚能接受一个被人供养的女人做妻子吗? 不可能。也不会接受一个未婚妈妈及腹中的孩子! 这倒是一次解脱麻烦的机会。

久一这样想来，问干妈："如果不在上面签字，他们真的会停止抢救吗？"

干妈说："肯定的。医生越来越像杀手。"

久一并不接受干妈的观点，干妈因为生活在社会最底层，所以，对他人有太多的不满，观点偏颇也是自然。

"那么就先不签？"

久一说的时候，把领子向上提了提，希望尽可能多地遮住脸部。

老金一直是干妈的替补性伴侣，俩人同居却从来不提结婚。老金老实巴交，门卫兼保安，很有人缘。此时，他走上前，操起笔说：

"你们女人就是薄情。你们不签，我签。我看他坐起来，你们怎么面对他，话怎么说？"

干妈横胳膊拦住他，骂道："哪儿显到你？谁说不救了？只是先不签，商量商量。"

久一泪就流下了。

"干妈，我真的不想……"

老金把带的水壶砰地摔在地上，叫道："你们别说认识我。我就当没来过。"大步流星地向外走去。

这边，福来的手术进展得顺利。那边，久一躺在妇科病床上，经过一阵剧痛，从手术间出来，接过护士给的药方，对护士的叮嘱连连点头，其实她什么也没有听到。

"墙上明明写着无痛人流，为什么还觉得痛？"

久一这样想着，就想找大夫理论，把自己对社会的不快，强加在不相关的大夫身上，惹出点儿事儿，以平复自己的焦躁。但是，她已经精疲力竭，仿佛自己的那些血肉就是自己的灵魂，从她的隐私处逃走了，耗费掉她太多的精力。而且，她要做得像没事儿人似的，什么也没有发生，并尽快赶回福来的病房，不能让任何人发现，只是——自己如何面对可能已经醒过来的福来呢！

"打胎，也许不得已，也许是自己潜意识里早下的决心？"

久一在心里，这样谴责着自己，仿佛给了自己一拳，解了些恨。

可是，她回到病房，真正望着还没完全脱离危险的福来，心里又矛盾起来，既高兴，又充满着对他的歉疚。高兴的是，福来这样昏迷着，看上去那么安详,不知道秘密,没有烦恼,反倒很幸福。歉疚的是,欺骗一个善良的人,老天都不会答应!可是——没有办法,她是个弱女子,手无缚鸡之力,只能这么做,以求满足自己的欲望——欲望是什么?欲望就是理想。如果福来能够站起来,和原来一样,她仍然会这么做,为了自己的远大理想;如果福来不幸,有个三长两短,她更会这么做。她认为,落水的人,抓到什么,什么是救命稻草;没有一棵救命稻草,是在等着溺水的人……

"这还差不多。做人要讲究良心。你们不会伺候人,我来吧。我负责全部护理工作,请领导放心。"

老金这样调侃,是他对女人们回头是岸的鼓励。他的激将法似乎收到了效果,显得很高兴。他是把尤二哥当成老婆对待的,以此类推,他就简单地把久一当成了福来的老婆,对福来另外还有一种"同病相怜"的情结在里面,这也是他发脾气的一个原因。

"伺候不好,可找你算账。"

尤二哥替久一打圆场。

"没问题,保证完成任务。"

老金洪亮地回答,引得同患陪护者善意的哄笑,以为老金是漂亮小媳妇的公公或娘家爹。老金的热心让久一很惭愧,她对老金表达了从未有过的感谢。因为这么多年,她还从来没有正眼看过这个有些猥琐的老头儿一眼。但正是这个不起眼的老头儿,却是这么善良!

这时,祥生才得空回拨久一的电话,问久一有什么事没有。久一告诉他,一直找不到吴刚。

祥生沉吟一下,忽然问:"昨天中午,你到过一家酒店?"

久一一惊。想否认,但转念一想,既然祥生问,他就一定有证据。难道昨天的交易被跟踪了?她紧张得有些抖,加之手术后有些体虚,被老金看到,好意地劝她回家休息。

"我是去过。我是去取一个艺术品,一个艺术家送的。"

这是久一走到走廊尽头才小声地说。

"你没有见过一个花白头发老头儿,一个五六十岁的老先生?"

"有什么事儿吗?"

久一并没有理直气壮地反问。

祥生长叹口气,告诉久一让久一瞠目结舌的消息。

“真倒霉！正是我的真妈得势，我的假妈却突然死了，溘然长逝，死在琉璃酒店……”

“吴刚的母亲?”

“是的。”

久一明白了，吴刚不接听电话，并不是对那天的朋友式的聊天失望，而是因为母亲去世了。那么这倒是和吴刚接近关系的好机会。久一忙问祥生：

“现在假妈在哪?”

久一随祥生称呼可能未来的婆婆，拉近了与祥生的距离，以期他心甘情愿地为自己透露信息，牵线搭桥。

“在琉璃医院。”

久一刚从琉璃医院到家，就又马不停蹄地往回赶。她并不知道这对自己的伤害有多大！她是个孕妇，小产的孕妇。

她怀疑自己。

第八章　烦恼的伪装

琉璃殡仪馆丁香厅，久一通过胡须分辨出吴刚来，低眉向棺木中的“假妈”深深地鞠了三个躬。

“这么远，你还来干吗？”吴刚哀伤地客气道。

“真是不幸。真可惜呀，伯母还年轻。”

“也快退休了。只是这辈子，福也享了，罪也没少遭。”

久一为“假妈”送了一炷香，合十祈祷着，然后从丁香厅出来，与吴刚握手，道别：

“你忙你的吧。请节哀顺变。”

“谢谢你。你是天使，你来了，我妈妈就会特别快乐地走了，因为她特别喜欢女孩儿。”

“如果有来世，我愿做她老人家的女儿。”

吴刚显然比在机场偶遇的时候，多了几道皱纹在眼角，头发也乱了些。久一心痛地伸手为他拿去发梢儿并不存在的草叶儿，借机轻抚一下他那俊俏的脸庞，悲恸地说：

“我一想到人终究要到这一天，就莫名其妙地伤感。所有的要强和欲望，无非是一时的冲动，等到生命终结的时候，就什么都看透了，却已经人走了。人走了，还存在金钱、荣辱和精神吗？不知道你信不信人有来生，反正我不信。我只想过好这一生，不去管下一辈，后代子孙，最终不留遗憾就行了。”

“干吗这么悲观？虽然都说自古美人多薄命，但你就是例外。我研究过人的面相，我一搭眼就看出，你是长寿相。我可以看一下你的手相吗？”

吴刚说着，就拾起久一的左手。

久一把左手抽回来，在吴刚惊愕的一刹那，递上右手。

“对，男左女右。”

上次在永祥大厦单独见面，感谢祥生无私奉献，却并不从容，聊了一晚上，只是做了一件事，就是连续亲吻了四十分钟，一堂课的时间。然后陶淘就来个电话，要求吴刚总经理马上回公司参加紧急会议，连什么时候再见面都没再约定。今天见面，尽管场合不合时宜，也算重逢，四目相对，都读出对方的心事，就继续往馆外走。

“回吧。”久一恋恋不舍。

“咳，馆里馆外，两个世界。我们都应该珍惜生命。”

吴刚哀伤的眼神蜕变出强烈的欲火，喷淋着久一。她最善于阅读这类游戏，但她知道这个游戏，更接近实战。她已经初步达到目的，绝对不能放过。

“更应该珍惜人与人之间的感情。”

“你说得不错，老天让我们相识，我们也不应该辜负。”

吴刚揽着久一的后腰，温柔的暗示已经传达到久一的心脏，她的脸忽的红了。

“你请回吧。”

“有集团的人在，我父亲也在，暂时用不上我。我送你吧。”

“不用了吧，我打车走吧。”

久一这么说，却并不拦车。两人就来到一辆大吉普前。

吴刚牵着久一的手。

“我开车送你吧。”

“没事儿，你回去忙你的吧，又来了许多工厂的人，我看还穿着琉璃二字的工作服。我也想给你当一名工人。”

“随时欢迎。”

“请留步吧。”

“我一定要送你。”

吴刚说话的语气，又增强了暗示在里面。久一就顺从地没有走向地铁的方面，而是上了吉普车。

吴刚对司机说：“我送吧，你去吊唁间照看一下。有重要客户，找祥生，或者直接安排到酒店。”

车驶上了正街，直奔远方而去。

久一感觉紧张，比坐祥生的车还要紧张，因为她预感到什么。

“咱们……这要去哪儿?”

吴刚伸手到久一的大腿上抚摩,脸通红。

“我一见到你,就无法控制。”

“那你怎么还那么冷峻?”

“我是在控制。所以,才会那么冷冰冰。可是回来后,就被离婚搅得焦头烂额,唔,我是有妇之夫,你不介意吧?但是我现在是一个人,恢复了自由,才有机会,或者说有资格,向你表白,我爱你——你一定有男友,他是谁,我要和他谈谈!”

久一既兴奋又惊讶。

“我说过,我没有男友。”

“我知道,你一定有。你说出来,没有关系。”

久一推开吴刚细嫩的手。她一时还判断不出这个未来靠山的话,有几分可靠。她突然想到福来那蠢笨的猪相,猛然醒悟过来,坚定地说:

“我真的没有男友。不信你问祥生。”

“祥生?他怎么会知道你?”

“他知道我把他当你了,就知道我是怎么思念你的……”

久一故意吐出思念两个字,又故意羞怯地欲言又止,推开吴刚又伸过来的右手。

“我知道,我感觉得到。我早看出来了,只是不说。我只愿意找到你,就不放手。”

吴刚说话间,汽车就拐进一栋楼的后院,停在一个角门旁。吴刚跳下车,在久一侧给她打开车门,像个君子一样地说了声:

“请!”

久一料到并渴望有这么一刻,她就可以达到她想要的第一步。可是今天不行。她刚做完小产不久,会被他发现的,那样就一切结束了。所以临到进门,久一突然往回跑。

“久一,你去哪儿?”

久一拼命地往街上跑,被吴刚从后面抱住。

“我不是你想象的那种随便的人,我不喜欢这样。”

吴刚见久一泪流满面,很是诧异,这是他送进来的女人中唯一一个拒绝的人。

“好了，不喜欢就坐在一起唠会嗑儿。”

“你指不定带多少女孩儿来玩儿，我不想凑这个热闹。我只是想和你交个普通朋友就行，不要再往前走了。我害怕，我害怕掉进深渊。”

吴刚为久一擦拭眼泪，然后就拥吻着。他说：

“我真混蛋，妈妈还没走呢。”

“老爷子发脾气了，赶紧回去看看吧！”

祥生找到吴刚，催他马上回去。

久一歉意地告辞。

“是我耽误你正事啦。你们快去吧，我坐地铁。”

吴刚不同意，还恋恋不舍。祥生说他送，他刚好有事要找久一谈谈。久一只想专一对吴刚，不想节外生枝，祥生却说什么都要送。久一坚持不同意，他也坚持非送不可，就像军人执行任务。而且，他把她并不温柔地按在副驾驶上，为她系上安全带。

祥生的异常举动，令久一十分紧张，望着他因为愤怒而变形的面孔，才彻底分开与吴刚的区别。匪气从他那看似有教养的细胞中挥发出来，简直就是个屠夫！她的弱小身体，随时有被他的双手撕碎的危险。

“我自己回家就行。”

没等久一说完，祥生就瞪起眼睛。

“还说？你好好想想，然后再跟我讲。有什么事儿瞒着我们？”

久一头大了一圈儿。

她的脸色苍白，心理防线一下子崩溃了。心想，这下完了，彻底完了，壮志未酬身先死。还能有挽回的余地吗？

“我做了什么？”

久一反问，做出可怜兮兮的样子，以掩饰自己的慌张，快速地想着对策。如果他一直送自己到宾馆临时住处，看到同居的男友福来，一切就都完蛋了！

“再想。要老实，别耍滑头！”

祥生脸色铁青，近似于狰狞。

“我一无所有，连老家都带你去了，这还不够吗？”

“你到底有多少秘密?”

祥生不像吴刚那样温顺。他正直,直击要害。

“我有什么秘密?我能有什么秘密?刚回国……”

“没有?一点儿都没有?”

“你没秘密?吴刚没有秘密?谁没有一些秘密,难道都要告诉你吗?”

久一有些后悔,觉得对祥生太大意了。她竟然忘记了祥生现在的警察身份。虽然他没有经过真正的警察训练,却有着比警察还尖利的鼻子。这是天性,不是后天培养能得到的能力。久一借体弱的自然反应,就撒娇似的,斜依在祥生的右膊上,流下看似委屈、实则惊出的眼泪。这泪滴是一定要让祥生看到的,这样才不会白挤出来。

“你是说,你真的有秘密?”

久一听出话中有诈,坐起来,有点儿清醒。现在还不知道他都了解了什么,了解了多少,怎么就慌啦?

“你想知道什么,我全都告诉你。”

祥生转头,直视着久一的眼睛。而久一的眼泪已经过早地干了。

久一在想,如果他要问起宾馆的住处,因为登记的名是自己,完全可以告诉他,但不能让他进入房间,用与吴刚的关系搪塞。如果自己的劣迹被发现——现在的调查公司厉害,自己就说被迫的,是一次失恋后的报复行动。如果他早已经发现了福来,就立刻找借口,从他的车上下来,迅速离开他,离开吴刚,离开这个集团,离开梦想,再到国外混去……

久一游离不定的眼神,让祥生更生疑惑。他索性停在道边,指着路边的一处咖啡:“坐一下吧。”

久一没动。因为这里并不繁华,打出租车都没有。

“那就在这儿说吧。”

“有话就说吧。反正你假妈消失,你亲妈上位,你也可以改名归祖,马上升官发财了,当然不把我这个弱女子当回事儿。说吧,你想知道什么?”

久一理直气壮,找回了自信。虽然声音有些颤,也许是来自被冤枉的愤怒。

“琉璃酒店……你去了几次?”

“什么琉璃酒店？我不知道你在说什么。”

久一的汗涔涔而下。她猛然想起自己秘密去的地方，就是琉璃酒店！而且十九楼的可恶熟老，利用与自己调情，刺激已经病入膏肓的老婆，我不是成了帮凶了吗？

“你去了三次。二号第一次，十三号第二次，昨天是第三次。”

久一暗自叹息，自己的这个丑行终于没有逃过警察的眼睛。她忽然想起，因为没顾得过来，自己的保险单还放在手包里，就灵机一动。

“跑保险，一次二次怎么能成功？”

祥生不明其意，愣愣地盯着她。

久一从手包里翻到保险单，放在嘴上吻一下，唱着 MY GOD，将保单递给他。

“看看吧。保险业务也要搜查吗？”

祥生看得仔细。

“这哪里是你的保险业务？”

“不是我的，是谁的？”

“是你的。我是说，不是你在做保险业务啊。”

“没错呀，是做我的保险，对我的皮肤进行保险，还根据我的皮肤，做了精美的艺术品，你知道吗？”

久一声音渐高，因为熟老送给自己的“琉璃女人”也在包里。她掏出来，递给祥生。

“看看吧。我美吗？”

祥生一时尴尬。

“你认识和你交易的人吗？”

久一听出祥生的问话里有话。说认识，并不知道他叫什么名字，只知道姓冯，肯定是个假姓。说不认识，怎么进行的交易？又难以自圆其说。

“就是说，你到琉璃酒店十九楼三号套房，接触到了谁？”

“我的客户。”

“做什么？”

“他是做琉璃生意的，见我漂亮，就给我买了保险。”

“什么条件？”

“把我做成精美的艺术品，就像达·芬奇的蒙娜丽莎，你说这是多么好的机遇呀！我可以将我的美丽做成永恒，让每个懂得美丽的人欣赏，该有多么幸运呐！这种机遇，这种幸运，不是每个女人都会碰到的！"

"你知道你接触的人是谁吗？"

久一通过祥生的眼神，料到他知道那个熟老的背景，否则不会这么问。

"不认识。他是大老板，我是客户，对我有好处，我干吗不做？"

"你不知道他是做什么的？"

久一摇摇头。

"我回来很少看电视，中国的电视超烂，我顶多看国外电影频道。怎么了？你直说吧。"

久一一脸无辜的样子，让人惜怜。

"他是近六十岁的男人？"

"没错。个不高，说话爱笑。牙齿很白，却有口臭……"

"你们上床了？"

"扯淡。你以为我是那么随便的人？祥生，你主这话，是在污辱我！我们的关系，到此为止吧。我要下车！"

久一眼里又挤出泪水，要打开车门。车门早被祥生锁死了。

"房间里还有谁？"祥生问。

久一愣怔无语，觉得问题大了，根本瞒不住。她痛恨这个臭小子，把自己的一切计划都打乱了。真他妈的倒霉，算栽了。

久一收起可怜，冷漠地说："他老婆。"

"他是谁？"

久一急眼，叫道："你他妈的真以为你是警察，就可以随便设堂逼供？我可以不回答你任何问题，到警察局再说。"

"我是以你的朋友的身份在问你。"

"那你口气好点儿。"

"好吧。"

"你问什么了？"

"你知道他是谁吗？姓什么？"

"姓冯，他说的，我又没权力看人家身份证。不像你，披身皮就神气啦。"

“你没从电台和报纸上看到过他?”

久一闻听,呼地坐起来,手指着上苍。

“祥生,你知道我刚从国外回来,我对哈尔滨什么也不了解,我甚至没看过一张报纸。我不认识任何人,所以才一直住宾馆。倒霉地遇到了你们哥俩,还是这样的神经病……”

“你别说没用的。当时有个老太婆在一旁躺着?”

“是的。但不能叫老太婆,她看上去没那么老。”

“你们交易她都在一旁?”

“不能叫交易,叫业务。这么说你认识这个老头儿?你告诉我他是谁?”

祥生重新启动车,驶上公路。

久一拉祥生的胳膊,佯装不依不饶。

“你没跟我说清楚,你怎么就走?你不和我说清楚,咱们没完!”

祥生推她坐好,多云转晴。

“好啦,不说了。我说工厂里做的琉璃女人系列,这么眼熟,竟然是你!可下找到你啦!”

第九章　进退维谷

久一一回到住处,就翻阅买来的晚报,查看地方台各档栏目,并没有那个熟老的影子。但是久一敏感地意识到,自己可能钩到大鱼了。

这个想法让她兴奋。

她正在里外折腾时,一直在床上躺着养病的福来却坐起来,吓了她一跳。

“你,有什么喜事了?”

久一还以为从死神那回来的福来,会在床上静卧三天,根本不能下地,甚至还需要他的同乡小弟看护。没想到他不但能坐起,还开口说话,声音虽然有些虚弱,却很连贯。

“你,好这么快?”

“又换了新客人?”

久一听福来仍然醋意浓烈,便坐到床边,安慰着他。

“你的手术费是不是我赚的? 你别总这样。我再像从前,好吃懒做,我俩可就喝西北风了。”

福来的动作还有些障碍,但不会有什么大问题。他固执地问:“客人是谁?”

久一整理包里的东西,看到救命的“琉璃女人”,掏出来,递到福来面前。

“怎么样,漂亮吗? 这可是十分珍贵的艺术品,你好好欣赏一下,看它像谁?”

福来拿在手里,肥嘟嘟的大脸神经质地抽搐着。

“是你……”

久一高兴地表扬:“你真有眼光。漂亮吗?”

“漂亮。”

福来说完，就举起来，要摔下去。

久一一声断喝，叫道："你敢——"

福来就停在半空，哭丧着脸说："你一定是让人家给看上了！要不，不会雕得这么精确。"

久一一把抢过来，用眼镜布擦拭着。

"你真小心眼。这一件，要值几万呢。"

福来一听，就伸手要抓，久一一躲，就把福来闪个趔趄，滑坐到地上，伤口处，浸出血来。福来不断地发出呻吟声。

久一见福来可怜，就把"琉璃女人"递给他。

"我逗你玩儿呢。这个送给你了。"

福来抓在手里，如获至宝。他转悲为喜，指着"琉璃女人"肚脐部位，问："你看这是什么？"

久一凑近一看，是个签名：吴永祥。

久一并不知道吴永祥何许人也，而福来却如中个头彩，惊喜得大叫起来，做着拳击动作，又虎虎生风……

福来将久一堵在屋里已经小半天了，不让她跨出屋门半步。门口，福来的同乡"狼人"，只是守在门外，不进房门一步，像个打手。

久一一直否认着关于与吴永祥有染的"指控"，而"指控"的有关证据，均来自于这个打手，久一方才知晓上次福来出示相片的来源，福来蠢笨却有死党，说明他还有让人认可的地方。

久一答应把琉璃女人雕塑送给福来，作为交换，她要求福来撵走打手。

"吴永祥就是琉璃集团总裁！"这是"狼人"临走留下的新线索。

福来抱着久一，高兴地大叫："要发财了！"

久一却高兴不起来。刚才的气还没有消，又徒增了些懊恼。这种事儿能联系到一起，怎么可能呢？如果真是吴刚的爸爸，那她久一就死定了。什么荣华富贵，什么吉祥家庭，全都他妈的是泡影。

"对不起，老婆，我错了，你原谅我吧。"

福来低三下四，又给她跪下了。

久一搂着福来的头，心里很乱。自己与吴永祥的事儿，绝对不能让任何人知道。自己与吴刚的事儿，绝对不能让吴永祥知道。但是，这怎么可能呢?

“我不再过问你的事儿,只要你肯嫁给我,把孩子平平安安地生下来……”

久一一惊。孩子?孩子已经不在了。她暂时还不能告诉他,这个地方不能久留,福来不能让吴刚知道……

“我今天晚上就去上班,我抓紧挣钱,买房子……”

久一突然非常烦躁,大叫道:“你给我闭嘴吧!闭——嘴——让我安静一下,我的头都要炸了!”

福来像个孩子一样,被吓得退到床里。刚才的威风已经荡然无存。

“把琉璃给我。”

久一伸手要。

福来不肯,护在身下。

“你把它要回去,把我甩了,我就什么都没有了。”

久一听福来这么一说,心一震,觉得他说的有道理。他知道我要甩他,而我为什么没有想到呢?

久一把自己的烦恼向干妈哭诉,被干妈痛骂一顿。

“为什么心就这么软,都是什么时候了?”

干妈怨她当断不断,如果不在手术上签字,她该多么一帆风顺!干妈闻听吴刚要来拜访她这个接纳孤女的恩人,紧张得像自己拜见婆婆,直吵着要老金陪她去买套新潮衣服。

久一愁眉苦脸地说:“干妈,关键是,他到这个地方一看,不就漏了?”

“漏什么?不就是按摩中心吗?从明天开始,把出台的都撵走,挂出‘正规按摩’,如何?老妈可是为了你,连生意都不要了。日后你发达了,可不要薄了老妈呀!”

久一搂着尤二哥,亲昵地说:“你就是我亲妈。”

“那是。没我,你指不定给糟蹋成什么样了呢……”

“干妈,不要再提啦。”

“好好,这一页翻过去。也该轮到咱娘们‘翻身农奴把歌唱’了。”

尤二哥说着,就把她天天晚上跳的广场舞拉开架势,跳了起来。

久一心里不安,心烦地拉住干妈:“我想另租户住宅。”

“那有什么难?边上就有,便宜,但环境就不要挑了。”

“两处。”

尤二哥瞪起三角眼,努力眨巴着皱巴巴的眼皮。

“干吗?你也要开按摩店?”

久一推一把干妈,撒娇地说:“一处,要豪华一点儿,物业好一点儿,可以贵一点儿。”

“干吗?把吴刚养起来?”

久一不理睬干妈的打趣,继续说:“这处我住,然后请吴刚到那里,让他觉得我是个从事正当职业、有修养的女人。”

“你本来就有修养,还有心计。”

“那是和你们比。若要让人家看得起,就得显得高贵……”

尤二哥啧啧着,问:“还有一处?”

久一脸上的亮光消失了,换之是愁眉苦脸的可怜相。

“福来可能意识到什么了。”

“他知道你和吴刚的关系?”

“我和吴刚还没有什么关系,他当然不会知道。但是,他好像知道我到宾馆接待客人的事儿。”

“给他一笔钱,让他消失。”

“我试过,他只要我这个人,不要钱。”

尤二哥摇着头,埋怨道:“我说什么了?你还是太嫩,油索子发白——短炼。我当时暗示过你,算你谋杀吗?不算。算你忘恩负义吗?天知地知,你知我知,可是你还是心软了……”

“好了好了。”久一不耐烦地说,“人家已经把肠子都悔青了,你还要提?现在我该怎么办?”

“他知道你把孩子做掉了?”

“不知道。”

尤二哥用指头戮久一的额头:“你们这些丫头片子,就是头发长见识短。如今这么大好的机会,留着这么个‘活口’,就像谍战片演的似的,一模一样。我和你们说过什么来着?看电视剧别光看热闹,要学两招。”

尤二哥还要再说下去,久一已经摔门走了。

第十章　流放地

久一在琉璃小区租了一个季度房，这样就和每次祥生或吴刚送达的地点没有大的出入，无非过条街，解释成女孩儿的自我保护，合情合理。又到老家附近瘪拉洼的那片动迁房，找到破烂汉，果然没花一分钱就拥有了鬼屋的使用权。破烂汉告诉久一：

“如果有人问你们是我什么人，就说是我孙子，看房子的。如果开春前拆，你就开春前撤；如果开春后拆，你就开春后撤；如果他们还磨磨蹭蹭，你就一直住着，我也不收你钱。你就住着，听着了吗？”

破烂汉开三轮车，往村后那个路口走，到邻村收破烂去了。他是唯一一个在无人村坚守却不动一草一木的人，又是一个最富足的穷人，他拥有着一个空荡荡的村落。他走前，还千叮咛万嘱咐，好像村子里的人家都在，避嫌似的。

久一这回是自己开车办的这些事，才觉得有辆车实在方便。这车是祥生的，是祥生送给她开的，他问她会不会开车，也只是一问。久一随口一说，会开。第二天祥生就把车开来了。

她接受祥生的车，是很犹豫的。不是她不喜欢，而是事出无门。而且关键是，她不能让他对自己接受行为，产生任何误解或幻想。

当祥生硬生生地把车开到她面前的时候，久一又改变主意了。她不能让他绝望。福来也一样。

一切准备就绪，刚好祥生打来电话，向她赔礼道歉。

“就用嘴赔礼吗？我可不是半毛钱冰棍就可以打发的。”

久一故作矫情，她心里早有了对付祥生的小九九。

“好哇，我当面赔礼，该可以了吧？”

“那倒不用。”

“刚哥把我批评了，说我事多……”

久一吓了一跳,问:"你当他全说了?"

"瞧把你吓的!我没那么傻。"

久一长舒口气。

"啥时来我这儿做客?"

久一也是随口一说,不想祥生却说:"开开门吧!"

久一料到多疑的祥生会搞突然袭击,她早害怕,但今天不怕。她正盼着祥生早来哩,"接待工作"已准备就绪。

不一会儿,祥生就开车到了楼下,久一敞亮儿地告诉他门牌号,让祥生直接进入她的领地。这是多么大的奖赏呵!

祥生一进来,就开始抱怨天气:"把人都快用雪埋起来啦,还欢天喜地的。"

口气中,满是愤俗。

久一观察,祥生对自己还好,一如既往,那天小冲突没发生过似的,说明关系不会出现裂缝。

这家主人是个画家,所以房间布置得很有艺术品位。画家的艺术气质传递给久一,祥生就大赞久一有品位。

"吴刚忙什么?"久一忍不住问。

"我就知道,你一见我就想吴刚。让我进入你的闺房,然后帮你的忙,是这个意思吧?"

久一点点头,羞涩得十分逼真。

祥生张开怀抱,癞皮地说:"什么奖励?"

久一故意生气地说:"我又不是不会打电话,非你不可吗?"

"你还别说,你还真没我不行,我十分重要。你放心,你在成为吴刚的妻子之前,我不会抱你。"

"你说的是什么?"

"之后,我也不会抱你。"

久一故作生气地打开啤酒,递给祥生。祥生就势拉她在怀里,眼里喷着欲火,问:"我哪点不如吴刚,你说?"

久一挣脱开,做胆怯的样子说:"你就不如吴刚温柔。"

祥生一摊手,服了的样子。

"你说得对。好多女孩子都这么说。"

"这么说,他有许多女孩子?"

久一问完，为自己的失态而恼火，想收却来不及了。

“瞧把你急的。实话告诉你，他并不知道我喜欢你。他告诉我，他一遇到你就动心了。不过，一切还是要靠缘分的。”

久一恢复常态，走到祥生身边，和他碰杯，一饮而尽，真诚地说：“祥生，你是我遇到的最好的男人之一。”

祥生站起身告辞，他告诉她，因为一会儿吴刚就到，他已经把微信发过去了。

“连同我们见面的全过程。”

祥生最后补充这句，差点吓死久一。

一直等到半夜，久一实在熬不住了，沉沉睡去。做的梦里全是吴刚的笑容，突然吴刚一下子撂脸子，质问她：

“你不是已经有男友了嘛?”

久一一激灵就醒了，头痛得厉害，像要炸了。因为小产后，没有好好休息，腰有些酸疼。回想这个梦，一股不祥的预感袭来。

“算了吧。”她给自己打退堂鼓。

“为什么要退却？青春不就这一回吗？遇到自己所爱的人，为什么不大胆地追求呢?”

“碰个头破血流怎么办?”

“认了。死也认了。”

“你真的爱吴刚吗?”

“原来不全是，现在全是。”

久一起来给自己倒杯奶，喝了。茶桌上，晚茶还在那里等待着客人，整整齐齐，规规矩矩，有条不紊。

久一的确有点沮丧，又无法给吴刚打电话。本来说好的，吴刚并没有来，难道是祥生撒谎，在逗她?

久一穿上衣服，开车出了小区。她想起越来越神经兮兮的福来，她明白最有可能出现问题的，就会是他。路面冰很滑，她开得很慢，过了一个小时，才到达青年公寓。

刚到门口，就见一个人躺在冰冷的台阶上，身上落着些雪花，像初冬农田里忘了收获的高粱捆儿。

这个宾馆大众，所以并没有门卫。久一从寒冷中走进过道，跺掉鞋上的雪，准备上楼。忽然隐约听到有人在呼唤："久儿……"

久一紧张地回头，看到门口趴着的人，伸手向她摆着。

久一一眼就认出他是福来，忙跑过去，问："福来，你怎么在这儿？"

她闻到一股酒气，看到一地污渍，令人作呕。

"你为什么不接我的电话？"

福来好像要被冻僵了，但他还是固执地让她回答，鼻涕泪水流了一脸，已经结成冰条。

"我告诉过你，我有业务。你不要打电话，不是说好的吗？"

"可是我惦记你……"

"我又死不了！惦记我什么？"

"你在国外，讲不了，距离远，够不着。但我每天第一件事儿，就是为你祈祷。回国了，我也祈祷，保佑你和孩子健康。你不同意结婚也行，我们就这样过，我也没意见……"

久一打断他的话："可是，我有意见！这是家吗？你看谁家住在宾馆？"

"我的钱不是全供你留学了吗？为了供你，我妈都不认我了，因为我把老宅给卖了，把用来结婚的房子给卖了。所有的人都说我有病，亲戚朋友同学工友，都离我远远的，就怕我朝人家借钱……"

久一走回来，扶起有些麻木的福来，心生怜悯。

"福来，你呀，你咋就这么傻呢？我们不是一路人，你不知道吗？"

久一说完，独自乘电梯进了房间，倒在床上就一动不动。

好久，福来挪进来，就坐在床头，盯着久一的面孔看一会儿，将被盖到久一的腹部，小心翼翼。

脸上，掠过一丝儿幸福的微笑。

一早，久一梳洗完毕，就催着福来下楼。外面张灯结彩，年味渐浓，他俩也急着去赶集似的。

"新家什么样？"

福来没想到久一刚回国才几个月，却做出这么大的事。他可连想都没想过。

"和我家一样，是个小院子。在哈尔滨市郊，算个别墅吧。"

福来较真儿地问："我上班可远了。怎么办？"

"那就辞了,在那附近找一个,也行。"

"挣的能有这个多吗？要是没有,还是不能辞,没钱怎么养活你和孩子?"

久一有点儿心烦,给福来打防疫针,说:"不要总提什么孩子孩子,就我们这种状况,你能养得起,还是我能养得起?"

福来一看久一急了,小心地说:"我吃糠咽菜,也能养活……"

久一不想听他啰唆,往下走,就心不在焉。东西没多少,一起放进后备厢,就向西开,一直开进荒凉肃穆的瘪拉洼村。

福来越走越有些不自在,话语就少了,面部有些僵硬,问:

"这是去哪儿?"

"放心,我不会害你。你是我的恩人。"

福来憨憨的,努力恢复快乐:"只要能和你在一起,去哪儿都行。"

久一解释:"这个地方,吃的东西都是绿色的,你种块园子,夏天带着孩子采摘,既有趣,又教孩子学些自然知识。空气清新,没有雾霾,有一条清澈的河水淌过,河水里有柳根鱼,你可以在岸边钓些给我和孩子吃……"

福来点头,眼里充满憧憬。

雪路似乎没多远,车子就拐进一条小村巷,看到墙上写着拆字,福来问:"这不是要动迁吧?"

久一平静地说:"拆字已经写了三年,还在立着,听说开发商跑路了。咱们住在这儿,省着些流言蜚语。"

"我们结婚吧,就不会有流言蜚语了。"

久一看福来复杂的表情,觉得他那诚实的外表下,未必像他说的听话。希望他在这儿能老实待下去,这样对谁都有好处。所以不能再刺激他,让他心平气和后再做打算。

"放心,我会认真考虑的。"

小村已经被雪覆盖,简易平房铁皮房盖儿也顶着厚厚的雪帽子,北方农村的田园风光倒格外自然美丽,连雪雾也如奶汁儿。

"我喜欢。"

福来一跃,跳进雪里,打了个滚儿。看得出,他恢复得倒快,状态也不错。

打开屋子,里面黑漆漆的,散发着霉土气味。火炉还好用,福来从雪里扒出些样子，点着火，烧水冲茶。一会儿，屋子就有了些热气。

“还行。”

“今晚住这可以吗？”

“没问题。我一小就净睡石板上，你看我，身板还不是硬邦邦的？”

久一和福来一起收拾完东西，把一切布置得像个家了，才对福来说：

“这晚，我还是回市里吧。干妈给我介绍了一份新工作……”

福来的脸色暗下来。

“你别想偏了，我到一家公司上班，是体面的工作，不会再在她那接一个活，你放心。把那段时光忘了吧。”

“你的车，就是那家公司的？和你的关系不一般呐！”

“我是留学生，当然要不一样。好了，你看，这屋子一时热气还上不来，我怕对肚子里的孩子不好，你说呢？”

一提孩子，福来直点头。他推久一出来，催她快回市里，别凉着宝贝孩子。

久一不肯走，不是对他恋恋不舍，而是想告诉他实情，不忍骗他，但是她又说不出口。

“你也多保重。”

“好的，路上小心。”

久一主动在福来脸上亲了一下。

她的唇上，仿佛触到了一片冰，是福来的泪。

第十一章　新　生

久一的泪流了一路。

久一精疲力竭地打开房门，见地上有一张请柬，上面是个晚宴party，邀请者竟然是吴刚。

久一本来以为他早把自己忘了，约好的昨晚见面，连个电话也没有。这个请柬说明什么？他高傲，不肯向一个普通女孩儿低头。他很在意自己，希望有进一步了解的机会。还有一个让久一有些不安的想法是，他可能已经知道了自己的一切！

久一时而兴奋，时而惶惑，在地中间走来走去。她觉得吴刚看上去不温不火，却难以琢磨。自从机场邂逅之后，他们只见过两三次面，却已经让她神魂颠倒。她相信吴刚有这个魅力，不但她久一，任何接触过他的女人，都会神魂颠倒。

猛然，她想起一件事儿。请柬从门缝塞进来，说明一定是个熟人。除了祥生，不会是别人。祥生为什么不给我打电话？

久一翻看请柬各处，没有留下只言片语。说明祥生不但知道此处情况，也会了解其他情况。他是个警察。和警察接触，是很危险的。因为警察总会先把你当成嫌犯，再和你交朋友。

一言不发，还有一种可能就是，他把那天的熟老找到了，交代了钱色交易的内幕。这种可能是有的，那么这个晚宴，就可能是鸿门宴！但是，不管怎么说，只要能见到吴刚，什么情况都得去，见机行事！

久一整理一下衣物，发现没有一件能够穿得出去的。正犯愁，祥生来电话。

“久一，怎么一直打不通你的电话？”

久一脱口想告诉他，自己到乡下去了，可是乡下也应该有信号。然而，手机一直没响，说明祥生在撒谎。

“我去洗澡了。”

这是久一习惯性的谎言。

“收到请柬了?”

“是你送来的? 为什么不发微信,传过来就行,还有送吗?”

祥生一愣,问:“你没见到吴刚吗? 他要了你的地址,我以为你们一直在一起,所以就没有打你的电话。刚才打,却一直接不通。”

久一吃惊得只怨自己非要今天送福来去乡下。她冲口却说:“什么晚宴? 我可以不去吗?”

“还在为宾馆的误会耿耿于怀? 将来你能进入公司的话,你可不是个新员工。”

“为什么?”

久一又吃了一惊。永祥集团的大门,正徐徐向自己开放?

“你的琉璃雕像,已经为公司赚了很多钱。现在订单无数,工厂三班倒,加班加点也干不过来。”

“真的? 我不信。你还在班上? 这么辛苦,可要注意身体。”

“谢谢你。刚哥真有福气。”

“你在说什么? 我喜欢人家,人家还不知道喜不喜欢我呢。”

祥生在那端电话里坏笑着:“他不喜欢你,不是还有我吗?”

说心里话,祥生比吴刚更善解人意。但是无论怎么想,她的直觉告诉她,就是吴刚好。吴刚虽然现在遇到了困难,将来他一定能独当一面。

她想着自己的身体这么让这个家庭喜欢,真是相见恨晚。如果六年前认识就好了。那时她刚好十六岁,就不会在按摩店里受气,不会认识福来,也不会像现在这么累地想办法掩饰或逃避……

“那么,明天我穿什么衣服?”

祥生不无坏坏地说:“最好,什么也不穿。”

第二天一早,干妈提醒久一,还去十九楼接待客人。久一一想起那个老太婆垂死的声音就害怕,尤其讨厌熟老的体味,就央求干妈把这个客人推掉。

尤二哥十分惊讶,莫名其妙地问:“不挣钱了?”

“想挣,但现在不能挣了。”

“那可不是一笔小数字,多少姐妹望尘莫及!”

“真的不去了,我有更重要的事儿。”

“就这一次,还是永远不见了?”

“永远。”

干妈骂她是狐狸精,无可奈何地叹息说:“你的事儿,干妈倒理解,只是我那份佣金,也泡汤了。那可是其他姐妹全年的收入噢。”

尤二哥有优女,再遇到识货的人,这生意是天底下最赏心悦目的差事,可惜就因为一次痴情就要结束了。她打电话给客人,客人非常不高兴,并要求必须马上到,否则结束她尤二哥的所有生意,让她关门!

尤二哥能感觉到对方在电话那端的暴躁脾气,盛气凌人。尤二哥撂下电话,怎么难听怎么诅咒着。待拨通久一的电话,马上换了一副嘴脸,央求久一只需给这一次机会。久一看一下表,离晚宴还有六个小时,去掉路上时间,也就两个小时。她答应了,提前吃了片避孕药,然后开车往大厦走,越寻思越不对劲儿。

是钱重要,还是野心重要?是吴刚重要,还是与干妈的交情重要?最后,她果断地回复尤二哥:

“对不起,干妈,我第一次违背您老的指示。我真的不要去,否则我无法面对吴刚。你和他说,我们结束吧。”

尤二哥会说,劝道:“他肯再加一倍的价钱。”

“多少钱也买不来我的青春,您就替我回复他,告诉他我讨厌他,从此让他断了念想吧!”

尤二哥骂这个丫头疯了。人一恋爱就疯了。她拨通客人的电话,熟老一听,要她转告给久一:

“你会很体面地滚出这座城市。”

久一闻听,很恐怖。她不得不开车来到琉璃酒店,上到十九楼。熟老竟然在饶有兴趣地欣赏完她的皮肤后,提出一个过格的要求,要她给他剃鼻毛。

熟老的鼻毛确实长了,但她最讨厌的就是男人的鼻毛,像在脸上沾的鸟屎。

久一站起来,不卑不亢地说:“今天免单了。今后我不会做了。谢谢您这几次对我的关照!”

熟老横在门前,不放她走。

“我的小琉璃,从我跨下钻过去,从此我们就是陌生人,互相不认识,也不打扰。否则,你还要像当初的约定,服侍我三年……”

久一严词拒绝,想奔路而逃,却推不动他,就任他乱亲一气,才挣脱开,愤愤地离开琉璃酒店。

耳畔一直回荡着老家伙的淫笑声:“我还会找你的——祝我的小琉璃,新婚快乐!”

尤二哥放下久一的电话,长吁口气,对门口的菩萨双手合十道:

“谢天谢地,这个倔丫头终于开窍了。”

突然,老金慌慌张张地进来,喊她:“二姐,你看谁来了?”

尤二哥一看,是福来,早看不上这个窝囊废,带搭不理地说:“来了? 到里面,有冻梨,还有烟,你随便。”

“久一呢?”

“出去跑客户了。”

“她的手机没开。”

“我打也没开。”

尤二哥原来对福来的印象不错,可是后来发现,他的能力太有限,与久一不可同日而语,太屈了久一。当初她就劝久一趁早黄喽,久一却拖着,一直拖到现在。

“我找她有急事儿。”

“没办法。恐怕今天都不能回来,我看你还是回去吧。”

福来反手关上门,扑通一下,给尤二哥跪下,央求道:“干妈,求你了,不要让她工作了。她的肚子里怀着我的孩子。”

尤二哥一听,扑哧乐了。

“你这个傻子,孩子早做掉了,你还不知道? 不知道,我就告诉你吧,反正早晚你也得知道。你不要在她身上有任何幻想了,久一她已经有人了。”

福来闻听,如五雷轰顶,立刻晕厥过去。

久一赶到琉璃大酒店,吴刚已经在门内大堂等着她了。

“什么节目,这么隆重?”

吴刚揽着久一的腰，望着她有些游离的眼神，说："我要娶你！"

久一惊诧地张大嘴巴，傻傻地问："为什么？"

"因为我爱你。"

背后有鼓掌声。祥生带着一群人迎出来，高声叫道："真是天生的一对儿！"

久一既紧张又羞涩地依偎在吴刚的肋下，觉得特别安静。她很理智地观察着事态的发展，竟然出奇地顺利。这不会是梦吧？

她在吴刚的引领下，见过了专事投资事务的伯父吴永吉，人看去老实厚道，不善言辞，却正在谋划一个海外合作大项目；三叔吴永福，集团总经理，掌控着采购、销售和物流三大主要业务，是实权派，他那并不大的眼睛，却喷着鹰一般的犀利目光，让久一想起北极村大烟炮天气的极寒；还见过了负责酒店经营管理的四叔吴永寿，满脸流油，一笑像座佛；也见过在大学当博导的五叔吴永禄，他一直在夸夸其谈，谈论着微信朋友圈转发的一些奇闻逸事，见过面后也不给其他人说话的权利，利用这千载难逢的人员齐全机会，继续他的大明白。

另外一个重要人物，就是祥生的母亲袁野。她看上去温文尔雅，落落大方，给人一种亲切的感觉，眼睛里全是少女一般天真无邪的笑意，但举止有些僵硬，小学生上讲台的紧张表情，一览无余，谁见了都心生怜悯。久一拉着袁野的手，亲近得像母女俩，袁野直夸她漂亮，久一忽然发现了什么，惊呼：

"我见过一座琉璃女人，就是阿姨您吧？"

这句话如炸弹，爆后一片沉寂。袁野更显尴尬，只说：

"太丑了，整个一个丑八怪。"

久一不明个中原因，还要说下去，被吴刚制止了。

"我爸爸马上到。"

吴刚这样说，转移大家的视线。其他几个老男人就又开始刚才收起的话题，等待着老二、董事长吴永祥。

袁野小心眼起了作用，觉得这个准新儿媳，虽说不是嫡系，但也漂亮懂事，只是说话太愣，缺少教养，便开始报复，将自己的疑问变成刀子，一层层地削，试图削去这个漂亮女子的伪装，问：

"独自一个人在外面闯，家人放心吗？"

"不放心又怎样？家里人无能为力。"

"无能为力就得找到靠山。找靠山,是女人最聪明的选择。"

久一知道袁野的话听上去是表扬,实则暗含讥讽。

"'背靠大树好乘凉',我虽然在国外学了点东西,却都是些皮毛,顶不上吴刚学得扎实。我大多都就饭吃了。"

久一觉得自贬是自救的最好办法。如果在你受到人身攻击,你又无力反击的时候,就可以采取这种办法。然而这个办法在袁野这儿却不起作用,她进一步刨根问底,问她留学的学科、专业、就业,等等。久一都巧妙地对答如流。这一课,她早稔熟于心,并不害怕,她害怕的是,今后怎么在这个家族中混下去……

好在这时,门口传来脚步去。有服务生喊了一声:"董事长到了!"

吴刚牵着久一的手,迎上前,给来人介绍道:

"爸,这是我的女朋友巴久一,留学硕士。"

吴永祥大步流星地走进来,喜气洋洋,一看到久一,就一愣,竟然不知道说什么好。久一眼睛尖,早看到这个矮个子强人,竟然是自己的客户!他现在西装革履,道貌岸然,却在一个小时前,还在琉璃酒店,对自己进行了侵犯!

久一担心吴永祥失态,忙落落大方地主动上前,小鞠一躬,问候道:"伯父好。我是巴久一……"

吴永祥只瞥她一眼,脸色就凝重起来,机械地回复个僵笑后落座,板着面孔,侧头和几个兄弟说话,谈些公司的事务。时不时会有口气儿,不小心噎了气管,就干咳起来。大家都感觉到气氛的异常,喜气洋洋和喜洋洋都溜得无影无踪。

吴刚也觉得情况不对,就和祥生商量了一下,对袁野耳语道:"妈,我看爸的情绪不对头,可能是政府有人找麻烦,您照看一下。久一有点儿不舒服,可能冻着了。反正已经见过面,回头咱们再商量,我们仨先撤了。"

袁野正要劝吴刚留下久一,吃完饭再走,吴董事长却在旁不耐烦地说:"孩子们想干什么就干什么去吧,吴刚留下来,赶上今天人全,在一起商量一下公司几件急事。"

永吉说:"哪天商量不行?吴刚婚事是大事。"

老三永福早看出端倪,拦住老大的话,说:"婚事哪天再议,刚刚有个紧急情况,我们的产品出现大量的仿冒品,充斥市场,赶紧出台对策，否则会严重影响一季度的经营形势。”

永寿直接问：“不是说好了今天不谈国事吗？”

永祥说：“没国哪有家？”

大家都看出永祥董事长的不悦。久一心里明白，吴永祥终于遭到重创啦！不能把他击溃，应该给他喘息的机会，冷静冷静，也许还会有转机。

久一佯装头痛，对吴刚说：“我真的头痛。对不起，各位长辈，我得走了。”

没有人挽留，吴刚、祥生陪着久一出来。吴刚问祥生：

“怎么回事？老爸对新产品销售本来很满意，怎么就又闹心了？”

祥生说：“我没你了解老爸，他经常喜怒无常。”

吴刚搂着久一，安慰着：“没事儿，他们把公司的事儿看得比天还大。我送你吧。”

久一推开吴刚，情绪低落地说：“一定是董事长不满意我，才这么说的。我们也到此为止吧。不用你送了。”

久一说什么也不让哥俩送。正撕扯着，袁野从酒店里出来，冷冷地说：“你俩回来，会议马上开始。让司机送就行了。”

久一打个车，就离开了酒店，头也没回。

袁野到久一家里来突访，是久一怎么也没有想到的。

当时久一正在昏昏沉沉地大睡。没有悲伤，也没有忏悔，只是觉得绷紧的神经一下子断了，天地间归于沉寂。人的欲望在消失后，对什么都无所谓，倒回归理性，反复审视自己，就觉得自己在不经意间，参加了一场面具舞会，爱也爱了，恨也恨了，爱过恨过才发现，对面虚无缥缈，自己自不量力。所以她睡得很酣，连梦都没做。

这时候，门铃响起没完。

“谁呀？”

她叫道，就披头散发地出了卧室，从猫眼里一看是个女人，以为是收水费的，慵懒地说：

“我不欠费用，你去找房东！”

“久一，是我。”袁野在门外说。

袁野的声音虽然不高，但一下子把久一震醒了。久一早忘了昨晚的不快，立刻打开房门，惊喜地问："阿姨，真的是你吗？"

袁野走进来，对久一说："方便进来吗？"眼睛四处瞧。

"方便方便。"久一忽然想起自己的蓬头垢面，忙将沙发腾出个空地，抱歉地说，"对不起，阿姨，您先坐一下，我收拾收拾再聊。"昨晚的事儿没发现在自己身上似的，说完就钻进洗漱间，快速地用清水冲面孔，令自己清醒起来。

待久一重新清爽地出来，袁野正站在壁橱前欣赏着那串琉璃首饰。

"真漂亮的琉璃。"

袁野这样夸奖着，然而转身坐下来，对拘谨的久一说了些客套话，表达了昨晚没有留下吃饭的歉意，只说公司事务繁杂，压得董事长喘不上气了，脾气大，对谁都发火，不要介意，千万不要放在心上。

"做大事儿的人，大多都喜怒无常，半神经病。"

她也会采取自毁的方式，求得对方谅解。

"没事儿。不同意没关系，我又不是嫁不出去。"

"你可别这么说，这么说，好像你和吴刚的感情可有可无似的。你不知道，吴刚因为你，和董事长急眼，把个酒桌掀了，扬言非你不娶，就差断绝他俩父子关系。吴刚在你们的问题上，倒比谁都犟，说明你在他的心目中，分量有多重！你可能一时半会儿不会理解，吴刚能够这么痴心于你，这有多么不容易。吴刚是个浪荡公子，可一遇到你，他就学好了，懂事了。"

"我不好，我知道。"

久一这是实话实说。

"别胡说。别难过。董事长也是爱才的人，特意托我代表他，送你一件礼物。"

说着，从包里取出一个精美包装盒，打开，竟然还是个精致的琉璃作品，只是性别发生了变化，它是个男儿，充满着阳刚之美。

久一手捧着琉璃男子，在绝望中又看到了希望。

"您劝一下吴刚放弃吧，本来我们相遇就是个错误。差距太大，不会有好结果。"

久一这样说，是违心的，但她只有这样说，才会给自己创造机会。

"我看出来了，你是个不一般的女人。你知道，我之所以叫你女人，而不是女孩儿，是因为你已经不是学生了。”

久一紧张地低着头，应和着：“我毕业了，就得像大人一样工作，我知道。”

袁野讪笑着问：“你知道我是做什么的吗?”

久一瞪着惊讶的眼神，可怜巴巴地回答：“听祥生说，您一直经营一家首饰超市。”

“是的。但是，我也是留学生，在二十年前。那时，我快三十岁，才大学毕业，就被派到和你一个国家读书，攻读硕士学位。”

“您，这么厉害?”

“厉害什么？我光考大学就考了七年，才考上我想去的大学，我很笨。”

“我更笨。”

“好在那时，我们是公派，不像你们现在，大多是自费。当时挑选的时候，百里挑一，竞争激烈，整个人都考呆了，一见着书本就要吐，吐也要强迫自己学，学的什么早忘记了，所背的东西，都是临时记忆，应付考试，简称为应试。但是，不管是公派还是自费，毕竟以知识能力为先，所以我选择了最难学的心理学。”

久一的头一下子大了许多。她算聪明，预感到这个看似平常的女人，一定知道什么特别的事情，要嘱咐自己，或者有什么特殊的任命，要开导自己。否则，她不会大老远，跑到这里来，说着这些不痛不痒的车轱辘话儿。

“心理学很难学的……”

“还行。但都是理论上的，实战却总是失败。在国外的一次联谊活动中，我就认识了祥生的爸爸。那时，他很帅，做很小的生意，却宣传得特别大，就把我给迷上了。所以，在国外，我和他就有了祥生。”

“你的学业……”

“那个年代，当第三者是要受到严厉惩罚的。不必说，我没有毕业就被组织调回来，要我打胎，我说什么也不干。结果就是——我失去了公职，成了无业者。”

“太不讲人情味啦。”

“怎么不讲不情味了？我现在理解了，其实，我很自私，只想着自己，没有管其他。我到现在都觉得内疚，觉得特对不起的人，就是吴刚的妈妈。当时她很宽宏大量，她原谅了永祥，否则，不会有永祥集团……”

一个半老徐娘，对一个年轻女子表白，甚至讲自己的隐私，不会是无缘无故的。久一懂。

“你不想知道我为什么和你说这些吗？”

袁野盯视着久一的眼睛，果然读出了她的心理图谱，让久一惊骇。

“您说吧。您说什么，我听什么。”

这是久一的实话。面对无所不知的巫师，她不得不缴械投降。

“我知道，你认识永祥董事长，永祥董事长也认识你，对不对？”

久一昨夜睡得酣，此时头脑还是一锅粥。但她快速地思考着，快捷地回答：

“一次偶然，他看过我的写真集，就对我的身体比例和颜色感兴趣，就做了以我为模版的琉璃人体雕塑，没想到竟然是吴刚的父亲，真是没想到，也算是一种缘分吧。听伯父说，产品在市场上卖得非常好。”

“当时，你就知道他的身份？”

“不知道他的身份，怎么会做模版呢？”

“他是怎么把你做成模版的？”

“专业摄影师用相机，拍下来的。您到这来看，他把第一个样品送给我了，作为报酬。”

久一到卧室，把放在角落里的那尊“琉璃女人”拿给她看。

“阿姨你看，这里还有老总的亲笔签字，比什么都值钱！”

久一说得自然，流露出天真和浪漫，似乎没有任何阴暗。可是拿在手里就后悔了，因为上面是吴刚的签名。而有吴永祥签名的“琉璃女人”，被福来秘下了，不知藏哪了。

好在袁野拿过看一下，眼睛眍着，并没有看破，说明她的眼睛已经花了。

“他付给你多少钱？”

“每次五千。”

“还有呢？”

“还有他给我的皮肤，买的保险……”

袁野还没等久一说完，就粗野地打断她的话，双手抓住久一的衣领，张开的鹰爪似的手指，就要向她的脸部挠来。

“你这个小妖精，挺会编瞎话儿！你是不是被他包了，老实说？”

久一有点儿要窒息，差一点儿就如实交代了。但听到最后一句的反问，马上醒悟过来，装得像个可怜虫一样地哭泣。

“阿姨，我哪有这个能耐。”

“你去他房间三次，每次都那么长时间，在做什么？”

“在拍照。”

多亏福来心细，一直保存着福来给自己拍的写真集。久一随手从抽屉里拿出来，递给袁野。速度快，可以表明她不是早有准备的，因为袁野造访，也是没有准备的。

袁野的狰狞淡化了。她万没想到，这个小丫头处乱不惊，并没有露出马脚。

“你别臭美，你的这件，是当年他根据我雕塑的。”

“我说呢，阿姨你真美。”

袁野也似回忆起三十年前，脸上有了些红润。

“你知道，你和吴刚的事儿，永祥董事长不同意。”

“我知道，我配不上。”

“不这么简单。你老实说，永祥董事长……”

久一明白袁野并不知情，说明吴永祥没有告诉她一切，她只是在估计，用敲山震虎、旁敲侧击、欲擒故纵等战术来诈她。当久一明白这一点，头顶上萦绕一晚上的乌云，终于散了。

她拿出对付按摩客的办法，突然粗野地打断袁野的话。

“阿姨，不要怪我不礼貌，你也不要怪现在的人解放。你那时候的人就保守吗？大家都心知肚明。但是我跟您冲灯发誓，我只是一个普通女人，我只是要生存，要活下去，所以我要工作。我为你、为他，为所有需要我的人工作，难道我都和他们上床？您不能把您当年犯过的错误，强加在我的身上！”

久一语气强硬，理直气壮，一定要理直气壮，然后，一定要辅以委屈的泪。

这次，这个半途而废的心理学留学硕士，进行的攻击也半途而废，相信了一个小女人的谎言。

“没染就行。”

袁野长舒口气。为了缓和气氛，她表白道："其实，我一直在祥生的介绍下，对你和吴刚的事儿，始终同意。有吴刚的前妻贪得无厌在前面比较着，董事长也同意，尤其听说你是个吴刚最可心的美人，满心欢喜，催促见面。可是不知为什么，见你之前还满口答应，见面后，却坚决不同意。"

"是不是我和吴刚的差距太大了？我父母只是农民，只会爬垄沟捡豆包儿……"

"偏见，董事长也是农村孩子。也可能他对你的身体太熟悉了，觉得人熟难堪，所以反对，不用往心里去。"

袁野倒安慰起久一。她感慨道："不过我告诉你，在这个大家族里，往往越优秀，越倒霉。"

显然袁野在为自己在这个家族中的遭遇解释，因为她还没有真正成为第一夫人，还处在"见习期"，心里积压着太多的无名火，发现久一不是敌人，那么就是知己，同病相怜后，就忘记了此行的目的，口头上建立了一个同盟，就心满意足地很有修养地告辞。久一送她到楼下，见祥生在车里冲她招手……

第十二章　面　具

久一流了一身汗，在袁野走后很长时间里，还在流着。

她觉得腹疼，趴在床上热会儿肚子，却仍然疼得厉害。想喝水，伸手却怎么也够不着，尽管水杯就在几尺远的茶几上。

"福来，福来——"

她本能地这样喊。房屋空荡荡的，只有她的声音在回响。她才想起，有几天没有和福来联系了。她打福来的电话，话音回答却是因欠费已被停机。

她使出最大的力气，才抓到水杯，却碰倒了，水就一股儿清冽穿过手心，洒在茶几上，溅到地板上。久一吸食着手指，扑到茶几上，用嘴吸吮着残水，然后花着脸，仰躺在地板上。她觉得腹部要炸了，疼痛难忍，就牙咬着衣角，任豆大的汗珠滚下来……

久一被捆起来，四肢不能动弹，福来站在那里看热闹，听到久一的喊声，扭身走了。久一生气地回头，却摔倒在一片草丛中，手脚光滑，全是油浸过的泥沼。留给久一能做的，只剩挣扎！久一把嘴闭得紧紧的，心里想：

"我终于死了，可惜我这辈子，还没嫁给吴刚呢……"

不知过了多久，吴刚真的出现在眼前，久一还以为是梦。祥生见久一醒过来了，告诉她：

"你可醒过来啦。你一直在发烧。你知道你一直在喊谁吗？"

久一见自己是躺在病房里，房间里除了祥生，还有陶淘。陶淘还是那种丧门星的面孔，但一看就是一个当差侍候人的角色，一脸的冤种表情。久一就转开视线，见床头摆着一束鲜花，上面插一技红心，祝福字看不清楚。

该是吴刚送的，她希望。

“我这是在哪儿?”

“你在琉璃医院。你不敢回答我的问题?”

祥生俏皮、直率,不肯让她逃避回答。

“喊你了?”

“喊我就高兴死我了。你喊的是吴刚。”

久一放了下心,只要不是福来就行。

“多亏吴刚半夜开完会,非要去你那,否则你就危险了。”

“吴刚到我的家里了?”

“是呀,不是他喝醉了,非要摽我认你家门,还发现不了你昏迷。我们敲门不开,打电话不接,我说你睡着了,他却说出事了,就报了警。打开房门,果然见你昏迷,你说你俩这不是缘分吗?我服了,你俩这缘分还不浅呢!”

“你又是在逗我玩儿……”

“我逗你是小狗。当时就把我俩吓醒了,赶紧用警车送你去医院,还算及时,你现在平安无事了。”

“我,怎么会惹出这么大的祸?”

“人吃五谷杂粮,哪有没个病呵灾的?”陶淘在旁边安慰着说。

“谢谢你,陶淘。”

“也得感谢我。你这么沉,可是我背你上下楼的。”

“我谁都得感谢!”

“你还是没有说感谢我!”

“感谢我!”

“是感谢我!”

久一笑了。大家都笑了,知道久一能开玩笑,说明她真的没事儿了。

陶淘借故要走,被祥生拦住,说:“你先别走,一会儿你带久一去个地方,那地方只有你知道地方。”

久一懵懂不清,先问:“干什么?”

“给你找个新家。”

陶淘恍然大悟,点头说好好,待久一出院就带过去。久一还是不明白,可是祥生就是不回答,正站起来要送陶淘走,吴刚匆匆打外面进来,关切地问:“怎么样?”

跟在后面的大夫护士三五个，汇报着："没大事，只要好好休息就行。严重的营养不良，需要调理一下。"

"用最好的药，费用算在我的账上，不要算公司的账。"

吴刚说着，来到床着，用手摸一下久一的额头，在上面用唇试一下体温。

"我这阶段太忙了，把你忽视了，对不起。"

气息和机场时一模一样。只闻这气味，久一就弱泪婆娑。

她一下子搂住吴刚的脖子。

"我喜欢你……"

"我知道。我也喜欢你。"

"你为什么喜欢我？"

"我一见面就放不下了，自从见过你的美丽之后……"

陶淘在门口消失了。陶淘看不得吴刚总经理与一个无名女卿卿我我，躲到楼梯口，给永祥董事长打电话，一个劲儿地点点头，然后，若无其事地返回来。

陶淘对吴刚说："董事长在会议室等你俩开会呢。"

"不是刚开过会吗？"

"海外业务，你快去吧。"

"大伯负责，找他去。"

"董事长要你亲自参与。"

"那么，久一怎么办？"

"有我呢，你放心吧。"

吴刚、祥生无奈地和久一依依惜别。

吴刚哥俩一走，久一就被护士送到车上，说是转院，却向西走，一直到久一家的楼下。

陶淘歉意地说："对不起，董事长让我转告你，你不要再缠着吴刚了。放下你的野心吧。我还用解释吗？"

"我不明白，我需要解释。我知道这不是吴刚的意思。"

"是吴刚的意思。你明白吗？"

陶淘陡然变了脸色，恶狠狠地瞪着久一，仿佛久一是她嘴里的蟑螂，所以说话的时候，牙呲着，像只疯狗，与刚才病房的陶淘判若两人。

"我要和吴刚通电话。"

久一叫着，不肯下车，被陶淘从后面拦腰抱下来，扔在楼角。

尤二哥听到院门口的吵闹，推一把老金。老金有点小脑萎缩，不明个里地哼了一声。老金猛醒过来似的，喊一直在小区门前徘徊的福来，福来也意识到是久一回来了，转身冲出院子，扶起匍匐在地的久一。

“久一，你怎么啦？”

久一见到福来，已经顾不过来惊讶。

“没事儿，我把客人打了，他们想非礼我，我没那么好欺负。”

福来抱起久一，心痛地说：“告诉我他们是谁，我宰了他！”

久一心烦地说：“你怎么找到这儿来了？”又见到干妈和老金，问，“组团来的？”

干妈解释说：“他可不是我们带来的。”

老金证实：“他悄悄跟着我们来的，我们也没想到，他跟踪我们。”

她觉得说什么都没用了，福来已经知道这个住处。知道也无所谓了，因为和吴刚结束了，所以她心平气和地说：

“都上楼吧。”

福来心痛得脸部都变形了，关切地说：“看你的脸色不好……还是直接去医院吧？”

“不去。”久一推开福来，还想硬撑着上楼。

干妈见状，骂福来：“死心眼，快抱久一上楼，泡杯喝的，暖暖肚子就好了。”

福来用从拳击比赛中学来的搂抱动作，将久一像婴儿一样抱起，胸膛贴着久一的心脏，给她取暖。久一偎在福来的肩头，泪水止不住就流下了。久一知道，吴家在扔垃圾，而且是熟老吴永祥，这个以仿古玩作坊起家的卑鄙家伙！

对于女孩儿，被遗弃是最可悲的，也是最无奈的打击。久一很希望从地上爬起来的一瞬，扶起她的，是吴刚而不是福来！可是希望后面往往是失望，巨大的肥皂泡破灭后，她的心被马蜂蜇了一口，开始滴血……

“不达目的，绝不罢休！一定要复仇！”久一在心里合计，对福来说：“你给干妈做饭吧。我累了。”

久一进了卧室，将门反推上。她无法接受被吴永祥羞辱的事实，但她一再提醒自己，要冷静，还没到鱼死网破的时候，毕竟自己是入侵者，好戏才刚刚开始……

福来可怜兮兮地扒门缝儿，见久一冷着脸，一个人枯坐着，像尊雕像，心如刀绞，不知所措。

"来，侄子，我俩做饭。"老金打破尴尬。

福来机械地忙碌着，找不到东南西北，像只无头的苍蝇。

久一一个人在想，是不是老奸巨猾的吴永祥知道了福来的存在？福来都能找到新家来，吴的走狗们也会轻而易举地找到这个蠢蛋。也许像干妈说的那样，我是不是奢望太大，眼高手低？

她反复问自己，是不是该放弃了？

她挂着眼花，把干妈请进卧室。干妈带进福来做的滋补汤，热乎乎的，直夸福来是个知痛知热的好男人，原来的小人话一个字都没了。

久一并不听，只是给干妈看自己有点儿淤血的肘部，泪就淌出，哽咽起来。

干妈搂着她，爱怜地说："我苦命的孩子。"

久一泪水如注，打湿了胸襟。

"我不苦命。有你，有福来，我不苦命。"

"福来虽然蠢了点儿，可他是真心地喜欢你。其他的人，都是在喜欢你的美貌，玩弄你的感情……"

久一搂着干妈："干妈，我好怕……"

"久一，约会取消了。正如你所愿，琉璃酒店的客人终于放手了，恐怕今后也不会再约。从今往后，你可以安心经营你的爱情吧！"

干妈把这个消息通过电话传来的时候，久一正在精心打扮。干妈一向言辞并不落伍，只是心痛她的回扣又少了一大截儿，抱怨生意这样做下去，没的做了。

而久一并不觉得意外，本来她就提出终止这场荒唐的游戏，是熟老死皮赖脸，纠缠不放。当熟老的虚伪面具摘掉后，熟老成了吴永祥后，他肯定不会再约她。相反，很可能还会千方百计地采取措施，让她在他那龌龊的世界中彻底消失，甚至会不择手段……这不会是危言耸听，也不会是杞人忧天，这种局面很快会出现，不难预料。

"他取消？我还不干呢！"

久一苦涩地笑了,却说出这样恶毒的话。

久一没有想到能够与这棵大树靠上。吴永祥何止是大树,就是座大山!但是她不能将这个作为砝码,来要挟他,这对自己很危险。她清楚熟老是谁,更知道自己是谁。如果他让你在这个世界上消失,你会存在吗?富人对待穷人,有许多办法,在你还没有出现的时候,富人就已经剥夺了你存在的权利,还谈什么理想和欲望?所以第一件事是自保。而要想自保,必须继续抓住吴刚不放。只要吴刚不放手,吴永祥再阴险恶毒,也拿她没有办法……

但是,无论是吴刚还是祥生,都不接久一的电话。

福来拖着刚刚恢复的身子,带病上班,每天中午都来看久一,像个乞丐。他把久一坐卧不安的样子看在眼里,仔细观察着久一的一举一动,不动声色,疑虑重重。他发现久一变了,完全与从前的久一不一样,他福来已经无法和久一做任何形式的沟通,哪怕是简单的情况问询,都会引起久一的一百个不愿意。

这天,福来抽空来看望久一,带来了一把刀子——他就是从这一刻开始,养成了这个习惯,刀不离身。此次来,他是要和久一一刀两断,要她把他过去在她身上花的钱,全部归还,否则甭想放弃他。可是,一看到久一那娇好的模样,心就软了,全部的意志就丧失了,只剩下痛骂自己。

福来从包里掏出一件文物,放在久一的面前。

“这是个宝贝,上千年的文物,我已经咨询过,值五万。送给你吧。”

他想象自己的口气应该是理直气壮,到头来却是一种哀求的口吻,唯恐久一不收,暗生自己的气。

久一看到福来从包里掏出个铜壶,带着双耳,古色古香,就露出不屑的样子。她不懂古玩,但她知道福来不会骗她,相信这是个老玩意儿,就是土了点儿。

“哪来的?”久一问。

久一这才想起,福来已经离开了青年公寓,生活在鬼屋已经几个月了。她忽然良心发现,减掉厌恶,增加愧疚,陡添了份温存。

福来告诉她,那天他自己在鬼屋,发着高烧,不能动弹,饿得要死了。他四处找吃的,没有一粒米,就爬到地中间那个窖。掀开木板盖,里面涌出的，全是霉烂的气息。一堆生芽的土豆出现在手电筒的光线中，就像哥伦布发现了新大陆。他一头栽进去，没饿死，差点摔死。过了好久，他才清醒些，努力翻身起来的过程中，手就碰到一堆灰色的植物，像苞米，剥开黏稠的外皮，竟然是白菜，还残留萝卜大小的芯儿！他不管三七二十一，大口地吃起来，直到再次昏过去。又不知过了多久，他被疼痛弄醒，手电仅剩下微弱的光。他抬起头，几只老鼠从他的身上跑掉，皮肤上还有什么东西叮食着，一阵阵地疼痛。他将衣服脱掉，才发现自己还在窖里。

他发现自己没死，这是他第一件觉得幸福的事儿。他忘记了来自伤口的疼痛，忘记了恐惧，继续剥烂白菜吃，狼吞虎咽地吃着。这时，他发现老鼠消失地地方，有个拳头大小的洞，用手一推，就感到更大的一股阴风吹过来，逼他打了个寒战。

就是这样，他发现了一个墓穴，里面倒放着这件古玩。

“里面可能还有。”

“多吗？”

“一定不会少。我们一起去吧，挖掘出来，全是你的。”

福来真诚地说。

久一相信了。反正也无事可做，就随福来回到当初自己选的鬼屋，那天带着谎言离开的时候，压根就没想再跨进来，现在进来，却发现已经今非昔比，被福来收拾得干干净净，也有了温暖的人气。察看过地窖，久一搂着福来，流着泪问：

“你这个傻子！为什么不拿着这些东西，远走高飞？”

福来搂着她：“我希望和你白头偕老……我们结婚吧。”

久一摇摇头：“你对我太好啦。而我，一点儿都不好。你娶我，你会后悔的。”

“我不后悔，我还等着孩子出生呢。”

“我已经做掉了……”

“我已经知道了。没关系，我们还可以再要。我不怪你，因为现在，我们确实养不起，你说得对。但是，我们有这个宝贝，有这个宝藏，就可以……”

福来将铜壶放在久一的手里。

“我没你想象的那么好，福来，你知道吗？”

“我知道，可是我不相信。”

“你是在自欺欺人！我们……我们分手吧。你的东西，我一件不要，一分钱不留……”

久一抚摸着福来凌乱的头发，心乱如麻。再怎么修剪，这颗头也不会是那个英俊帅气的吴刚！

她必须找到吴刚，希望还没有绝望。距离永祥集团是如此的近，仅一步之遥，她怎么会放弃呢？何况琉璃酒店十九楼一事，也是把双刃剑，何不挥舞一番？别看现在的自己被刺得遍体鳞伤，只要抓住吴刚不放，自己就有反戈一击的机会，将自己掌握的吴永祥的丑行，变成一把利剑，直刺永祥集团的咽喉。没有什么能够阻止她实现欲望的脚步！

久一要走，福来拦住她，眼里露出凶光。

“你走不了啦！”

“福来，你要干什么？”

“你必须嫁给我！”

“为什么？”

“你答应我的。”

“那是什么时候？两年前。可是你说你两年后，送个别墅给我。”

“我给你的钱，早够你买别墅的啦！”

“我会还你的。”

“我不要。我只要你这个人。”

久一坚持要走，福来就将她绑起来，倒立在窖洞口，和在青年公寓楼上一样的姿势，要扔她下去。

“只要我把口一封，这里就是你的坟墓！没有人知道，永远不会有人知道。你就会慢慢地腐烂，烂成泥巴！和烂白菜一样，发出一阵阵恶臭……”

福来说的时候，露出邪恶的一面。

久一虽然不相信福来会这么做，但像这样对自己恐吓，还是第一回，出乎意料。她挣扎着，就抓破了福来的额头。福来搂着久一，倒在干草堆里，疯狂地亲吻着。久一推开福来，更多了重对福来粗鲁的厌恶，哭着对福来说：

“你给我时间，让我好好想想吧。这样的日子，到底什么时候才是个头儿？你能告诉我吗？”

福来无言以对。

他也在想这个问题，他无法给久一一个明确的答复。他也意识到，自己已经无法满足久一巨大的欲望，就像宇宙黑洞……

福来把久一恭恭敬敬地抱上她的车，深吻一下，从眼角冒出两滴泪珠，目送她消失在村角。

“气死我啦！”

福来叫喊着，将刀子插进冰中。

福来仿佛看到一场风暴来袭，将可爱的久一吞没了。而愚蠢的福来，这个傻子，被调虎离山，送入隔离室，失去一切本应属于自己的权利，在看不见的巨大魔力作用下，逐渐在这个城市中消失……

“你别回来啦！永远也不要回来啦！”

他大叫着。绝望的声音穿过残阳洇染的山冈，随着呼啸的北风，传递很远。但是，他的叫声停止了，整个村子也就陷入死寂之中。

福来知道，久一瞧不起自己，无非是因为他穷困。他也不想上班了，欠下的高利贷，也还不上了，只好逃走。走前，要把地窖里的宝物挖出来，也许才会翻身。可是不幸的是，他在窖里挖了一天一宿，筋疲力尽，仍然一无所获。

第二天一早，福来背着这件久一不稀罕的古董，坐上村北路过的公交车，来到城北古玩市场，打算卖掉后回老家。他对久一已经不抱什么希望。没有了久一，工作也就可有可无，生活也毫无意义。他只想找一个旮旯眯起来，像一个傻子一样，慢慢地在所有的熟人中消失……

收古董的老陈拦住福来，追问古董出处，然后开他的吉普车，请福来带路，另付给福来一万元好处费。福来讲了鬼屋的传说吓唬老陈，老陈却越发感兴趣。福来沉吟一下，又改口不走了，和老陈谈租金价格。

老陈看后，租金竟然增加一倍，欲给他两万元。本来福来一定要离开这块伤心地的，离开就必然的，不给钱，白送都行，他见精明的老陈忽然出这么高的价格，就意识到里面肯定有玄机，就坐地抬价。

“十倍，我就全转给你。”

福来第一次做了出尔反尔的事儿。他自己都瞧不起自己，心里像藏着只兔子，突突地跳。

老陈不快地说:“一个坟墓,你自己留着吧。”开车就走了。

福来有些后悔,白捡的钱怎么可以不要?他给老陈打电话,老陈不快地说:“做古玩,你还太嫩了。你自己留着挖吧,什么时候挖出宝贝,有多少,我要多少!”

老陈的话,倒提醒了福来。他觉得这户鬼屋虽破,的确是个宝地。他从雪堆里翻出已经生锈的锹,钻进窖里继续挖掘。果然,在第五天,他挖出些铜币,拿到市场上给了老陈。老陈不肯收,告诉他:

“不是你的这铜币不好,是你这个人不好。”

福来不服气,要找其他摊主。老陈见福来倔强,就拉住他,给了他个高价。

福来尝到甜头,不再想什么库工工作,就整天挖掘着窖洞。这回,老陈隔三岔五地来福来家取些零碎古玩,虽没有大件,但小件不断。福来就像开个窍儿,生活有了些起色……

久一一直没有收到吴刚或祥生的消息,知道自己彻底被遗弃了。这样的结果,她早有思想准备,只是她从福来那学来的倔强,偏不服气。

久一辗转反侧,追根溯源,把全部的恨都撒在熟老身上。她让干妈联系他,她要找他谈谈。不久,客人回话:

“生意结束。”

干妈兴高采烈,因为客人同时送过来十万元现金,作为分手酬劳。

“这是违约!这点违约金怎么可能?”

久一叫道,要干妈如数退回。然后,她把手机里的一张图片印出来,用纸袋密封上,交给干妈。

“一起还给他。他看到这件东西,会同意见我的。”

干妈劝她:“不要太贪婪,见好就收吧。”

“我不要钱。”久一坚定地说。

“你要守规矩,否则,我的生意就砸了!”

“不会的。我只是有点儿事儿要跟他谈谈,没什么。”

干妈大瞪着眼睛,问:“你不会喜欢上这个老家伙了吧?”

“他做梦吧!好戏接着上演,你会看到的。有你好处!”

干妈发现,久一新增了风月场的恶毒。这是她不愿意看到的,却和其他女人一样,终于发生啦。

“小心。他们什么事儿都能做得出来……”

“我不管。我也是个女人,我也要爱情!”

干妈懵懂不清,不好再多问,只是担心不已。

没出两天,干妈来电话,兴高采烈地告诉久一:

“久一,我的小宝贝!客人同意见你——他又动心啦!还是那个时间,那个地点……”

久一经过一番打扮,准时来到琉璃酒店十九楼三号门。门打开,熟老衣冠楚楚地迎接她,显得和蔼可亲,慈颜善目。

“别装啦。我们都知道彼此的身份,您说该怎么办吧?”

久一一向唯唯诺诺,此时不知哪来的底气,盛气凌人。

“威胁是解决不了问题的。你说吧,什么条件?”

“什么‘什么条件’?我不明白。”

“你明白。你不能和吴刚结婚,他是我儿子。”

“这是你的意见。吴刚是什么意见?”

“他也不会和你结婚,你就死了这条心吧。”

“吴刚他喜欢我……”

“我也喜欢你,你怎么可以喜欢他?——我们是父子。”

熟老抽着烟,目光如炬,手指似爪,像大亨面对着乞丐。

“可是,你喜欢我,是猥琐的喜欢,是交易!而吴刚喜欢我,是真心的,我能够体会得到!”

“不,不可能——你们不可能相爱,只是玩玩儿而已。”

“我和吴刚是认真的!你听清楚,我和吴刚是认真的!”

久一突然带有乞求的口吻,助长了吴永祥的嚣张。

“你死了这条心吧!你这个女人,太不道德,竟然和我们父子……”

久一噌地站起来,直指着吴永祥:“是我不道德,还是你老不道德?我并不知道吴刚和你是父子!你用你的金钱来买我的青春,你竟然说我不道德?还有没有天理!”

久一不甘示弱,步步紧逼,将更多的图片拿给吴永祥看。

“你希望它流给你的家人和孩子吗?”

“你是在要挟吗?”吴永祥勃然大怒,“我不怕!倒是你这个小姑娘,我看你将来怎么嫁人!"

"没有吴刚,我就不嫁了。但是你也甭想消停!我会让你不得安宁,永远!"

吴永祥仰面大笑,冷冷地说:"在江桥下面,出现一具女尸,这样的事件会引起人们的注意,但警方不会深入调查,大多是因情自杀……"

久一针锋相对:"但是,如果女尸背后是个集团企业老总的恶意报复,这样的新闻,全国人都会关注,是吧?我不傻,不会只存放在我的手机一个地方,不备份,不放在其他的姐妹那儿。当然,我也不想把事情闹大,我只想得到我的爱情。希望您老三思而后行。"

吴永祥闻听久一颇有力量的话,痛苦地将双手埋在手掌里,装作失去威风。

"好吧。你还不知道,吴刚已经被调查。"

"为什么?"

"跟你无关。你最好不要再纠缠他了,他还太嫩,跌几个跟头,对他有好处。"

"他到底怎么了?"

久一急得要哭了。

"与你无关。"

"和我有关!我要知道他到底怎么了!"

吴永祥示意她冷静,然后说:"如果你喜欢他,就离开他,这是对他最好的保护……"

"我做不到!"

"你必须这样做,否则,他不但不会东山再起,恐怕在永祥集团,也永无立足之地!"

久一有些傻。她知道,不但自己的命运在这个老家伙手里,连吴刚的命运也掌握在他的手中。如果自己强硬不理智下去,的确对吴刚不利……

"放心,我知道怎么做,只要你们不要难为吴刚。"

久一走出 1903 室,一路将泪水洒在衣襟上,却浑然不知。

吴永祥望着久一远去的背影儿,得意得并不舒畅,还达不到心满意足,觉得危险的定时炸弹,并没有完全排除。

存在,就是隐患。

第十三章　孤注一掷

久一出了琉璃酒店，抬眼就望见远处造型别致的永祥集团大楼，感到从未有过的孤独。想象着吴刚坐在那宽敞明亮的副总经理办公室，被金钱和美女围绕着，无暇顾及向窗外望，向马路上望，望这里像木头桩子一样杵着的久一。或许他很快就把这个女孩儿忘了，忘得一干二净；或许他偶尔也会想起，就像打靶中了十环，一笑而过……

此时，心高气傲的久一，终于承认俩人的差距，一个在地面，一个在云里。此时，她方才想起福来，承认委屈了福来，就想向他说声对不起，像往常一样，将自己内心的苦水向他倾诉一番。于是，她打福来的电话，福来却停机了，打到库管站，接电话的人一听说找王福来，气不打一处来，骂道：

"王福来？他现在叫王福去。他早滚蛋了。"

青年公寓早退租了；而鬼屋太远，不知道他会不会死在那里。她就这样犹犹豫豫地挂念着福来，琢磨着怎么才能找到福来，重修旧好，却发觉身后一辆轿车跟着，与自己保持着一定的距离。

久一突然意识到什么，想起熟老狰狞的面孔，加快脚步，向人群多的商厦走。她走得快，轿车跟着也快。久一转向左侧单行道，估计可以甩掉它，却见轿车竟然逆行而来，越来越接近她……

久一索性站住。她并不认识这台车，里面有三个人，都戴着墨镜，在这个初秋，倒觉得滑稽。车窗摇下来，司机问：

"请问，你是模特吗？"

"你们是……"

"我们在拍一部电视剧，你想参与吗？"

久一松口气，觉得是个机会，问："什么剧？"

另一个男人说："老妹，你真漂亮！上车再说吧！"

久一一侧的后门打开了，显得很热情。久一本能地后退一步，意识到可能遇到的风险，就摇摇头说：

“我不会演戏。”

“一学就会，看你的条件，一定没问题。”

司机说着，打开车门下来。久一忙摆着手，向前方疾走。轿车又尾随过来，离得更近。

“你别怕……我们真是剧组的工作人员，这位——”司机指一下副驾驶，“这是我们郎导，外号‘狼人’，听说过吗？”

久一摇摇头。她只知道福来的老乡叫“狼人”。

“前阶段热播的电视剧《死囚》《最后一个生存者》，都是郎导的作品……”

久一还是摇摇头。

“我刚回国，并不看国产电视剧。”

郎导摘下眼镜说：“美女，没看过没关系，一起参与，报酬优厚。”

他从车上下来，腿有点儿点脚，边走过来边掏出名片。

“认识您很高兴。拍不拍戏没关系，交个朋友，在一起坐坐，可以吗？前面就有咖啡店……”

久一礼貌地伸手，和郎导握一下。自己正彷徨，不妨参与一下，未尝不可。

“我倒是在中学时拍过广告片……”

“那更好了！有这个经历，肯定没问题，我保你。有个女三号，正合适你！”

久一尽管犹豫着，还是坐进了他们的车。

咖啡店单间里，早有人在等着久一。

久一一见，是吴刚的三叔吴永福。久一这才意识到，自己无论如何谨慎，还是陷入了他们的圈套。

“对不起，石小姐，我们只能以这种方式请你来，因为只有这种方式是最文明和谐的。现在都提倡和谐社会嘛，我们谈点事情，也要和谐才好。您想喝点什么？随便点，今天我请客。”

吴永福眉宇间，流露出的机警和奸诈，与吴永祥非常相似。所不同的是，他更加狠毒，并不做过多的掩盖。

“谢谢！我们见过，您是三叔，对吧？吴刚呢？我这几天没有见到他，电话也不通……”

“他出差了。而且已经把你甩了，你还不知道吗？”

陶淘在一旁接过话茬儿，幸灾乐祸。

“我今天请你来，就是要跟你谈谈这个问题。”

吴永福把语气压得很低，像要把乌云都压在城市上空，令人压抑。

“什么问题？您问吧。”

“就三个问题。一个是，你是怎么认识吴刚的？你到底是不是商业间谍？”

“我们在机场认识的，您都知道，已经说过了。我没有给任何公司工作，也就谈不上是什么商业间谍，您多心了。”

“第二个问题，你接触吴刚在北极村的谈判了吗？你能讲述一下整个谈判过程吗？在这个过程中，他有没有接受对方的宴请？”

久一现在才知道，吴永福针对的，不是自己，而是吴刚！

“我没有参加任何你们公司的谈判，我们只是在机场偶遇，其他的，一概不清楚。”

“你和他一次偶遇，他就会因为你把他的老婆甩了，哪个人会相信？你还是没有如实把情况说出来。”

“我说出来了，没有任何隐瞒！不信，你可以把吴刚叫过来，我和他当面对质！”

久一找不到吴刚，她正急切地要见到他！

“这是你们的事儿，我可不管。第三个问题，就是你好像没有工作，你靠什么生存？”

久一警觉地盯视他，反问：“这和你有什么关系？”

“当然有关系。我想出高薪，聘你做我们公司的模特，除了做身体模特，还要拍广告宣传片。我的要求不高，只要超过过去的一切！感兴趣吗？”

“多少报酬？”

久一显得世故，主要考虑这是一次接近永祥集团的机会。东方不亮西方亮，她愿意不要一分钱的报酬，只要能够接近吴刚就行。

“我大哥给你多少，我就给你多少，而且乘以二。”

吴永福这么说，把久一吓得气都要断了，原来他真正的目的是在这儿！

“我和吴永祥董事长没有任何交易。”

“他现在已经不是董事长，是总裁。而我，才是永祥集团董事长。所以，我会知道他和你做琉璃女人系列的一切细节，你不用瞒我。你就直说了吧。”

“我直说什么？我见过第一代琉璃女人系列，很端庄古朴，像兵马俑，和我没有关系。估计做那一系列的年代，我可能刚出生。最近推出的系列，是根据我的身形做的，但我们没有做任何交易，我只是收了我的成本费。我正要找吴刚，要我的肖像费，现在您负责，您看这个问题怎么解决吧。”

永福没有欺负到久一，从她口里得到任何对大哥不利的东西，反被她叼了一口，看来这个丫头，属老鹰的。

“你的肖像，当然要跟吴永祥要。我若是使用，肯定会给你相应的费用。这一点，请你放心。”

“多少钱？”

“什么多少钱？”

“我同意参与公司的拍摄，你能给我多少钱？”

永福一看久一动了心，高兴起来。

“签约我公司，基本工资加提成、奖金，怎么样？”

久一点头。她要尽快结束他们的纠缠，找到吴刚，再做打算。

陶淘领着久一，在隔壁间阅读着聘用合同。久一并不懂法律文书，凭直觉，总觉得不对劲儿，等于一份卖身契。她稍有疑问，陶淘哗地把合同抽回，说：

“签不签？你一个无业游民，还挑挑拣拣的。能要你，就是总裁瞧得起你。”

久一想起机场时凶恶的目光，霍地站起来。

“不签。”

陶淘转身就走出单间，对隔壁汇报：“石小姐胃口大，她不肯签！”

久一惦记见到吴刚，就冲进去，冲永福董事长告状。

“我不是不肯签，是她挤对我，我还没明白怎么回事儿……”

吴永福显然不爱听久一说下去，说：“没办法，不是我不想聘用你，而是你不想做。啥时想来，再找我。”

说完,几个人跟随着吴永福,大摇大摆地离开咖啡店。

久一正气愤,郎导在身后说:“石小姐,领导层都是这样,吹毛求疵。用人是我用,跟着我干,怎么样?跟我干不受气,但工资低,你要有思想准备。”

“不干。”久一生气地叫道,往出走。

郎导尾随着,在门口就和另外两个人前后夹住久一,往吉普上连推带拽。久一拼命挣扎,却无济于事。

郎导将久一带到琉璃酒店一个会客间,久一一见,就扑过去。

“吴刚——你怎么在这儿?”

吴刚搂着久一,查看她没再复发的冻疮,关切地说:“你参加郎导的项目吧。现在我只能帮你这些。”

久一搂着吴刚,问:“你不会不理我了吧?怎么一夜之间,大家都像不认识我一样?”

“你太单纯了,还不知道商场的险恶,不知道手足相倾的残酷。你就当一切没有发生,还是先进到永祥集团来再说,努力做些事儿,在做的过程中,逐渐学习、提高。慢慢你就懂了。”

“你上哪儿去?”

“我不上哪儿。我只是暂时休假,有些事情不能告诉你,你就当什么也不知道,好吗?”

久一点点头,热泪泉涌。

“只要我能每天看到你就行。让我干什么都行。”

吴刚在久一的额头上亲吻一下。久一把吴刚紧紧地抱在怀里。一波三折,久一受惊的心脏,忽而快乐起来……

久一稍好,就到永祥办公楼上班。

当她刚坐下,却见一个男人找她谈业务。久一一见,就愣住了,是王福来!

“久一,我找到宝藏啦。一找到,我就接你来了,快跟我走吧。”

久一被吓得丢了魂儿似的。她敏感地觉得,企划项目组的人都在用眼睛的虚光斜眼看着她。她故作官腔:“请到会客厅。”

福来本是个落魄的工人,没有一点儿像业务员,但她马上想起铸模工程正在找代料加工的事儿,大声说:“你们有什么业绩呀?就你们那点技术力量,怎么能承接得了我们集团的大单?”

其他人都在窃笑,不是发现什么,而是料定久一这个新手,抓稻草也没看看是不是离岸边近。

福来被久一说得云山雾罩的,愣着的时候,就被返身关上门的久一恶狠狠地低声叫道:

“你怎么跑到这儿来了?我刚有个发展的机会,你找死吗?”

福来准备的所有台词都没派上用场,尴尬地说:“我就想带你走。我有钱了。”

“多少钱?能办房子买地,还是可以开公司?”

“能买几亩地……”

久一指着福来的脸。

“你要是搅掉我的工作,咱俩永远没戏了!你立刻从这里滚出去,不许说认识我,我们没有关系,听清了没有?”

“我找到宝了……”

“我的宝藏比你的还多,你死了这条心吧。”

福来不肯动,推也推不动。他想起同乡“狼人”教的一句,就问:“如果我把我俩的事实婚姻关系公开了,会怎么样?”

福来的这句话,起了作用。久一不能不考虑这个问题。她给福来倒杯茶,然后问:

“你要多少钱,你才会忘记这段事情?”

“我不要钱,只要你……”

“你是要把我往死了逼。我会没有工作的!”

“我们结婚,跟工作有什么关系?你为了工作,就把我的孩子打掉了?”

久一发现福来对自己的痴情,已经到病态的程度。她想先稳住他再说。

“我们下班后再说,好吗?”

“不行。你要还我孩子。”

“孩子,我们可以再要,但是工作不是总有机会的。你明白吗?”

“不明白。”福来执着地说。

“你要逼我死是吧?你看到我死,你才开心?”

福来最怕久一提死。他爱她,不希望久一受到任何伤害。任可他自己死，也不能让久一死。看到久一绝望的样子，他的心软了。

“你得把孩子还给我。”

“好的。我再给你要一个。你先到对面的咖啡馆，到那里等我。我一下班就赶过去，我们好好谈谈，好吗？”

福来勉强同意了。他走过走廊的时候，陶淘监视着，跟踪到大厅，被久一察觉。福来在永祥集团一出现，就对久一构成了最大的威胁。

久一心乱如麻。

福来从永祥大厦出来，就到路边店买盒烟抽。他和久一见过面，已经明白久一要他远离这个城市的真正意图，他不相信，主观上不敢相信。秋风吹着他的面孔，他希望这寒冷能让他降下温来。

突然，有个不算漂亮的黑皮肤女人走近来，轻声说：“大哥，你是久一的男朋友吧？”

福来一愣，不认识，看看清冷的街道，确认她是在对自己说话。

“你认错人了吧？我不认识你。”

女人长着瓜子脸，修饰得很高雅，楚楚动人谈不上，倒有几分风情。

“我是久一的同事。你想了解她什么事情，我都知道。”

“我，我不认识什么九一、十一的。你有什么事儿吗？”

“你不用瞒我，你找久一的时候，我都看到了。”

“看到又怎么样？我根本不认识她。”

福来本能地意识到，久一一定遇到了麻烦，她的对手在像狼一样围剿她，他不能坐视不管。他现在，仍然可以为了久一，跟任何人拼命。

女人见福来防备心强，就一指咖啡馆：“喝一杯咖啡还是可以的吧？我请你。”

福来本来也要进去，因为久一订的就是这家咖啡。只是时间还早，听她怎么说些什么也好。

“我有关于久一的重要信息，和你沟通，这叫信息共享、互利互惠。请吧！”

福来没有架住这个女人的进攻，随她走进咖啡馆。女人给他要了份咖啡，自己要了杯热饮，自我介绍道：

“我叫陶淘，是永祥集团琉璃工艺公司的行政总监。”

福来谨慎地点点头,显得特谨慎。

“你叫什么?”

“王福来。大家都叫我福来,吉利。我是打工的。”

“打什么工?”

“看仓库、搬运工、开铲车,什么都干,为了多赚钱。”

“很辛苦吧?”

“也不辛苦。”

“你和久一认识多久了?”

“也就是昨天。”

“昨天?”陶淘透过蓝光镜片,努力盯着福来滑头的眼睛,“你们不是早就认识吗?”同时意识到,这个看似老实巴交的乡巴佬,滑头得很,难对付。

福来看似笨拙地从肩挎包里掏出一件东西,纸包纸裹地一层层打开,露出一件铜壶。

“怎么样? 纯古玩,能和你们公司谈谈合作的事儿吗?”

福来灵机一动才想出这个办法来。他没有别的本领,在和地痞流氓周旋中,学会了自我保护和欺诈。他像只警犬,嗅到了围上来的野狗的气味,他不得不竖起耳朵。

陶淘要拿过去看,福来憨厚地用手挡着,表演得很市侩,小气地说:“不能动,很金贵的。一沾汗,就会烂掉!”

陶淘压抑着恼火,不屑地说:“我们的艺术品,说出来吓死你。”

福来抓住时机,讨好地说:“求你,和那个叫什么九的女孩儿说一下,把我这个卖给你们公司吧?”

“我们也不是贩卖假古董的,你找错人了。”

“你们的艺术品不也要仿吗? 仿一下我这个,怎么样?”

陶淘很恼火,刚好有电话来,连和福来招呼也没打,就匆匆回公司了。

福来虽然取得了胜利,却刚好看到一群孩子放学从门前经过,一团巨大的悲伤就包围了他,乌烟瘴气。

孩子没有了,是他对久一最大的失望。不要孩子,等了她三年就等于白等。不过,他对送她留学,不后悔,看着她可以轻易地走进永祥集团,做上了白领,这不是当初送她出国的希望吗? 如今实现了,自己应该高兴才对。不是为自己,而是为久一,也该高兴才对……

福来一直坐在咖啡馆里,这样想着。古玩商老陈追他到这里,还就他新挖出的古董,讨价还价。老陈看了福来用手机拍下的相片,出了价钱,福来不同意,俩人不欢而散。这时,就到了久一约定的时间。

可是等了两个小时,久一还是没有出现。福来坐不住,一直打久一的电话,手机仍处于关机状态。福来走到永祥大厦,保安告诉他,久一已经下班许久了。福来坐公交来到久一的住处,撞见搬家公司在往楼上搬东西。他预感到什么,跑上去一看,新房客正在安排布置东西,把他当成了窃贼,差点儿报了警。他追问房东,久一去哪了。房东什么也不说,一问三不知。

福来找尤二哥。尤一见福来就抱怨道:"你还在这没事儿呢。"

福来惊出一身冷汗,结巴着问:"久一她,她怎么了?"

"被抓了。"

"在哪儿?我到哪找她去?"

"当然在局子里。这回事儿可大了。"

"怎么回事?"

"她过去的一个客人,说什么也要见她,她就在下班后去了宾馆,刚进去就被抓了。工作也丢了不说,可能要劳教。"

"怎么办呐?"

"用钱赎出来。可是我最近没有生意,手头没有钱……"

"我有我有。"

福来把古玩拿出来。

"这个东西可以卖十万。够不够?"

尤二哥眼光放亮,故作一脸苦相地说:"这哪够哇,还不够走人情的。"

"我还有。"

"在哪儿?"

"在郊区平房的地下室。"

"够吗?"

"那地下是个墓地,我挖出的,小的卖了,还有两件大的,值钱。"

福来救久一心切,当即带着老金来到出租屋。他并没有意识到,危险正在向他逼近。

第十四章　清除障碍

福来搞起了古董买卖，说出来没有人会信。

久一并没有被抓，她一在办公室见到福来，就感觉到危险。当时福来一走，总裁吴永祥突然叫她到办公室，一脸的严肃。

“你觉得这个位置，还满意吧？”

久一负责招募新模特，配合新产品开发，她很喜欢这份工作。

“跟你有什么关系？你最好不要干预我俩的感情。不说，你该明白。”

吴永祥仰面大笑道：“你觉得没有我首肯，即使小刚再执迷不悟，你也跨不进永祥大厦半步，你信不？”

“那我还得感谢你呗！你终于知道，你甩不掉我了吧？放心，我就当不认识你，不了解你。这样相安无事，对谁都有好处。”

“给你份工作，就是让你放弃吴刚！”

“不可能。我爱他，他也爱我。”

“你的野心不小。”

“你的野心小吗？跟你比，我还只是个小职员而已！”

吴永祥无奈地说：“那你还想当经理？”

“我会努力的，为你创造价值，你还不了解我的另一面，会让你目瞪口呆的！”

“那我让你当部长试试？”

现在，轮到久一目瞪口呆。她没想到准公公阴险中也会有慈怀。

“只要不再将我扔雪堆里就行。”

“那件事只是个误会。反正我已经把话说了，你自己考虑，想通了，告诉我。”

久一心里没底，不知道这只老狐狸又出啥花招儿。她管不了那么许多，只能顺水推舟，见机行事。

“我怕做不来……”

“以你的聪明，没有做不好的。”

吴永祥这样说，尽量躲避着久一的目光，想让她与陶淘比试比试，看谁脑壳子硬！

“我还得听从吴刚总经理的意见。”

“吴刚是个情种，我知道。他看中一件事儿，不管其他。”

“您这么说是什么意思？”

“我的意思是，他并不了解你。”

吴永祥说话有分量，每个字都像秤砣一样，压上一分重量。

“你了解就行呗。我们已经开诚布公，不是说好了不再提，就当没有发生过吗？你该不是吃醋了吧？”

久一反唇相讥，不甘示弱。

“笑话。我的女人大把，有的是。”

“可是三叔正在做您的文章，还不是因为您的不检点？您的总裁位置，你觉得比董事长还有权吧？”

吴永祥坐直身子，觉得这个女人太可怕了。刚来几天，就掌握了自己的命脉。

“你是不是管得太多了？”

“不管多与少，我们的利益是一致的，我们的目标是一致的。你说呢？”

“我叫你来，可不是讨论这个话题。”

“那会是什么？你说吧，确定了我们结婚的日期？”

“结婚？说起来怎么会这么简单！”

“你反悔了？”

“我确实在考虑你是否该放弃。我答应你给你这份工作，还保留你继续升迁的机会，如何？”

“为什么不是吴刚来和我谈？”

“他明天就回来，所以我今天和你谈。”

“我不会放弃。我们是相爱的。”

“我看你不但是爱他，还爱他的产业吧？”

久一盯着他的眼睛反问：“我们是在机场遇到的，一见钟情。”

“你知道他是永祥集团未来的继承人!”

“没有。如果我知道,为什么不靠你更实惠,等你死了,整个永祥集团就是我的了!”

吴永祥受了刺激,想发火,却失去了力气。他发现,他这一把年纪,一见久一,再威猛的狮子,也会丧失斗志!

“你找我要说的不是这个吧?”

“是的。吴刚回来了,你的男友怎么办?”

久一一惊。

吴永祥露出狰狞的淫笑。

“我已经知道,他找你来了。你的麻烦来了,不能怪我。”

久一不知道是怎么离开吴永祥办公室的。

但是她的嘴很硬,无论吴永祥怎么诈他,她始终矢口否认。她知道,她绝对不能承认,即便福来承认了我也不能承认,否则就前功尽弃,竹篮子打水一场空。

她找祥生,果然吴刚晚间就坐国际航班回来了。公司并没有因为吴刚回来而特意通知她,说明她还没有真正进入永祥集团。集团对待她很谨慎,会不会像往次婚姻那样昙花一现,还持怀疑态度。久一知道这样缠绵过的女孩儿,她是第七个,是陶淘特意告诉她的。

“你算其中最不靠谱的一个。”陶淘强调。

大家对吴刚的恋爱已经产生了副作用,懒怠谈论,也许刚议论完,就又换人了。久一听到陶淘向她恶毒地传达这些信息的时候,十分紧张,她不想做吴刚的一张鼻涕纸。

久一独自一人开车去机场,才想起约的福来,也许他还在咖啡店等自己。她了解福来的脾气,他一定会在那里等她。可是,她自言自语:“对不起。”眼泪就涌出来,连忙打开双闪应急灯,停靠在应急线内。

哭了一会儿,她才镇静下来。她的脑海浮出一个成语——无毒不丈夫,就打福来电话,实话实说,让他放弃自己吧。可是福来的手机已经停机。他经常停机,因为欠费。

这样的丈夫,怎么能托付一生?

她的心又硬起来,打干妈的电话,干妈小声说:

“福来在我这儿。”

“怎么办？他闹到公司来了。”

“他好像发财了……”

“他发不发财，和我有关系吗？干妈，我现在怎么办？就要实现目标了！”

“他真的发财了。”

“他怎么发的财？”

“倒古玩，好像有些钱。钱，可是好东西……”

“那能有几个钱？不知从哪弄来几个仿品，骗老百姓……”

“这次不是。真的，我看了。”

“我也看了，不值几个钱。干妈，你想想办法吧。”

尤二哥向屋里望一望，就看到古董放在茶几上，忽然问：

“你真的不留恋？”

久一望着前方机场的航站楼，那么多接机人，唯独没有自己。我是吴刚的未婚妻，我还能做什么？是不是吴刚已经知道福来的存在？

久一手拍着方向盘，叫道：“干妈，我不管。无论你采取什么办法，要让福来在我面前消失，最好永远消失……”

最后一句，吓得尤二哥手一抖。暗想，这个丫头真的变了，像吃了秤砣，铁了心。铁心不算，还是“小胖孩儿”，这是冲广岛去的，义无反顾，够狠的。

久一说完，也被自己的话吓了一跳。

一大跳。

新任董事长吴永福亲自接机，出乎所有人的意料。有他在，大家就跟在身后，让他第一个与从闸口里面出来的吴刚握手。

“大侄子，一路辛苦啦，谈判很精彩，可以说是我们永祥集团最精彩的一份合同。”

“还不是叔叔遥控指挥得好，每一个条款都逐字过目，精明劲儿，令晚生佩服。”

大家都听明白了，吴刚只是个马前卒，木偶而已，指挥大权在吴永福这。几个部门领导在场，大家寒暄一番，就各奔自己的车队。

久一站在众人身后，远远地望着。吴刚第一眼就看到，奔过来，搂着久一亲吻起来。

“怎么样？工作还适应吗？”

久一依偎着吴刚的胸膛，接着刚才的眼泪，就哭泣起来，肩膀一动一动的。

“怎么了？受委屈了？”

久一摇摇头。

“没有。大家对我都挺好的。人家想你嘛！”

“好啦。你也知道，这阶段公司事务多，内讧不断升级，就跟游戏大战似的，稍一疏忽，就会被机械接管。企业就是这样，无论国有的还是私营的，都是一样的利益至上。我不是和你说过嘛，没有永恒的敌人，只有永恒的利益。大家都是为了利益，可以理解。理解了就想明白了。走吧，我坐你的车，我俩单独喝咖啡去……”

久一激动得顾不过来擦泪，亲吻着吴刚：“你不累吗？先休息一下吧。”

“有你，就是最好的休息。”

吴刚对司机说：“你自己开回去吧。不用管我了。”

所有人看在眼里，咬牙的咯咯声在深秋的夜晚，显得微弱，像老鼠刻木。

推开鬼屋的院门，衰草封了院儿，只有一条小路，通向房门口。秋雨已经下了一周，还没有停的意思，眼看着就要把空屋子灌包了。

老金抱怨：“怎么跑这里来了？这哪儿有人住哇。”

尤二哥裹着毛披肩，直打趔趄。她也是初次来，与往次习惯不同，没做任何抱怨，诡秘的眼神四处逡巡。附近三十多户人家，几乎全空着，只有远处有一家废品站，院里堆着些废铜烂铁，纸壳塑料瓶，门头停一台四辆电动车。如果雨不停，路泥泞，这些破烂都运不出去。其他的房屋缺窗户少玻璃，一派战后景象。

“你别看这偏僻，可是块宝地。”

福来极力夸奖着这里的风水。

“赶上坟圈子啦。”

“别说得那么瘆人。”

尤二哥不爱听坟呀死的话儿。

“老金说中了，这里还真是金国时的一个坟场，埋过两代黄帝……”

说着，福来从木条杖子里抽出个板锹，清开门前的残草枯叶，打开房门，点上蜡烛。

电却无缘无故地没了。

“你和久一，在这里很浪漫呐。”老金说。

尤二哥在身后拧他后腰一把，痛得老金直咝哈。屋里的空气仍旧混浊，阴冷的气息扑面而来。

“别害怕，这里不会来一个人，听说来年开春就能被政府推平了，建成一个大型工业园区。不过吵吵有三年了，总说来年来年，还不知道哪年是来年。所以我起早贪黑，不停地挖掘，等来年开工，我也要混进工地，说不上在哪儿还能挖出文物……”

福来说得津津乐道，老金在旁却寻思着，眼珠子滴溜溜转。他从来不相信这个肥家伙会这么走运。不走运的家伙，即便到了走运的时候，也会败运。

福来打开地窖上搪的木板，露出黑咕隆咚的大嘴巴，喷出阴气，让尤二哥倒吸口冷气。

“快找古董吧。久一可能就在这么阴冷的鬼地方蹲班房呢。”

尤二哥故意把气氛制造得很紧张。福来打着手电，以最快的速度爬进去，把古董从黑暗中递上来，如数家珍，一共五件。古董上面，泥土覆盖，看不出年代，但一定很久远，证明这次福来没有吹牛，很踏实。尤二哥早忘了寒冷和恐惧，用如鹰爪的瘦手擦掉尘土，见到泛绿的铜锈，闪着荧光，向老金使了个眼色。

老金的心快跳到嗓子眼了。他趴着窖口，冲里面的福来喊：

“兄弟，还有吗?”

福来的手电光打到琉璃女人雕塑上，触动了他的情感。他曾一度因怨恨并不想救久一。她太伤他的心啦。既然她负心，就不能让她得安生。老天有眼，她得到了报应，被送进了监狱，这个结果很不错。

可是，一想到监狱里残忍的狱霸和暗无天日的生活，尤其清汤冷饭，久一哪里能够咽得下？福来想到这儿，先自痛不欲生……

情感战胜了恩怨，福来亲了一下“琉璃女人”。

“我爱你。”

他这样说着，下决心倾其所有，要保护好久一。这样想着，他勉强转身，非常笨拙地从地窖里往出爬。

老金又问一遍:“还有吗?”

“就这些,没了。”

福来指着炕上的古董,要说什么,就突然感觉一阵风从后脖颈卷来,一阵剧痛之后,就失去了知觉。

第十五章　因祸得福

久一从浴室出来，吴刚已经疲惫地沉沉睡去。

久一却困意全无。时间已经到了晚上十点，还没有电话来。她一直等这个电话，心惊肉跳，浑身打战，仿佛良知发现，胸闷得喘不过气来。

她只想哭！

终于得到了吴刚，却失去了忠诚的福来……

她实在沉不住气，打给干妈电话。

“干妈，顺利吗？”

干妈在那边里叫着：“顺利个屁！车陷泥塘里了，出不来……”

“请求救援呐？”

“已经请求救援了。说是还有十分钟，谁知道啥时能到！现在的人，一屁三谎儿，算完了这世道……”

久一不想听她唠叨，说了一大堆，却只字不提她关心的，没有说明他们到底把福来怎么了。福来这颗定时炸弹，肯定难拔。如果没拔最好，说服了，好聚好散……

吴刚半夜睡醒了，又和她缠绵一回，就走了。他俩约定了结婚的时间，就在春暖花开时。

第二天，久一一进公司大门，就觉得情况不对，紧急通知被陶淘写在案板上——调整董事会成员。会议室人头攒动，交头接耳，议论纷纷。久一坐在靠门的一角，数着高管陆续进来，单单不见吴刚，临近开会，他才晃晃荡荡地进来，坐到座位上，心事重重地修指甲。

吴永福主持会议，先是延续昨晚讲话大意，肯定此行成果，忽然语锋一转，开门见山：

“今天开会通报一个重要事项。我们的外资项目面临风险，合作伙伴实力存疑。"

吴刚并不觉得惊讶,提出异议:"我们已经做过周密的调研,相关材料已经报回集团公司,大家都审议过。这家公司虽然不是顶尖企业,但在当地,却是个很重要的企业,发展潜力巨大。"

"发展潜力怎么界定?"

"当然是看该企业的年度报表及相关法律文书。"

"它只是个二流企业,怎么能和我们集团相比?"

"别看这个企业不大,但他的研发能力强,拥有最先进的技术,光专利就有十八项,领先于同行业至少二十年。

永福不紧不慢地说:"那好吧,你就详细向董事们汇报一下吧。"

吴刚将笔记放在面前。打开却愣了,因为笔记内页一片空白。眼睛花了?他眨眨眼,却仍见页面干干净净,空无一迹。翻遍整册,依然是空白。他冲陶淘招一下手,向各位高管歉意地说:

"我的笔记落在车里了。"

陶淘快速下楼,好久没见回来,电话却回来了。

"总经理,车上、办公室里都没有。您是不是落在别场儿了?"

"我没去别的地方。"

吴刚话音未落,就有窃笑声,冒一下就噎回了。

永福打圆场说:"那么,你就口头讲一下吧。"

吴刚正一下领带,介绍了一下谈判组成员,除了谈判专家,还有技术专家和情报专家,可谓阵容宏大,操作缜密。就在吴刚最觉得没问题的考察环节,在汇报具体问题时,几位技术专家却与情报专家产生了认知分歧,会议陷入争论的旋涡,公说公有理,婆说婆有理。吴刚左右为难,而永福却一针见血地指出三个疑点:

一是对方身份存疑,资质文书有待验证。二是当地政府态度暧昧,没有明文扶持。三是成员与对方代表关系密切,存在非法交易的嫌疑。

这三个问题都是针对决策而来的,显然吴刚是第一责任人。刚才还是一团和气的庆功,变成了责任重大的项目事故。吴刚此时出了一层又一层汗,换了两次湿巾。他向门口张望,陶淘却始终没有出现。

"班多姆,是方格集团的副总,你们是什么关系?"

永福逼视吴刚。

“我们在留学时认识的。”

“是同学吧?”

“算系友,在一个系里。”

“关系怎么样?”

“一般,只能算认识。”

“那么,这份项目是由他从中牵线,对吧?”

“是的。有什么问题吗?”

“你并没有在事先说明这层关系。”

“朋友通过朋友引荐,这很正常。否则项目怎么运作?”

“但是,他却占项目收益的百分之七。他在变相蚕食我们的资金。”

“我觉得这是他和方格之间的事儿……”

“那么,这件事你事先知道吗?”

“知道。”

“知道,为什么不向公司通报?不通报就是在掩盖。你试图要掩盖什么呢?”

“我没有刻意掩盖,只是还没有来得及汇报,我的日记里已经详细记录了。”

吴刚此时看到陶淘从外面进来,摇摇头,很是沮丧的样子。

永福阴阳怪气地问:“我提示一下,你昨晚回来,是不是没有坐公司的车?”

久一一直为吴刚提心到嗓子眼儿,听此提醒,忽然想起昨晚亲热的时候,的确有个纸袋滑到后座,忘了查看究竟。因为一整夜,他俩除了小睡就是亲热,早把这个纸袋忘得一干二净。

大家同时把目光投到久一身上,像太阳强光聚集凸透镜下的小蝌蚪——小时候在河边经常玩儿的恶作剧,一会儿,小蝌蚪就被烧死了。

久一站起身,向外走去。同时冲大家微微一笑,说:

“稍等,我这就拿去。”

“不用了。”永福说。

所有的人都望向他。只见他神气十足,从抽屉下掏出一个档案袋,阴笑着问吴刚:

“是这件吧?”

吴刚接过来,打开查看,点头说:“是。可是——”

“可是什么?你是不是想问为什么会在我这儿?你将重要的文件,落在手下的车里,对不对?”

永福的严厉口气,像一把剑,直刺向吴刚的心胸。

“你怎么可以擅自打开别人的车子?”

“你说什么?你会问你的对手,你怎么这样卑鄙,掌握了我的情报?你为什么不把你的底牌亮给我看?吴刚副总经理,这是在做国际生意,在投资项目,你应该知道境外项目的风险性。你为什么不多请教你的伯父呢?你总觉得谁也不如你,那么,就请你和在座的各位看几张图片。请播放。”

会场死寂,能听到彼此急促的呼吸声。

吴永福喜怒无常,在集团是出了名的。人们惧怕他,除了他的喜怒无常,还有他的出尔反尔。

会场正面的投影布降下,切换成幻灯模式,出现第一组相片:班多姆与吴刚等人开车在欧洲旅行的相片。第二组相片:三次协议草稿的演变过程。第三组相片:夜店中便装的吴刚……

吴刚拍桌而起,指着他所带的工作组成员,叫道:“这是谁干的?吃里爬外,阳奉阴违!站出来!”

现在轮到吴永福息事宁人,他摆一摆手,大度地说:

“年轻人嘛,毛糙,冲动,好大喜功,自以为是,这很正常,要不怎么叫年轻人呢?我也从年轻过来的,相当理解。我这么做,看着有点儿神秘,但不过分,所做的一切,都是为集团利益考虑,以确保项目投资顺利,做到万无一失。在这里特别说明,没有掺杂任何个人的恩恩怨怨,何况我们亲戚间没有什么恩恩怨怨。所以,我觉得这个项目存在着一些待解的问题,建议暂缓运行,待一切水落石出后再议。各位股东,有什么意见吗?”

其他几个股东,除了家族亲戚,就是长期豢养的股份占有人,他们自然随风倒,纷纷点头,迎合着董事长的提议。

吴永祥以顾问身份参会,一直没有说话,此时不能不说话:

“我赞同永福董事长的意见。海外投资是个大学问、大课题、大动作,集团上下都很关注,也关乎集团的未来发展,不能不慎重行事。我建议由永福董事长亲自挂帅,由副总永吉具体负责。建议吴刚仍回琉璃工艺品厂,做些具体工作。"

几个董事纷纷点头赞同。

吴刚拍桌而起,情绪激动地吼道:"我吴刚起早贪黑,没有做对不起公司的事儿,你们为什么在背后做我的文章?我经验不足,工作出现纰漏,你们为什么却坐视不管?我还真就不服气了!今天一定要把这个事件查清楚,是谁录的像,是谁打的小报告?否则,爷还不干了呢!"

吴刚的出口不逊,上了吴永福的当。他要追查的事情很清楚,他要接受的结果也很清楚,连久一第一次参加会议都看明白了,觉得可笑——外表光鲜时尚、富丽堂皇的永祥大厦,竟然如此龌龊肮脏!

这次会议对吴刚一向兢兢业业的工作热情,是个致命的打击。

那天会议后,吴刚整天泡在酒吧,直到喝得酩酊大醉才回家。在集团正式宣布吴刚不再担任永祥集团琉璃工艺品公司总经理的当天,他找到久一,当着所有人的面,单腿跪地,从怀里掏出一个精美的钻戒盒,郑重其事地说:

"久一,我的女神!跟我走吧,不要工作啦,我们结婚吧!"

所有的人都以为吴刚疯了,受了刺激。吴刚却耻笑这些俗人,对他们不屑一顾,摇着食指说:

"你们所有人加一块儿,赶不上一个久一!"

一群女职员扬言要跳楼,其中也有陶淘。

吴刚更不屑,叫喊着:

"你们谁跳?我负责买棺材,还补贴勇敢奖八万元,知耻而后勇奖四万元!"

然后,他带着久一,大摇大摆地开车出了集团,到一家豪华婚纱店选婚纱。

久一不知所措,捂着脸痛哭。吴刚亲着她说:

"我娶你,我爱你,嫁给我吧!"

久一抱着吴刚,任他把自己轮成飞碟,然后一起倒进婚纱堆里。

"你不用修饰,也不用作妆,我最喜欢你的这种自然美。"

"好的,你喜欢什么样,我就什么样。"

"我终于可以天天陪你,我太高兴啦。"

吴刚亲着久一,来到永祥大厦门前。那天还没到春暖花开,季节还是乍暖还寒，是个周末，门前一片锣鼓喧天，鞭炮齐鸣，公司的人都聚在门前，大家可以清楚地看见彩虹门上写着：

吴刚先生、巴久一小姐结婚庆典。

所有的人站在两侧，为新郎新娘鼓掌。久一这才知道，自己真的成了吴刚的妻子，成了永祥集团顾问吴永祥先生的儿媳妇！这不是梦吧？

不是！

吴刚在典礼上只说了一段话："感谢集团这次的调整！正是这次英明的调整，促使我下决心娶美丽漂亮的巴久一小姐，过一次普通人的生活。"

久一也说一句话："像梦，竟然发生在我的身上，我感到非常幸福。吴刚先生，我爱你！"

无论是婚礼还是旅行，都是突然袭击。吴刚正是用这种方式，宣泄着对集团公司内讧的不满，吹响对敌对势力反击的号角。第二天他们以蜜月环球旅行的名义，重返欧洲大陆。吴刚见到了班多姆，才知道内情，方格公司被永祥集团利用了。永祥集团在利用这个琉璃项目铲除异己！而方格公司并不用出任何血本，就收利一百万美金。班多姆提供不了任何证据，只能帮助他这么多。

方格公司所在的城市，久一曾经到那里会过一个客人，并保持了长达三个月的联系。她抱着试试看的心理，找到过去的场所，都不知道她的朋友托迪去哪儿了。他是个有日耳曼民族的血统，经常去教堂。她随他去过几次，还记得那个主教。她坐在后面祈祷完毕，果然又见到这位主教。久一礼貌地自我介绍，主教竟然还记得她这个中国女孩儿。按照他的指引，她来到一家首饰公司。

托迪见到久一十分惊讶，直说上帝早就提醒过他，他要交好运了。托迪听久一说明来意，并没有说什么，就把她引荐到总经理办公室，他们正需要找一家中国公司进行合作开发琉璃工艺品。托迪还要重温旧梦，久一告诉他：

"我有丈夫了。"

托迪一摊手，骂道："真他妈的，是哪个小子这么幸运！"

"一会儿你就见到了。"

久一带着托迪及其总经理到酒店与吴刚见面，谈得非常投机，一份真正的合作计划草拟成，即刻传回了永祥集团。

第十六章　车祸背后

吴刚是在失意的时候，从久一那儿，得到了心灵的慰藉，连灵魂也交给了久一。从那一刻起，他不仅在生意上迎来转机，还充了电一般，余出足够的精力和智力，在权力的争斗中不断进步，令人刮目相看。

久一心知肚明，便千方百计激励吴刚，重整旗鼓，扩张势力，适应尔虞我诈的环境。久一别无选择，只有拿出从按摩院学来的手段，辅佐丈夫，重登权力高峰。否则，她的计划不就流产了吗？自此，久一在吴刚的全部生活中，扮演着催化剂的作用。有了吴刚贤内助的鼎力加盟，吴刚更加信心满满。

吴刚杀了个回马枪，搞得永福措手不及。他自从收到吴刚新合同文本，就日夜组织三大金刚，商谈对策。为了确立他集团董事长的权威和地位，采取了一系列打压策略，又用移花接木的办法，悄悄为永吉办理了退休手续，送儿子吴铁担任境外项目中方负责人，吴刚则官复原职，继续担任集团副总，明升暗降，力图斩断吴刚反扑的双手。

令吴永福百思不得其解的是，吴刚服服帖帖，再没耍驴，沉稳异常，换了个人儿似的，反倒让永福寝食难安。

更令永福不安的是，二哥永祥把集团权力拱手相让，且不干预他任何事务，更不指手画脚，让他摸不着头脑。撒出人马，探听动静，也是一无所获。他的鬼点子不断地在如意盘里转着，然后亲自出马。

永福这一出马，还真有大收获。他发现，二哥永祥不管集团具体事务，却把生活搞得滋润。他除了整天陪着袁野打打高尔夫，就是泡在琉璃酒店钻研美女。永福不会找二哥谈，俗语叫劝赌不劝嫖，但他有招儿，让陶淘将信息透露过去。

果然，袁野找到永祥的据点，不得不和他大闹了一阵。她没法把气撒在丈夫身上，就查找中介人，一条线摸上来，直查到了尤二哥。

尤二哥自从从乡下回来，就病了些时日，担心事情败露，这条老命可就难保了。老金虽然算是第一次过失杀人，却也淡定，埋怨她瞎担心，安慰她：

“先把古董卖了，把钱花净，一旦出事也够本了。”

尤二哥骂他土鳖，总是不放心地问他：“你确信把他打死了？”

“不死，把窖门封死，这么冷的天，冻也冻死了。等到开春后推土机一推，不会有任何痕迹。”

俩人刚安稳些，忽然有富态的妇人来找尤二哥，头戴面纱，显得神秘。她身后跟着名警察，更显严肃。尤二哥强作镇静，而老金早被吓得屁滚尿流，不知道往哪里藏身好，心里直叫苦，古董还没出手，现在就被抓，实在太亏了。

穿警服的是祥生，他问：“你就是尤二哥？”

“是我。咱这店有手续。”

“手续合法吗？”

“工商税务，一样不少……”

“证照合法，内容合法吗？”

尤二哥干这么多年，人际关系算得广，也认识二三的，从来没人来找麻烦。这次不同的是，身上有人命案，心里就发慌，只要与人命案无关的事儿，她都可以交代。

“你容留妇女有性交易，没错吧？”

“长官，我哪敢？到我这来的，接受的都是正规的按摩，那些偷鸡摸狗的事儿，我可从来不做。”

“从来不少做吧？实话告诉你，我们已经掌握了你的全部情况。”

老金一听，就在门外扑通跪下，说：“这和我没有关系。”

“说吧。”

“我确实容留过卖淫女，但不是在我这里。”

“都在哪？”

“民居或者酒店。”

祥生觉得不全，又逼问老金：“你来说吧。”

老金慌张后，发现这个警察似曾相识，一时想不起来，觉得一个警察带着一名妇女，不像是真警察，加之所提问题与福来失踪无关，胆子又壮起来，便要无赖，开始说不知道，后来将古董拿给祥生看。祥生心领神会，将古董放在后备厢里，才催促母亲收兵。

袁野也没想问出个子午卯酉。

只发现一个情况就是，久一在按摩店里待了一个学期，引起祥生的注意。祥生找到刚回来的久一，不经意地问：

"你认识有个姓尤的按摩店老板？"

久一马上想到，那段生活可能被发现了，就敷衍道："是尤二哥？是男的还是女的？唔，想起来了，她是我的同乡，谁也不知道她的真实姓名。"

"你在她那里做什么？"

"做过店员，给她收银。"

"没做过别的？"

久一已经知道祥生知道了多少，用意是什么，并不在意他说得有多难听。

"尤二哥说了些什么？"久一问。

祥生诡异地说："也没说什么，只说你很美，吸引了许多男人，所以生意一直很好。自从你出国，她的生意就不怎么样，一落千丈……"

因为没有涉及核心事儿，久一应付一下就过去了。她开车让干妈走几条街才秘密进入车里，急煞地问：

"福来怎么样了？"

干妈说："很顺利，直接打死，扔到地窖，填东西埋里了，万无一失。"

久一听着，哭了起来。

干妈安慰道："做了富家媳妇，感觉就是不一样吧？不要有任何慈悲心肠。尤其在这个家族中，你要是弱了，就得被欺负死。所以孩子，你要再狠毒一些才行。"

"他，真的死了？"

"死了，你就放心吧。一把一利索，给你除了这么大的障碍，你怎么奖励干妈呐？"

久一推一把干妈，暴躁地叫道："你还我福来！"哭得差点儿背过去。

老金到开发区做一笔古董交易，买家很大方，一开口就给价一百二十万元，前提是货真价实。

老金仿佛看到了成摞的钞票，自然早把瘪拉洼地下的福来忘得一干二净，背着福来的古董，乐颠颠地来到开发区一座空置办公楼，见到了买家。这个买家就是已经消失半年的福来的同乡“狼人”，他自从被撵走，就一直在外打工，经常去地摊逛，就听说福来竟然不当库工，倒上了古董，发了大财。他一打听，就找到瘪拉洼老房屋，大门紧闭，不像福来能待的地方，就找到尤二哥，尤二哥透露要出手古董，他就联系几个地痞，躲在办公楼里，虎视眈眈，单待着鱼儿上钩。

老金和“狼人”见过，印象有，但不深，相见聊得很投机。“狼人”验过货，在掏钱的时候，就抽出刀子，直奔老金而来。老金一看形势不妙，夺门而逃，被躲在墙后的几个地痞堵个正着。

“爷，放我个老命，我把古玩全给你们。”

三个地痞互相看了看。劫不杀弱，能不杀生绝不杀生。三人夺下古玩就跑，“狼人”后追不及，四个人全跑掉了。

老金心惊肉跳地跑回按摩店，向尤二哥讲述了全过程。

“报警吧?”老金小心地问询。

“你嫌事小吧？你干过什么你忘记了?”

“那怎么办?”

老金彻底没了主意。尤二哥出主意，让他把剩下的古玩留在她这儿，给他一部分钱到老家躲一躲。

老金带上几年的积蓄，开车往家乡狼狈逃避，却在高速公路上与一空驶的大挂车相撞，穿过隔离带，钻进一长途厢车底下，车毁人亡。

尤二哥抽泣着，将老金的噩耗告诉了久一。久一放下公司的业务，亲自到殡仪馆为老金送行。祥生也赶到现场，要找她谈一谈。

“我是你嫂子，有什么事儿回家再说吧。”

祥生抓住久一的胳膊问:“你不觉得奇怪吗?”

“怎么奇怪？公路上每天都有肇事。”

“可是，与你有关的人，都在一个个消失。”

“你这么说是什么意思？是我开车撞死了老金？你去看看，问问那个倒霉的司机……”

“他干得好好的,为什么会突然离开?”

“你在倒腾古玩的时候,得罪了人,有人要杀他。”

“你怎么知道?”

久一发觉走嘴了,但她反应机敏,掩盖道:“被抢了一个古玩,就是其中之一。你可以找尤二哥求证。”

祥生搂着久一,质问:“你看着我,老实说,这次肇事是不是你设计的?”

久一推开他:“我有那么卑鄙吗?我有爱我的老公,有正要做的事业,这些一文钱不值的人,值得我动脑筋吗?我为什么要这么做?没有理由哇!”

祥生努力看清楚久一,一字一顿地说:“因为你从那里爬出来,你想要把污泥甩得干干净净!”

第十七章　初露锋芒

这次车祸的确不是久一设计的，但效果非常好，达到了花钱没有达到的目的。她的能力也崭露头角，由原来的模特招募转到产品研发，又设计了一套芭芘娃娃，推出了潮人系列，在市场上大卖。只是境外项目合作一事，因为吴铁专横，关系紧张，遇到了很大的麻烦，互不妥协，僵持不下，一直没有实质性进展。

久一的家庭关系，处理得当。她保持着每早向公公婆婆问安的习惯，得到家人的认可。尤其与袁野亲密无间，形同母女。

这天，尤二哥告诉她，她的老主顾新换了个小宠儿，是个漂亮的混血儿。久一意识到新威胁。要想再往上升，必须先过吴永祥这一关，才能通过永福这关。但是她不能拿自己做案板上肉，授人以把柄，当听说公公又开始寻欢作乐，不免有了醋意。她经过一番打扮后，准时出现在琉璃酒店。

“小姐，您找哪位？”

第一次来带她见客人的就是这位中年女人，此时像不认识一样，拦住她的去路。

“我和十九楼三号房有约。”

“对不起，客人现在没时间……”

久一一撩裙子，露出秀腿说：“他一个不满足，刚给过我电话。有意见吗？用我背一遍给你听吗？”

中年女人愣了一下，就在走廊深处消失了。久一来到三门外，按下门铃。里面有说有笑地问：

“谁都不见！”

久一抬脚就照门踢了踢。

“送晚点的。”

“你叫晚点了吗?”

一个女孩儿问着,就打开房门。久一大方地走进来,把吴永祥造愣了,问:

“你……你怎么来了?”

“你过来。”久一对混血儿说,“我看看你,漂亮,的确漂亮。”

混血儿以为夸她,刚说声谢谢,久一就一把扯下她的假发,叫道:“你装混血儿,我看你是找放血!”

混血儿被吓得脸色发白。

“滚——”

久一把混血儿的东西扔到了走廊,叫道。然后,她面对着公公,语重心长地说:

“我没有告诉我母亲,但你应该知道,你不是那个年龄的人了,你老了,全家的人、全公司的人都指望着你,指望着你老帅出山!你好好想想,可不能再这样,荒淫无度啦。”

吴永祥冷着脸,表情复杂地说:“你有什么资格训斥我?”

“你的儿子被欺负,你不管不顾,却整天花天酒地,你希望你的儿子将来是这样吗?”

“不是我不管他。他多些磨难,对他有好处。自家的矛盾不至于你死我活,让他经历就经历点。本来他的心计,没有你三叔多。还特别刚愎自用,没到羽翼丰满的时候!火候还欠点儿!”

“已经到时候了。事不宜迟,应尽快恢复他的职务。”

“他最近的表现倒很出色,出乎意料。”

“他一直很优秀,只是你看不到而已。”

吴永祥摇摇头。

“我儿子啥样我知道。他那两下子,还差得远。我倒猜出来了,不用你不说,你俩在境外的事儿,都是你的主意吧?”

久一站起来,往外走。

“你来就是为了这个?你为什么不给自己一次机会?”

久一站住了。

她条件反射地想起几次在这里裸体被他临摹的情景,自己已经实现了第一步,说不准第二步第三步就是陷阱。这样想来,她对衣冠楚楚的公公说:

“爸，我没什么奢望。你已经给我机会，让我做个体面的人，就不要再提往事。大家都要往前看。我已经很满足了，只想把吴刚扶持好，尽到一个女人应该做的，也对得起吴刚为我付出的一切。”

她说得很得体，也提醒这个靠山。这个靠山一塌，十个吴刚也会被踩扁。而她这个外姓人，他们能放过吗？

袁野在锻炼身体的时候，遇到了久一在慢跑。久一无意中问她：

“妈，怎么好久没看到爸陪您锻炼？”

“他太忙了，每天回来都很晚。”

“他忙些什么，您知道吗？”

久一特意提醒这个新主人，利用她的简单的脑瓜，实现自己的目的。她不能随着吴刚的失意而碌碌无为。

“集团的事儿，每天都排得满满的。”

“他终于出山了！老将出马，一个顶俩。这回吴刚可以直起腰，祥生也有指望了。”

“是，要不，咱这支子，都歇菜了，光看他们咋呼了！”

“您知道爸都忙些什么事儿吗？”

袁野想一下，很想说出个一二三，以显示自己作为第一夫人的地位，但是她细想一下，自己还真就什么也不知道，不知道丈夫忙什么，不知道集团做什么。

久一意味深长地说：“妈，你也不能整天光闲着。集团的业务都被三叔霸着，你不过问，就是对其他股势力的放纵，人们还把你当回事儿吗？”

袁野想法简单，思路也忙，越琢磨久一的话越有道理。

袁野正处于更年期要过没过，身心都经历着煎熬。自从接替了死掉的夫人位置，仿佛把死人的多疑也接替了，开始对自己不自信起来。在扶正之前，袁野还担心自己被裁掉，游离在永祥集团之外，过着漂泊的生活，期待着有一天真正走进这个集团。待堂而皇之地生活在吴永祥身边，才发现吴永祥需要的不再是她的身体，而是一个幌子，或牌位。她和儿子祥生，还是游离在集团外面，自己无所谓，插不上手，没有任何一件生意允许她介入，像个宠物一样被豢养起来，不再计较。但是，祥生可不一样，他还年轻。看似给他个公差，安排到派出所，也只是聘用,没什么大出息,与永祥巨大的财富毫无关系,沦落成了看客。所以她觉得久一看人准,看事更准,自己吃了大亏还浑然不知,的确与第一夫人的身份不匹配。

做过贼的人最知道偷东西的技巧,所以试图知道丈夫吴永祥除了工作时间之外,在那些空白的时间里都在做什么,成了袁野生活的重点内容。如果吴永祥说他去高尔夫球场,她就会打电话到球场进行证实,如果吴永祥说去了剧院,她会直接去剧院,看一看丈夫的身边陪着的是谁。如此一来,引起吴永祥相当大的反感。

“集团的事儿,你不要掺和。”吴永祥严正地要求袁野。

袁野见丈夫大发雷霆,忙闭了嘴巴,不再敢多管闲事。但她提出一个条件,就是把祥生安排进集团任要职。

“祥生总在派出所混,你想办法给他一摊事业,让他干一干。”

袁野如比说过许多次,不厌其烦。

“他在派出所干得满有劲儿的,我看他没这个意思,好好干吧,别这山望着那山高。别人家的孩子,想进都进不去呢。”

“面子上倒过得去,可是不实惠。其他股都在赚大钱,他也不能整天这么浪荡着,到头来两手空空。”

“我看他挺适合做这个的,为人正直,有股子侠义之气,性格脾气都适合当警察。做生意,他未必能行。”

“你不让他干,怎么知道他不行?”

“这真得有些经营头脑……”

“连吴刚的老婆你都用起来了,自己的儿子怎么不用?差一个姓,已经改过来了。”

吴永祥不喜欢老婆提久一,他之所以没有将久一“斩草除根”,是因为在他所调教过的女人中,只有久一最有味道,像琉璃一样完美,所以他一直把她奉为心目中的“琉璃女人”,心中的女神。留在家族中,是不希望这块美玉被别人偷去。而这块美玉不但有夺目的璀璨光芒,还蕴含着巨大的金刚石力量,她可以削掉所有的对手,这是他吴永祥隐约预感到的,既害怕,又高兴。

“久一有灵性,而祥生太浮躁,还是要经过一些考验才行。”

袁野并没有说服丈夫,愤恨自行转嫁,勾起对久一的嫉妒。原本结成的同盟关系土崩瓦解,如今连友情也都抛在脑后。她知道久一并不是一个什么干净的人，尤其经常出入吴永祥所租的房间，如果不是他们早认识，老头子怎么会这么卖力气提拔她？尤其大家都知道，琉璃女人的原型就是久一，而最初的开发者就是老头子自己。老头子对模特向来有染，怎么会和久一清白？

一系列的问题，像麻绳一样纠缠着袁野，使她寝食难安。原本激情的偷欢，到了床上，正式搞起来索然无味，所以他俩很快地分床了。这一分床，更让她生疑，觉得久一说得有道理。她把久一既当作朋友，也当作对手，嫉妒并痛恨久一的聪明。

袁野故作聪明，主动找久一，向久一诉说吴永祥的异常。久一觉得机会来了，暗示她："让祥生代你看好老爸在琉璃酒店的房间。"

袁野简单的头脑此时立刻开了窍，恍然大悟。

"就是老夫人暴死的那个套房？明白了。"

袁野冲进琉璃酒店 1903 室，是一周后的星期天，她没听久一的话，没惊动儿子祥生，却被吴永祥打进了医院。祥生陪同久一去医院看望袁野，发现袁野伤得很重，只说是健身过力，伤了髋骨。

付出血的代价，却收到了连久一出面都没有达到的效果，就是吴永祥终于有了脸，不好意思再找混血儿，开始老虎下山，蟒蛇出洞，整顿集团日益松散的工作效率。

祥生不肯再提及此事，只是跟久一看破红尘地说：

"我这辈子，不成家，不生孩子。"

这类话，一般是对自己所爱却得不到爱的梦中情人才说的，久一明白祥生的心理，佯装不知。

久一一直觉得祥生性格大众的表象下，总像暗流涌动着什么。谈不上邪恶，也谈不上变态，但给人的感觉总是怪怪的。她理解这样家庭环境中生长的孩子，会是怎样的心理状态，像目前一切向好的方向发展，预示着锦绣前程，还有什么不如意呢？

"你不要总想着我了。我和你哥关系铁着呢，你没有机会。我们是无话不说的好朋友、好兄弟，你有什么心里话儿，就直接跟我说吧，我一定做你的知己。"

祥生这个助手，既得力，又可靠，想放弃都难。

"我觉得我爸并不爱妈妈。"

"有证据吗？"

“他们已经分居。”

久一对吴永祥太了解了。以他的性情，分居就说明他外面有人，而且并不需要对老伴进行掩饰。

“不会吧。有什么矛盾吗？”

“我总在查到关键时刻，就无法再查下去了。”

“什么关键时刻？”

“可以掌握父亲在外养女人的关节点。总是在这个时候，父亲就会发现，就查不下去了。”

“说明你身边有你父亲的人？”

“会是谁呢？”

“已经查到什么程度了？”

“在你去推销的那阶段，她其实接触最频繁的是陶淘。陶淘为了转移视线，才对你进行调查，后来父亲不让调查，却查三叔找演员的事儿，就把这些事儿打过去了。”

“他们到底掌握了多少？”

“陶淘可能与爸爸和三叔都所接触，而且是秘密的，吴刚并不知道。吴刚的一举一动，都在董事局的掌握之中。”

这个信息倒令久一很震惊。但她不动声色，将信将疑地问：“陶淘竟然扮演双重间谍的角色，谁给她的胆量？”

“还不是仗着三叔的势力，狐假虎威。我们都是后进入的，虽然直系，但这些人自恃老臣，真有和珅的遗风。”

久一心里快速地揣测祥生的动机，她觉得这些话不应该是他的主意，就微笑着说：“袁野阿姨最了解这里的内幕，她是什么看法？”

祥生的确没有这么多想法，他才懒怠动这些心眼，全是她母亲的主意，他无非遵照母亲的意思，传达给久一，激起她的仇恨，用母亲的话说：

“借刀杀人。”

祥生见久一问，就如实说：

“陶淘也在做我母亲的文章，在三叔面前说了些不是，传到父亲耳朵，父亲怪母亲刚来就和原来不一样，变得娇贵、多疑，不容别人。我母亲是那样的人吗？都是他们在编排些不是，女人是非多。”

久一知道祥生听自己的，就搂着他的脖子说：“祥生，你最引人注意的，就是你民警身份。民警能做什么？”

“做什么？”

“捉奸。”

捉奸的计划并不在乎曾经被打的经历，按照计划进行着。

公司的忙碌像汽车的传动轴，不知疲倦地旋转着，转得最起劲儿的，非陶淘莫属。

陶淘是行政总监，行政着所有的人，上到总裁，下到清扫员，都是她的监视对象。她一直是个大龄女，并没见她处过什么男友，她也似乎没有亲属，只见她整天戴着大墨镜，在公司大楼里晃荡。

但她有个爱好，就是收藏，喜欢收藏名人字画，与祥生兴趣相投，越唠越投机。这天，祥生请她喝咖啡，带来了一幅画，把陶淘欢喜得不得了。陶淘暗送秋波的能力很强，惹得祥生心旌摇动，对久一无处搁置的爱，终于有了着落。两个孤男寡女，心生爱意，秘密同居。

这个名人就是绘画大师庸才，也是收藏古玩的高手，更是勾引女人的老手。他长的样子特别，留着半个胡须。他出口成章，而且全是国学。他写得一手好字，挥毫泼墨间，气度不凡。祥生请绘画大师来只有一个目的，讨陶淘喜欢，这被看成是袁野阵营的一次投降。

陶淘自然笑纳，也才发现祥生越来越成熟，一脸的私生子相，竟然有了吴永祥的影子。不管怎么说身居正位，又改了姓，却仍然擦不去偷情的精子。但他的健康活泼和热情，足以弥补他青少年时期混蛋的劣迹和不足，倒有了远大前途的期许，其他的，也就可以忽略不计了。于是她也乐意等到久一失手，向自己俯首称臣，积极表现着。

绘画大师也带来了一个古董交流。他是在地摊上，从一个肥仔手里买的，也一并送给陶淘。他与众多大企业联姻，是许多书画家的做法，大企业可以抬高书画的价格，书画在大企业可以找到买主，并找到更有钱的买主，所以在这方面人情上的投入，自然心甘情愿。陶淘没想到还有这么大的厚礼，受宠若惊。她将大师的字画挂于办公桌后的墙上，又与大师拍个照片放大，摆在显眼的位置。她第一次得到这尊珍贵的礼物，不敢独贪，就用箱包着，送到三叔永福的办公室。

永福与二哥采取迂回腾挪战术，平息了吴刚的反扑，只给他象征性的一个研发基地，让他鼓捣他的合作项目去，看似重用，实为边缘化。吴刚也只能忍气吞声，又犯了他的总改不了的错误，自暴自弃或不管不问，吊儿郎当。久一只好亲自上阵。

久一决定亲自上阵的季节，正是缤纷的夏季。

久一首先做功课，成竹在胸后，起草了一份关于给予境外合作项目资金匹配的请示，这是针对吴铁所负责的项目漏洞而言的，是对上回合交锋失利的反击。吴永福接到这份报告，鼻子里不屑地哼了一声，把报告撂到一旁，并不把久一放在眼里。

之后几天，久一连续追问结果，吴永福不予理睬。久一将报告复印多份，附上“拯救境外项目，挽回琉璃声誉”倡议，分发给每个董事，得到了多数支持，连吴永祥也吃惊不小，看到了一个不一样的久一，赞赏有加。唯独吴刚不快，批评久一把亲戚关系弄得紧张，要求久一，不要管闲事儿。

久一还掌握吴永福另一死穴，他有资金通过秘密渠道，流向国外。

久一觉得翻身的机会来了。可是，吴刚为什么要放弃呢？

久一经过深思熟虑后，直奔袁野的住所，请婆婆袁野逛街，送给她一件礼物。袁野听不进去久一讲述的集团当前所面临的危机，她听不懂，也不感兴趣，只是忧心忡忡地说：

“估计你爸他在外面，真有人了。”

久一知道吴永祥的底细，但她的目标不是搞臭他。吴刚总是顾及家族关系，不肯将关系搞僵，可是又没有办法扭转乾坤，前怕狼后怕虎，左右手都是肉，咬哪儿哪儿痛，这怎么行？久一说了许多拉近感情的安慰话。袁野将过去的嫉妒和憎恨忘得干干净净，逐渐走进了久一设计的圈套中……

第十八章　借刀杀人

尽管袁野被打住过院，但仍然不肯善罢甘休，尤其得到久一帮助后，更加底气十足。当她得知吴永祥可能换了新的幽会地点，便大惊失色，悲痛欲绝。

“狗急了还能跳墙呢！”

“也不要盯死了，防止适得其反，破罐子破摔。”

“对。对了，我说他最近总是关机，手机经常接不通。你说的地点准确吗？”

久一肯定地点头。久一知道此时，你说不准她都不会信。虽然这个婆婆比原来多一层伙伴味道，心计也多一些变化，但她努力往正位上爬的时候，已经把猴子的后腚暴露给众人，这是没办法的事儿。素质决定成败。

“你不要把事件弄大。弄大了，老爸索性就公开，你能把他怎么样？他还不到六十，年富力强，正是吸引女孩儿的年龄，即使他不招惹女孩儿，女孩儿也会有个别的，主动贴乎，投怀送抱。教训一下，给他个警醒，让他把心收到您身上，我看就行了。”

袁野觉得久一真是善解人意，不但人长得漂亮，心肠还好。她对自己从前一度对久一产生的嫉妒，深感不安，更加后悔。袁野就当姐妹似的，搂着久一，心满意足地接收久一送的礼物，然后送走久一，带车直奔永祥酒店。

此时的永祥酒店里，陶淘刚将衣服穿得整齐，从永福总裁手里接过一张卡，给他还个甜蜜的吻。

“你像非洲人，狂野。但你怎么会才接触男人呢？”

躺在床上的吴永福，这么自言自语。

他做梦也没想到年近三十的陶淘竟然还是个处女！她以前的各

种丑闻满天飞，什么同学、同事、网友一大堆，在公司算个“丰收”恶语的家伙，却竟然真的是处女，让永福又产生冲动，还要拉陶淘进怀里。

“只有烂桃，才不会有猴子吃。”

“谁教你的？倒有几分道理。”

“我母亲。她在村里就是有名的坏女人，专门搞别人家的男人，却从来没有和任何男人上过床。等到她与父亲离婚的时候，全村没有一个人不同意。因为她的恶名声，连地痞流氓，甚至要饭的，见她都绕道走……”

“真是奇葩。你也是奇葩。”

“我觉得倒正常。女人想要保护自己，就得往自己身上擦粪，这样别人才能躲得你远远的。”

永福猛然醒悟。

自己的确有过这样的感觉，觉得陶淘就是个不正派的女人，根本没有兴趣搞她，想一想都觉得在啃别人扔在果树园地上的烂苹果。加之陶淘老爸因腐败入狱前，没少为永祥集团提供帮助，自然永祥上下对她也给予关照。尤其陶淘从她父亲那继承了钩心斗角的禀赋，极会体会永福的意图，整人拆事，干净利索，阴险狠毒，放在公司，真是屈才了，如果放在伪满时期，她一定就是什么岛芳子。

尤其她长得也特别，像非洲人，没想到还是块珍珠般精品。

“如果把久一和陶淘放在一起，真是有趣儿。”永福这样坏坏地想。

“陶淘和祥生同居这么久，怎么也没有破身呢？祥生有毛病？”永福继续得意地想。

他阅女人，只对久一无能为力，虽然垂涎欲滴，却冷艳不可犯，后来竟然成了侄媳妇，就没有希望了。不过，陶淘对于久一，倒是个很好的牵制。一对天敌。以后成了妯娌，还是天敌。

“项目部人员要重新调整，你拿个意见吧。”永福董事长说。

陶淘心领神会，拿起包往出走。她对集团CEO的位置垂涎已久，抓住永福董事长的衣襟，就完全可以达到目的。

陶淘其实并不情愿委身于这个永福，她知道他不可能给予她太多，他的抠门是有名的，抓住蛤蟆也要攥出尿。由于她的父亲失势，这个临时避难所不得不从长计议。她自知先天劣质条件，吴永祥压根没有多留意到她，只是在像个男人一样地使用她，令陶淘觉得特委屈。

我也是女人，竟然没有入他的法眼！而永福始终欣赏着她的忠诚，终于在忠诚的背后，发现了她的性感。这是她在私有企业中发展的唯一一线希望。

陶淘走出门，还没有带上，就被个人捉住。还没弄清楚怎么回事儿，一个人就冲进去。

“永祥，永祥……”

疯狂的袁野冲进里套间卧室，却见三弟永福坐在茶桌前喝茶。

“嫂子？你怎么来了？”

袁野一见穿着整齐的吴永福，也一愣。

“你大哥呢？”

“你找大哥，怎么找这儿来了？出什么事儿了？”

尽管吴永福衣冠楚楚，但床上一片狼藉。永福眼珠转得快，明白了几分，客气地请嫂子到外面客厅沙发坐。袁野相当尴尬，手足无措，就要离开。吴永福怎么可能让她这么轻易走掉？

“我，我也不是找你二哥，只是随便走走。”

永福知道二嫂在撒谎，但不揭穿，马上意识到有人在背后捣鬼，不肯让送上门的鸽子飞了，亲热地说：

“老嫂如母，你到我们吴家，我是非常欢迎的，你绝对是个善良的嫂子。你这次这么突然来，一定有什么事儿，不妨和兄弟说说，我给你做主。”

袁野脱身不了，只好坐下来，如坐针毡，俏脸蜡黄中透着紫红。

“我在楼下健身中心健身，就有人看到他来了。因为一早他说去市政府找市长，突然在这里出现，我就觉得奇怪，打手机关机，就跟了上来。”

“他的确在市里参加座谈会，不可能来这里。你和大哥怎么了？”

吴永福先避开要追问的问题，而是继续打亲情牌。

“也没什么。就是他最近公司的事儿也不过问，家里的事儿也不过问，整天神出鬼没的，手机关着，我就不放心。”

“不放心他什么？”

“他是不是总在宾馆住？”

“我倒知道，他时不时因为开会很晚，就在外面宾馆凑合一宿，但也不至于有什么事儿。”

吴永福心里在笑:贼喊捉贼。

“我对你大哥倒放心,只是现在这些年轻人,不比我们那个年代的人,行为大胆开放,怕你大哥挡不住这诱惑。”

袁野说到这,也觉得有点别扭。

而吴永福更是忍不住要笑起来。如果就他一个人,他会把肚子笑破。他强把笑压进肚子里,安慰着袁野。

“二嫂,一定是有人挑拨离间。你说说看,是谁告诉你到这里来找我二哥的?”

袁野不是个撒谎的人,有一句谎话都会把自己打倒。而她又是个很守信誉的人,她不会轻易出卖朋友,她有这个劲儿。这两种心理活动集结在她固执的头脑,令她满脸通红,手足无措,等于不打自招。

“没有谁告诉我,我只是觉得陶淘可疑。她昨晚还给你二哥打了个秘密电话,我问他什么事儿,说什么也不说。我就跟踪陶淘,发现她果然进了这家酒店,就来了……”

袁野慢慢说了实话,把健身这茬儿给忘了。

永福不动声色,继续往出套话儿。

“二嫂是如何跟踪的?走路还是打车?”

“久一送我来的。”

提到久一,袁野才倒出时间来生她的气。明明是老三,怎么信誓旦旦地说成吴永祥,这不诚心耍我,让我难堪下不来台嘛!这还是小事,以后见面尴尬不说,一旦老三的事传到三弟妹耳朵,还不以为是我嚼老婆舌呢!

袁野越想越气,又加一句:“久一太鬼!”

“我知道嫂子和久一走得近,我们当长辈的,不好说什么。你没发现吗?虽然哪件事都好像和她没关系,却事事都有她,与她有联系。不着急让嫂子走,就是想通过你,了解一下久一。这个侄媳妇,太神秘,突然出现,就把小刚他们爷俩降住了。她是如来吗?”

袁野还真没想过这个问题,摇摇头说:

“久一的来历,我也不了解。吴刚喜欢她,你二哥起初反对,后来也不吱声,默许了。但你二哥的确不喜欢她,从来和她不在一桌说饭。”

“你问过二哥为什么吗?”

“没问。我就认为是公公的偏见……”

“我看不见得。你为什么不问问？因为现在推出的‘琉璃女人’系列就是以她为原形，你考虑过没有，久一是不是做过二哥模特？”

“不可能！”袁野想过这个问题，但她不了解公司业务，不敢乱说。

永福通过袁野慌乱的眼神，知道自己目的基本达到，就边送二嫂边说：

“这是我要说的第二个问题。你好好考虑一下这两个问题，然后你就明白了。男人作风方面的事儿不是看能看好的，我觉得，你根本没必要看二哥。他对你多负责任呐！他要是想玩儿，不和你结婚，不就想怎么玩儿就怎么玩儿？我倒觉得担心我二哥的，不只是你，还另有其人！”

袁野眼睛长蚂了，呼地站起来就往出走，疯了一般。

“我知道怎么做，打搅了三弟！”

转过梯角，却遇见陶淘在哭泣。袁野愣了一下，觉得冤枉了“准儿媳”，她一直不同意祥生与之交往，可儿大不由娘，她说也白说，祥生不听她的。这回若抓到她的把柄，就可以好好教训他一顿……

“有什么好哭的？”

她喊得理直气壮！若儿子当民警也学坏，一定是受她勾引！

她和大多数母亲一样，偏袒着自己的孩子。

“姨，我哪儿做的不好了吗？”

陶淘因不知永福董事长会不会出卖自己而担心。倘若今天的事儿露馅儿，跟祥生的热恋肯定夭折了，进入永祥家族的计划，只能看着久一裸奔，一骑绝尘而无可奈何。

“你应该知道吴永祥在哪儿！”

“我也不清楚……”

“昨晚你找他干吗？”

陶淘为难地支吾道：“我父亲减刑，只有你家叔能说上话。可能今天开会，会求常务市长，我很紧张……”

袁野终于弄清楚丈夫去处，心情舒畅，更生起久一的气。这时，永福从房间出来，见陶淘没走，问：

“你怎么还在这儿？人事调整意见，可以考虑一下一个人才！”

“谁？”

永福并不正面回答，而是安慰似的亲自给二嫂开梯，说：

“我二哥有你，真是他的福分。你真善良，歹人都不忍心骗你。不过话又说回来，好人的善良，容易被人利用。有些人目的不纯，你也不能不小心，当心被别人利用了。”

“你是说久一……”

“我说谁你也知道，你不用说，我们彼此心知肚明，就不说这些，让陶淘小姐送你吧。”

吴永福的外交辞令，把袁野搞得云山雾罩，她那并不复杂的大脑，真有些找不到东南西北。袁野点头，她觉得谁说的都有些道理，就自己简单得无知。陶淘接过话，挎上袁野的胳膊，亲昵地说：

“董事长放心，我保证完成任务。”

“二嫂爱吃鱼，你找个有特色的，再喝一壶黄酒，泡上大枣、枸杞，养生带养颜。我请客。”

永福说着，掏出一沓钱给陶淘。袁野大受感动，忘了对陶淘的成见。

“久一在楼下等你吗？”

袁野见问，才想起久一临分手时的约定。

“她说六点，在对面公园门前等我。”

“好哇，我们一起去见见。”

袁野一到关键时刻，就又犹豫了。

“一会儿，她还会给我打电话……”

永福见二嫂为难，觉得她的确单纯，很佩服二哥的眼力，哈哈乐了，突然问：

“久一和你谈得最多的，是啥？”

“公司的事，我帮不上她。她见我一问三不知，就问祥生。祥生更是一问三不知。”

这句话，是真话，也不全是真话。就是为了避免祥生跟着吃锅烙。她对久一有想法，久一告诉她吴永祥在这里的信息是假的，还信誓旦旦地说是真的，竟然敢跟我扯谎！

想到这，她又生起气来。

“三弟，不瞒你说，久一总鼓动吴刚争你的位置，吴刚不同意，他俩就闹别扭，我看这架势，她要争，真是不自量力。”

“我二哥说的?”

“你知道就行,不要说是我说的。”

“放心,二嫂,你自从进我们吴家,从来不干涉集团任何事务,所以我特尊敬和佩服您!”

吴永福这样说,等于放她走了。他要掐久一这个尖儿,把久一的锋芒用刀削掉!

他已经想好了。

在门口分手,吴永福突然又叫住一再点头答谢的袁野,问:

“你家祥生倒机灵,让他到集团公司来做事,怎么样?派出所没多少工资,还特别辛苦,你回去和祥生商量一下。”

然后,吩咐陶淘:“祥生是个人才,你这个部长,不能灯下黑呀!”

袁野万没想到,求丈夫的事儿,没下文,三小叔子却主动提出安排,大为感动,向吴永福深鞠一躬,快乐地离开了。

第十九章　败　露

看似平常的会议,气氛却格外紧张。

一向铁腕的吴永福,不允许别人危及他的利益。他的脸色铁青,眼白似乎都红了。

与会者大气不敢出,接受董事长的训话。

“今天只有一个议题,就是为了提高职能部门工作效能,对关键岗位进行人事调整,并征求大家意见。”

大家面面相觑,不知刮的哪股风。都知道吴永福以会短言少著称,倒符合中央八项规定。但同时大家也明白,这是永福搞一言堂的手段之一,不容分说,说一不二,唯我独尊。

“近一时期,集团公司亏损严重,主要有三个原因:一是产品创新不足,生产技术落后,品质持续下降。二是销售手段单一,网点建设缓慢,遭遇仿品冲击。三是人心涣散,人浮于事,工作效率低下……”

大家认可吴永福一针见血的剖析,工资不升反降,营业收入下滑,都在动摇着永祥集团的大厦根基。

观察大家首肯后,永福觉得时机成熟,继续煽动大家的情绪:

“人浮于事,我们的队伍中出现了臭鱼,你们说这锅汤会好吗?大家都听过一个寓言:当一池子中有一条鱼有病了,怎么办?治水还是治鱼?当一池子的鱼都有病了,你是换水还是治鱼?”

大家都知道答案,不约而同地把目光都投向吴刚。吴刚并不明白怎么回事,事先也没有得到任何信息。

“现在就剩下一句话:任命陶淘为琉璃工艺品有限公司 CEO,国画大师任琉璃公司顾问。而久一派驻国外项目任经济谈判代表,配合吴铁总经理工作。散会。”

会议短得还没坐热乎垫子,就结束了。

陶淘大方地走到久一面前,伸出手:"祝贺你。这回可以发挥你的特长,重新接上你在国外的——关——系……"

陶淘对久一说的话里有话儿,久一懂。她当然感觉到了陶淘赤裸裸的挑衅所带来的危险。昨晚袁野回来惊慌的样子,她就猜出"偷鸡不着蚀把米"的结果。看来,作歹也要选好歹徒同伙儿。

"谢谢。也祝贺你,终于实现你的事业新飞跃。"

"这才哪儿到哪儿啊。我要把公司打造成世界第一品牌。"

"预祝。"

久一松开陶淘的手,就觉得一条船驶离了自己的航线,却还鼓满风帆。这时董事长约久一谈话,她知道这个叔公公要说什么,昨天该说的都说了。

久一礼貌地接受永福的教诲,明白尾巴露早了,让他抓了把柄,只能自认倒霉。

"君子报仇,十年不晚。"

久一从董事长办公室出来,这样愤愤地想。

国画大师成为琉璃公司的首席顾问,看似顺理成章,实则用心良苦。当企业信仰缺失的时候,就要找一种东西代替,就是大师的思想。大师的思想第一脚就踢在产品理念上,对运行机制进行规范,尤其将"琉璃女人体系列"进行魔化。一时间,整个集团笼罩在紫云般的仙境中,飘飘欲仙。

"逆我者,死!"

永福对大师说,飞扬跋扈。

久一让吴刚陪着,是婚后第二次找吴永祥。她特意选在他们曾经做按摩的琉璃酒店对面的咖啡厅,坐在窗前,可以看到十九楼宽大的窗台。她也邀请袁野参加。袁野还对久一有成见,又不明说,别扭着。久一已经察觉,也不捅破,情愿让她像老鼠一样躲躲闪闪,阴郁迟疑。

"爸,我们必须在一起商量一下,集团这样继续搞下去,会不会出现问题?"

这个问题在家里和吴刚探讨不清,才找老爷子。

吴永祥保持着长者的风度,气定神闲地说:"你让他们折腾吧。随便折腾。不折腾两下,怎么知道谁半斤八两?有些人怎么知道他们自己半斤八两?”

“爸爸有什么新打算吗?”

“你到国外,让合作公司参股,所注入资金由我们出,然后反向收购,将老三的股份全部稀释干,之后再‘收拾旧山河’。”

久一恍然大悟。

吴刚却觉得不妥,但他没有发言权,也只能听之任之。

吴刚和吴永祥商量三叔花大价钱做模开发新款事宜,他告诉父亲,三叔请了一位国画大师弄了一款新古玩款式,不知从哪儿弄来的。说者无心,听者有意,他的话让久一犯了疑讳。那是一款从地下挖掘出的文物仿制品,却让她想起福来送给自己的,如今应该还在干妈那里存放着。

她临出国前找到干妈,干妈生她的气,已经好几周不搭理她。久一费了好多口舌才阴转晴,又亲近如初。久一向冷落干妈一事表达了歉意,解释集团内部的争斗,让干妈唏嘘不已。

“要知道这么乱,还不如不让你嫁进去,钩心斗角,会折寿的。”

“另一片天地,体会一下也好。”

干妈见久一给自己相当厚的礼,就说起老金死的事儿,不以为然,因为她又雇了一个看上去很文雅的老干部陪着,虽然老了点儿,但看上去把握。

“万无一失吧?”久一禁不住问。

“什么事儿?”

尤二哥没明白久一的意思。

“福来他……也是个意外吗?”

久一隐讳地说。此时尤二哥才反应过来,不是装傻,而是真的忘了,忘得一干二净。她做过的坏事太多了,做过她就努力忘记,忘记就等于没做过,借此安慰自己。

“我做过吗?”

她总是这样问一些不好的事儿,打马虎眼。

此时,她想起那个恐怖的夜晚,车子被泥沼陷住。她这才想起老金死的惨相,进而想起了那个地窖,那个寒冷的恐怖之夜。

“福来他,希望他在天堂很好。”

久一看出她的恐惧和慌张。久一问她:“你记不记得福来的老乡

'狼人'?"

"没见过。"

"据说他可能是大师的助手。"

尤二哥不知道她在说什么。她自从关了按摩店,就把古玩卖了,坐吃山空,希望得到久一的"恩赐",却被遗忘了。现在又回来,一定是遇到麻烦了。尤二哥想的并没有错,她并不知道老金的死会是什么大事件,只知道久一已经不是从前的那个美丽漂亮的小姑娘了。

"你得给我找个养老的活干。"

"还是做按摩店吧,我给你出钱。"

"这倒不赖,还像我的干姑娘。我还要那个老卧底。"

"换个地儿吧。"

"不行。我的老主顾都在那里。"

久一不高兴地看着干妈乱七八糟的生活,不同意。

尤二哥看出来了,嘲笑着凑上来问:"你想忘掉那段记忆。好吧,我再另选个地儿。"

尤二哥终于看到了投资的股票到了分红利的时候,欢天喜地地到处选址。久一给她一笔钱,心里稍安些,但是她仍然不放心,总是有种预感,大师是福来的化身,是来报复自己的。

好在国外业务轻车熟路,按照吴永祥的意思,把一些事情安排妥当就行。一切按照吴永祥的设计在运行,久一学到了一招。

托迪一见面就告诉久一自己也结婚了。这倒是个好消息,他也许就不会再缠着自己。然而,他又告诉她一个不好的消息:

"你在被你的人调查。"

久一很紧张,觉得自己在国外的这两年学生生活,不会被发现。托迪很理解她,告诉她是两个年轻人。她首先想到的是老谋深算的吴永祥,他最有可能因为喜欢她而对她进行调查。其次是三叔,她会在这里做文章,让她一蹶不振。也可能是吴刚,他一直对自己喜欢但并不疯狂,非常理智,说明他是有顾虑的,他也可能在背后对她的情况进行调查。

久一让手下汇报近一个多月来出国人员名单。并没有什么异常。久一还是心里没底,如果委托一个调查公司,你根本无法掌握进展情况。这是最糟糕的。

而干妈出事儿，涉嫌非法容留卖淫，被送进了拘留所！

久一匆匆回国，没有告诉吴刚真实情况，只说干妈病重。她要对此展开行动，不能坐以待毙。

尤二哥涉黄被抓，罚了些款了事。然而她的一份交代对久一非常不利。

"久一是我的出资人。"

警察找到久一的时候，久一承认了。交代她与尤二哥关系的时候，无法否认干妈与按摩女的关系。

此时的祥生已经到公司上班，做到了部门经理，紧急疏通关系，才确保久一没事儿。

祥生似乎变化很多，沉默寡言。

"你的许多秘密，我都知道。"祥生郑重其事地说。

久一很紧张，否认着："我没有什么秘密。"

"我弄不清楚，上天并不公平，给你这么好的身材和容貌，却同时给你这么卑鄙的性格。"

久一一惊："祥生，你这是怎么说话呢？我在哪方面对不起你了？"

"我不会告诉你，我都知道了什么。但我劝你，改弦易辙，好好做事，不要再犯错误。"

"你说，我犯什么错误了？"

"你为什么要逼着我说出来？——我派人到国外都了解你了。当然，我不会告诉吴刚。也不会告诉所有的人。你知道，我爱你。"

久一愣住了，整个人都懵了。她像条狗一样，乖乖地进入祥生的车。

"祥生，我希望你说的不是真的。"

"你还想说什么？说我不知道？但是我知道了。"

"你到底要说什么？"

"我什么也不想说。我只是告诉你，秘密到我这就终止了。你的阴暗，到现在也要终止。只有这一个条件。"

久一还想说什么，祥生却把车停在路边，指着旁边停靠的一台出租车说：

"滚吧。滚下去。打那台车回家吧。像没事一样。"

久一热泪涌出来。她想靠向祥生，却被祥生制止了。

祥生做着请的手势，眼睛却盯着前方。久一只好下了车，不知道下了车，会不会被远去的车轮一样，被甩下。她觉得情况真的不乐观，祥生到底知道自己多少秘密，不得而知。这些秘密，就像蛆一般，搅得她不得安宁。

久一没精打采地回到公司，除了大家觉得她回来得唐突，没有任何关于她的负面消息，说明祥生是个汉子，没有透露出任何关于她的秘密。

她突然呕吐得厉害，就瘫在公司的办公桌上，被紧急送往医院，经检查，她怀孕了。

怀孕的女人，会很善良。她把自己关在家里，开始研究育儿知识，天天和吴刚视频，分享着迎接新生命的快乐和喜悦。她终于理解吴刚为什么那么不求上进，不思进取，安于现状。

“老公，我发现，我终于找到了我想要的东西。”

“孩子？”

“不。”

“我？”

“不。”

“那是什么？”

“母爱。”

吴刚也和久一一样，幸福地落泪。

“你就是个天使，我希望再生一个天使。”

“我不是天使。”

久一哽咽着说，她对着镜头直向吴刚低头，不忍看自己的眼睛。

“不，你是，你一直是我的天使。我希望你永远保持你的美丽。”

“外表的美丽不代表什么。老公，你才是最美的。我爱你。”

久一无法再视频下去。

久一忽然想起大师，她很想向他求幅字。

第二十章　复　活

久一想了很多次,才下决心给祥生打电话。求字是其次,只是个借口,她主要还是在探听祥生的口风。

"祥生,我想通过陶淘,向国画大师求一幅字画。"

祥生撂下工作,马上找到陶淘,说明情况。陶淘不高兴地说:"大师的画是谁想求就求的吗?"

"多少钱,可以加倍。"

"又不是我们仨人斗地主。多少钱不叫。"

陶淘受到久一的盯梢儿,差点儿露了馅,她至今耿耿于怀。如果不是那次久一使坏,谎说她和吴永祥在一起,袁野怎么会发现她和吴永福在一起?她想除掉我,这是久一的目的。

"你干吗和她过不去?我们年内结婚,你就和她成妯娌了,不得好好处?"

"和谁处也不和一个按摩女相处。"

祥生生气地摔门走了。

陶淘突然想起吴永福的教诲,觉得这样下去,不利的是自己。毕竟自己要结婚,而人家已经胜利入主吴家。如果这个倔小子还念久一的旧情,再听了他妈妈袁野的怂恿,说不定就会变卦,到时候日子不好过的是自己。

陶淘最大的缺点是嫉妒心强,最大的优点就是自我修复能力更强,像蚯蚓。她的性格也像蚯蚓。她的机灵也在这时候得到了充分体现。她立刻推开门,追着祥生叫道:

"祥生部长,祥生部长。"

祥生听到了陶淘的叫声,但并没有停住脚步,而是进入了电梯。

陶淘翘着高跟鞋仰起的后臀,直奔过来,扒开电梯挤进来。

“你干吗不吱声!”陶淘质问,并没有软和下来。

祥生一声不吭,只盯着电梯显示屏数字在跳。

“你倒说话呀! 从前你是那么能说,怎么和我在一起就一声不吭?”

“该说的都说完了。”

“瞧你装的,像个君子似的。”

陶淘埋怨一句,也扭头不看他。声音低了下来,口气是服软的意思。

电梯到了一楼,祥生直接往出走。陶淘以为祥生会再次求她,或者向她伸出手来请她先行,却发现祥生径直先出了电梯,向大堂走去。因为有员工打招呼和保安立正,陶淘不好再放开腿追,就被祥生甩在后面,然后见他的车一加速,驶出院门。

久一体会着胎儿在腹中踹动的感觉,幸福得什么都不想了。

她推掉所有的应酬,就守在家里,等待着丈夫从国外回来。她把孩子的每一个变化,都记录在墙板上,好让吴刚回来后,从第一个符号开始,一步步地体味,他会幸福地把她抱起来,在楼里转圈儿,然后跪在她面前说:

“亲爱的,您辛苦啦。”

久一正沉浸在美妙的幻想中,门铃响了。

“石妈,你去看看是不是奶站的人。”

石妈是家乡本家亲戚,干净勤快,答应着到楼下,打开门。

“石妈,是谁呀?”

久一没有听到动静,就站到露台,伸头向夕阳中的门庭张望,见一个男人点头哈腰地跟在石妈后面。久一转身要把孕服穿上,好当面检查一下奶的质量。突然一个念头一闪,吓了她一跳。待再趴阳台栏杆张望,那人已经进了大堂。

“不会。不可能。怎么可能是他? 一定是幻觉。瞎联想。”

久一这样摇头,努力把这个恶念打掉。

这时,石妈在下边喊:“久一,这位先生给您送画来了。”

“画? 我没有要什么画啊……”

听到那个男人很低沉的解释:“是陶淘女士让送来的,国画先生……”

久一猛然想起，忙下楼，说：“对对，稍等。给先生倒上茶。”

久一整理一下自己的容颜，走下楼梯。走到一半，她就看到那个男人的下半身，特熟悉，还有那条裤子，藏蓝色休闲，琉璃品牌，是她在福来生日的时候，送给他的。

久一急走几步，看到了一张沧桑的面孔，就停住脚步。

那个男人礼貌地站起来，冲她微躬一下上身，说：“是陶淘老总差我送来的，您看这画，是不是您要的那种。如果不是，我好再回去让国画大师给您画。”

福来的彬彬有礼让久一陌生得怀疑自己的眼睛。但是，确实是福来，就站在面前。他的音容笑貌，都还是那样，没有变化。只是他的手秃了，只有拇指一根，双手捧着一个画轴。

久一惊愣，继而猛醒过来，快速走上前，又停下，转身对石妈说：“你去准备饭，请先生在这里吃饭。”

“谢谢夫人，我还有差事要做，您还是先看画吧。”

福来把画放在茶台上。他因为少了手指，而显得很笨拙，画轴也不听话，在茶几上滑到地板上。石妈忙伸手按住。

久一傻眼了，脑子快速转着，却生锈了般转不动。表情的惊讶远远不及心灵的震撼。

“放这吧。你去准备饭吧。”

久一支走石妈，就拉福来的手。福来推开，将秃手缩进衣袖里，满脸是厌恶的表情。

“不用假惺惺的。什么也不用问。你看画吧。”

“福来，真的是你吗？”

“不是。从前的福来死了。”

“福来……”

“我叫‘狼人’。”

“你……你好吗？”

久一坐在福来对面，却不敢看他的眼睛。

“我来，是让你知道，我还活着。所以你不用内疚，也不用后怕。我不会伤害你。”

“我知道，你对我最好……”

“骗人,你一直在骗人。”

“我不骗你,我说的是真的。”

久一泪如雨下,她知道福来最看不得她掉眼泪。

“真与假,和我没关系。你达到目的了,我由衷地祝贺你。看到你已经怀孕了,你很幸福,也是我希望看到的,我也得祝贺你。但是——”

福来从腰下掏出把刀子。

久一大惊失色。

福来上前将刀子伸进她的脖颈。

“你怎么不叫?”

福来冷冷地说。

“我知道,叫也没用。你杀我,就杀吧。”

久一张开眼睛。

“你把眼睛闭上。”

福来命令道。他握刀的秃手在颤抖。

“不。你要杀就杀吧。我都无所谓。”

“把眼睛闭上。”

福来用另一只秃手去遮久一的眼睛。然而,因为只有手掌,无法罩住久一的眼睛。

“算了。我一看到你的眼睛……”

福来收起手,沮丧地说。刚要收起刀子,让久一喘一口气,却突然又用胳膊揽住她的细腰,大瞪着眼睛,贴近说:

“那么,我只要你的一绺头发。”

说完,就将后脑的几根头发削在手里。从兜儿里划拉出个信封,笨拙地将头发往里放,却不能全放进去。

福来叹口气,收起刀,对久一说:“你把它放在里面。”

久一喘着气,六神无主,勉强将头发放进信封,有点儿忙乱。

“看看画吧,然后,我们还有一笔交易。”

福来的口吻充满着杀气。

福来见久一一时缓不过魂来,就掏出刀子,将线削断。

“刀,是我的一只手。以后也会经常用,你以后见多了,就不会大惊小怪啦。”

福来将刀子在腿上蹭了一下，发出呲的一声，裤筒上出现一条裂缝。

“今天是我的生日，你一定是忘记啦。但是没关系，我不在乎，和从前一样。所以我告诉你，送你这幅画，希望你把它挂在显眼的位置，让你时时看到，对你有好处。”

福来说完，将画卷展开。

福来狼吞虎咽地吃完饭，并没有动她给倒的啤酒。以前他喜欢喝啤酒，喝完就笑，很憨厚可爱。

久一望着他吃完，不能把自己想的说出来。过去的一幕幕，不是用说来再现的，而是想象，在大脑中，永远也抹不掉。

“我觉得挂于大堂，把那幅仕女图换掉，怎么样？”

福来用袖口擦下嘴巴。他的语气中多了些指令，不像从前那样驯服。

“可以。”

久一望着福来站在椅子上，将这幅画更换上。

“福来，你告诉我，这上面的内容，是你讲述，大师画的？”

“是的。我说，我了解这个主人，她美丽善良，却有两颗心。一颗，是同情心。她的心地像菩萨一样善良。上帝为了造她，一定伤透了脑筋。另一颗，就是毒蛇之心。她的欲望比谁都强烈，不安分守己，喜欢幻想。所以她也喜欢看苦难，通过苦难来找回同情心。我这样讲完，就跟他讲——”

福来从兜儿里抖出一盒香烟，用嘴叼一根。

“对不起，夫人，能替我点上吗？”

久一给福来点上，就势依偎在他的身上。

福来立刻跳开，像受惊吓的兔子，不快地说：“夫人，你不想听了吗？”

久一用手绢擦眼泪，以掩饰尴尬。

“对不起。我实在有点儿……”

“听不进去？觉得难受，受到良心的谴责？——不用假惺惺的，我都说过了，我不爱你，但也不会伤害你，你放心。我讲完画面的故事，我们还有交易要谈。”

福来露出冷酷的微笑,高深莫测。

"如果我伤害了你,请你原谅,我会用我的……"

久一语无伦次地想表达对他的忏悔,却被福来粗鲁地打断了。

"当时,我像现在一样,面对着画家,展示了我的缺陷。我对他说,有一组画面,我讲给你,你选择哪一个画面画出来,都行。钱我出。画家见我贫困,不屑一顾,我就把一尊古玩往桌子上一放,他就听我讲下去了。多么神奇——我都不会轻易爱一个人或恨一个人,说改变就改变,而他们这些高智商,却像条虫子,向散发着铜臭的食物爬去。"

福来又点上一根烟,深吸一口。

"一个穷人,在一个地窖,发现了一个墓穴,里面竟然藏着一批古玩——像童话故事,我都以为是爷爷给讲的童话故事。在他往出运完古玩,探出头的时候,一根木棒呼啸着打向他的后脑。他一缩脖子,木棒就击中他的头颅,他休克了。他被他的同伴塞进地窖,然后用砖石瓦块填实,还用木箱压上。那是等待拆迁的荒凉屋舍,被当地人称作鬼屋,每个角落都藏着一个可恶的无头魔鬼,四处游荡……没有人知道租它的主人是出于什么目的,但是这确实是一次很精彩的'盗墓'。"

久一的手在抖着,捂着开始醒来并活动筋骨的胎儿。

福来冷漠地望她眼睛一下,然后转向久一那日渐突起的肚子。

"这个可怜的家伙,命真大,他竟然醒了。他发现身体碎了一般,剧烈疼痛。他意识到发生了什么,就找空隙,却动弹不得。他想,这回真的死了。刚要发财就死了,多么冤屈啊。他还没娶他爱的人呐,幸福的滋味还没尝到,一切就要结束了,这人生他妈的也太窝囊了。他这样想着,就用双手扒。因为洞穴他熟悉,向反向爬,就钻进墓穴中,里面还有一件珍贵的琉璃女人雕塑。他抓在手,有了力量,就一天一天地在里面挖着……

"有一天,地面突然陷落下来,再次把他埋在这里。这回他相信,不会再有上帝会给他第二次活着的机会,就等着咽最后一口气。不知过了多久,有水从石缝渗进来,淌到他的嘴里。他咂咂嘴,那是水缸倾覆后将少量没有冻成冰的水,送到地下给他,这真是上帝的慈悲!他渐渐有了活力,也有了生的欲望,就努力爬出来,一推,就拱出地面,爬到屋里,爬到院子,爬出大门。爬呀爬呀,他只有一个信念,就是逃离这个鬼屋,就爬到街道上……一个拾破烂的老头儿赶着车,发现了冰天雪地里的可怜人,发现他的四肢都紫了。他发现他手里还抓着那尊琉璃雕塑,就用雪搓可怜人的手脚,一直搓,边搓边把他送往医院……"

久一哭成了泪人。

久一突然奔向门外。当她发现并不是二楼时,在门口又停下来。回头望一眼福来,更加悲观,跑上楼梯,被福来叫住。

"喂!喂喂!你干吗?要死吧?可以。死之前,把这幅画的钱结了,我就马上走。"

福来冷静得出奇,像一声霹雷炸响。

久一停下来,愣在那里。

"我的古玩还押在大师那里。"

"多少……钱……"

"不多,二十万。"

"我没有这么多现金。"

"到银行取吧。我要现金。"

"没有预约,取不出这么多。"

"那你就马上预约。定一下明天什么时间来取,然后你跟我从此没有什么关系。至于交易一事,明天取钱时再说。"

福来说完,趿上自己的旧皮鞋,推开大门,消失在夜色里。

久一备齐画款,等到第二天傍晚,仍然不见福来出现。她打福来的电话,接听的却是一个老翁,喉咙气喘,奄奄一息的样子。

"你找谁呀?"他慢悠悠地问。

"对不起,打错了。"

"没打错。我就是阎王爷的兄弟,阎二爷。我在计算着,我离阎王爷,只相差两个小时,他先出生了,就把我留在这人间,他升天了……"

久一连忙将电话扣上。

久一捏着电话,从来没有这样感觉孤独过。想起奋斗的日子,酸甜苦辣,恍然就在昨日,有些亲切,也有些陌生。然而,他竟然没有死,而且知道了杀他的黑幕,他一定是回来报复的!可他为什么又说不会伤害我呢?久一这样想着,因为害怕而颤抖。这种颤抖曾经在与福来相爱的时候,经常出现过,那是爱的颤抖,总能从无望中找着希望,而今,怎么就变成了截然相反的后怕了呢?后怕什么?无非是对生命产生的危险而怕,他一再强调不会伤害我,那么对我追求的前途未来的危险,是他的真正目的?那样的话,自己一直苦心经营的梦想,就会破灭!没有办法,现在的主动权,完全掌控在福来的手中,他可以轻而易举地打垮我,而使我的努力毫无价值。那么,生命呼吸的过程,就是这一个个日子,还有什么意义吗?

久一尽管思维混乱,但她仍然做着这些相对清醒的判断。于是,她打电话给干妈,干妈根本不相信。怎么说,她也不相信。

“我也不相信,干妈,可是这是真的!”

干妈这才相信,也故作沉稳地说:“没事儿,做坏事的老金已经死了,是他图财害命。”

久一万没想到干妈竟然如此聪明!她怎么没有想到呢?现在,老金才是最好的挡箭牌,只要尤二哥不把她久一出卖了,久一不把自己出卖了,一切都似没有发生过一样,与她久一没有任何关系,福来即使怀疑,也拿她没有什么办法。

如此想来,久一释然,倒琢磨着应该送给干妈一笔养老金。干妈得知,虽然明白久一现用现交,也乐于笑纳,毕竟未来无忧,可以安心地远走高飞了。

“看来就你一个久一,我没白培养。”

久一见尤二哥旧事重提,念念不忘,口气极厌恶地说:“你怎么总提这茬儿?”

干妈醒悟,改口道歉道:“噢,我错了,不再提,也没有在我这儿干过。我再绝口不提,你一百个放心吧。”

久一说着放心的话儿,心里却真不放心。现在干妈倒成了她的一块心病。只要她存在,自己的那段经历,就是块污点,不,是癌变还没发作的肿瘤,随时可能发作!

久一在等待孩子出生的过程中,经常这样焦躁地思考,神经性失眠。吴刚从国外视频问她怎么了,她就说孩子天天踹她心脏,让她夜不成寐。她睡不着,还有另一个原因,就是悬挂方厅里的那幅大师画。

画面中,那个在绝望中努力挣脱地窖的男人,将一双干硬的手指伸向光明,是伸给她的吗?还是用这幅画来纪念他的双手或过去的岁月?隽永的行草八个字,直透纸背:

光蕴黑暗，魔鬼再生。

久一感觉到一股杀气，从画里透出寒意，直切入骨髓，贯通经络，令人不寒而栗。她无法抗拒来自那双手的力，就想到一个念头——自杀。唯有自杀，才是补救良心的最佳方式。

久一做了很充分的准备。然而几次自杀，都因为腹中孩子的踹动而放弃了。她真的不是在找借口。石妈说得对：

"你现在，不是一个人，而是两个人，还有一个没看到这个世界是什么样子的婴儿……"

她开车来找祥生，惊得祥生直埋怨她：

"孩子都快出生了，你怎么还往出跑？没有人陪护，独自一个人驾着车，你想怎么的？不活了？——你可真行！"

祥生倒是无意说的，久一却就是这样想的，出车祸也就出了，像老金那样，成了一场事故的牺牲品。久一把送画的事儿说了，但是她没有说明送的人竟然是已经死亡的人，他又复活了。

"陶淘还算办事儿。"

"陶淘挺好的。"

"不是在说假话吧？"

久一希望在可能的死亡前，做一次好人。她体会到那句：鸟之将死，其鸣也哀。她忽然对自己特别生气。她问自己：

"为什么我要死呢？那么多作恶多端的人都在活着，而且活得那么滋润，我为什么要死？何况我的孩子，就要降临人间了……"

祥生拉着郁郁寡欢的久一，发现她心事重重，就努力逗她开心。可是久一心不在焉，越来越心烦。

"我想见到那个送画的人。"

久一的执着让祥生左右为难。但他无论怎样，都会满足她的要求。他们来到大师下榻的酒店，带给大师由久一亲笔签名的琉璃女人，大师一见就慧眼识物地盯着久一：

"就是你呀！真是精美绝伦！相比而言，我的绘画真是一文不值。"

久一不想听他虚假的赞美，只是问："有一个人，是他授意让你作的画吗？"

大师矢口否认。

“我的画,从来都是我的创作。你把我当成画匠了?”

“对不起,我不是这个意思。你这里有个人给你当助手吗?”

大师忽然想起来,点头说:“一个肥小伙,憨厚老实,做我的模特,我就同意了。只是他没有手,而神态和线条很棒,正是我要创作的思路。”

“他人在哪儿?”还没等大师说完,久一就迫不及待地问。

“他将他的古玩放这儿,说由他来负责送画。怎么,你没有收到我的作品?”大师也有些惊讶。

久一发现大师误解了,忙解释:“他是我的同乡,许多年没见过面,他的家人一直在找他。可能就是他,不能让他再消失。”

“现在因为工程和民间借贷而跑路的人太多了。缺少诚信的社会,是有缺陷的社会。”

“你说的极是。大师,我可以见一下他的古玩吗?”

大师点头,领他们来到画室,就见桌上摆着和久一带来的一模一样的琉璃女人雕塑。永祥集团的产品虽然都是琉璃女人裸体序列,但每个单品都是不同的,没有一对是一模一样的,但是这对是一样的。

“其中一个是仿品。”

祥生说,久一摇摇头。

“这两件都是真品。”

“他们一模一样,那一定是机械批量产的。”

久一走过去,将福来留下的,反复查看,在肋部发现了吴永祥的签名。

“怎么会是爸爸的?”

久一得到确认的事实是,昨天出现的人,的确是福来,说明福来真的没死。她不想再待下去,和大师道别,倒像告别。

第二十一章　鬼敲门

孩子出生前一周，吴刚从国外回来，带回一大队国外伙伴，其中还有托迪，他以他本国的方式表达了对久一及孩子的祝福。

伙伴的到来意味着反攻号角的吹起，吴刚有了十足的干劲儿，一半儿来自于久一，一半儿来自于孩子。男人身后的女人，一定是一个多事的婆娘，才会成为贤内助。

吴永祥像一只冬眠的大虫，终于膘肥体壮，经过与吴刚及境外伙伴沟通，要求吴永福召开董事会，一起研究当前集团形势，以期集团公司的发展计划更切合实际。吴永福虽然掌握着大权，却仍然对吴永祥不敢小觑，并表达了一些程序上漏掉请示汇报的歉意。

永祥知道三弟并不情愿，但佯装不觉，在会上发表了一番演讲。

"没什么。亲兄弟，怎么干都有理。但是干了一溜儿十三遭儿，集团连续出现亏损，而且有越来越加剧的趋势，这就有问题了。也借你的三点，谈我的三点吧：一点，可能你的决策有问题，是不是独断专行，建立自己的小势力圈子，而忽略了团体精神？二点，可能你的人在利用你来实现各自的目的。这样会出现两种可能：一是集团利益置于个人利益之后，形成军阀割据的局面。二是英雄主义泛滥，开始有人找你讲条件、论褒奖。那么整个局面肯定混乱，会造成产品竞争力下降，人心向背，心猿意马。三点，你的对手乘势而上，乘虚而入，挤压我们的产品市场份额持续下降。这就要求我们要保持两点：一是优势产品，作大作活。二是新兴产品，超前超快运作，抢占市场。"

受了总裁的教训，吴永福十分恼火，人家说的都是真理，不便发作。陶淘将这一切看在眼里，却无力反击。忽然有个肥青年求见。陶淘也是个人物，不是谁想见就能见到的，就训新职员：

"有没有脑子，这里在决战！"

负责行政的新职员苦着脸说："陶总，我知道，可是他说，一提'狼人'，你就会见他。"

陶淘闻听，沉思一忽儿，说："请他到小会议室，沏上上好的茶叶，我一散会就到，见见他，看他怎么说，想干什么。"

这次会议，借中外合资双方签约，吴永祥又重新告诉大家，我胡汉三又回来了。他对当前产品生产环节和销售渠道进行了修正，给永福足足的面子。但是也敲山震虎，给那些不识务者，墙头草和两面派以警示。

陶淘汇报了重新振兴方案，并没有得到大多数人的支持。陶淘觉得这里面肯定有鬼，一定要把这鬼给挖出来，无论这鬼藏得多深。她散会后，和吴永祥谈了一会儿，就告辞来到小会议室。

福来还是那身打扮，一见陶淘，就礼貌地站起来。

"欢迎你，我的朋友，你想通了？"

他们在数十日前，在一起秘密商谈过，她对这个陌生的通过大师结识的古玩家很感兴趣，他憨厚却执着，似乎在哪里见过，却想不起来。在哪儿见没见过不重要，重要的是，他对久一怀有深仇大恨！这是陶淘所欣赏的，也是拉拢他的一个前提条件。

"我当然想通了。跟着您混，有口饭吃。"

"对方同意设计几套设计方案？"

"还是按您说的，三三见九，九套方案。不过，他们要打三分之一的定金，否则他们就等。宁可让设备闲着。"

"死心眼。我能亏待他们吗？"

"现在实业越发困难，利率一波动，他们的利润就缩水，也可能亏损。您也理解一下他们。对于琉璃集团，他们有信心才仅是三分之一定金，其他商家定货，都要全款才给发货。"

"那就下一步再说。好吧，你有什么办法将吴刚的样品搞到手？"

福来冷血地说："两个办法，一是抢，二是偷。"

"你对琉璃还不太了解。我们不会做这些事儿。"

"我的兄弟'狼人'是这方面的行家。成了，按照惯例，不成倒找您钱。"

"那你就以顾问的身份，正式到琉璃上班，负责现有系列产品的设计。记住，你不是设计师，而是情报专家。"

“我明白。我要让琉璃女人合资系列破产!”

福来咬牙切齿,面露狰狞。

琉璃两股势力较劲儿,突然出现一位大师和专家,让失势的吴永福势力有了绝地反击的机会。一个是高僧一般的大师,往产品理念中灌输着中庸思想,一个是秃爪专家,废弃了已经投入上百万元的古玩工艺品系列项目,提出了重塑琉璃精品系列。这个重塑系列,看似与经典产品相重叠,实为一种突破。当样品摆于例行会议的办公桌上时,全体人都被惊呆了。

只见“狼人”进来,用秃手捧着个精美包装盒,打开几层包装,出现七个琉璃女人。然而与经典不同的是,这七尊琉璃女人或体态臃肿,或身有缺陷,但体现的一个中心就是风情万种。

与追求精美极致相比,这一组更具有震撼力。

参加会议的合资方代表赞不绝口,就将投资的意向做出保留。因为都属于琉璃集团,合约没变,只是产品系列要考虑侧重或增加。吴永祥也很惊讶,让陶淘将设计者请到他的办公室聊聊,他真没想到陶淘还有天才。

福来第一次出现在仰慕已久的吴永祥面前,有些习惯性的拘谨。他不知道自己的目标是什么,但他至少要生存,并为了生存而讨回尊严。

“随便坐。”

吴永祥示意陶淘给“狼人”让出正位。

“吴总,没想到会和您坐在面前。我十年前就知道您,特敬仰,没想到,和您见面了。”

“十年前,我也只是个搞艺术品投机的。那时投资的概念还很淡,其实投机就是投资。”

“投机不好听,投资……投资有气魄。”

“你怎么涉入这一行的?”

“我的一个兄弟,搞过几件假的,我陪他天天出外骗人,后来他被人给打残了,现在还躺在床上,由他老母亲照顾。但正是这些假货,让我知道什么是珍品。”

永祥点点头,觉得这是个有故事的人。有故事的人才会出伟大的作品。

“他现在怎么样?”

“谁?”

“你的兄弟,带你入行搞假货的。”

“我一直陪他脱离生命危险,又侍候他三个月。我把我的最好的艺术品当了,全给他治伤,但不够,我就出来做事。多亏陶淘总经理给我这次机会,我要谢谢她。”

福来向陶淘点头示谢。

“你的灵感——我觉得你一定早就接触过琉璃女人这种产品,你的灵感怎么会一下子提升这么多?”

“我把我心爱的艺术品当了,为了兄弟,我认了。但是我的心中一直装着这件艺术品,闭上眼睛,它的每一个细节都记得清,我就天天想着它……”

吴永祥按一下秘书铃,对进来的秘书说:“把那件宝物送进来。”

陶淘与福来面面相觑。没过一分钟,秘书将一件琉璃女人体雕塑放在桌面上。

“是这件吗?”

福来扑上去,发现只有一个拇指的双手很丑陋,就忙缩回袖中。眼里全是兴奋的光。

“你看看,是这件吧? 细看一看。”

福来用手掌转过琉璃女人,见小腹上一个签名:吴永祥。福来点头,喃喃地说:

“我的女人,是她……”

吴永祥示意陶淘出去避一下,屋子里只剩下他们俩。福来知道,他复仇的第一次机会来了,他的眼里充满着邪恶和憎恨。

“如果是你的,那么就送还给你。”

福来受宠若惊,后退着:“不不不,这不可能。这是您的东西,有您的签名,应该是您的……”

“现在送给你了。”

“真的?”

福来扑上去,抱在脸上,用嘴唇亲着。

骤地,他停住了。他望着吴永祥,恢复了平静。他突然有一种不祥的预感。他忽然在心里问自己：

“他要对久一怎么样？”

果然，吴永祥在福来接收“琉璃女人”后，慢悠悠地说：“这里，就我们两个人，你可以告诉我，你是从哪里弄来的这个‘琉璃女人’的？”

福来的头似被木棒击中，立刻清醒起来。他想起后脑起着旋风打来的木棒，再次燃起熊熊烈火。

“别人送我的。”

他只要说出久一的名字，将自己和久一同居的历史告诉这个大佬，久一就会从这个家族，甚至从这个城市消失！

“能告诉我他是谁吗？”

吴永祥站立起来，绕过大佬桌，坐到他的身边。

福来紧张得汗涔涔而下。他用袖口擦着额头，喉头禁不住抖动着，口水像河水一样向他的气管流，引起他一阵咳嗽。

“你喝一点儿水，压压。”

吴永祥递上纸杯，和蔼可亲。

福来只是用余光扫一眼，就感觉到和蔼可亲下面的杀气。这是地痞流氓教给他的能力，绝对不在这些大佬之下。福来的手部神经产生了剧烈抽搐，就像当年躺在收破烂老头儿家的火炉上……

秘书这时敲门进来：“吴总，吴刚董事长来电话，告诉您久一生了。”

吴永祥面部恢复平静。

“男孩儿女孩儿？”

“男孩儿，六斤六两，请您给起个名字。”

吴永祥挥一下手，秘书反关上门。

“真是好消息。咱琉璃公司好事儿不断。”

“是呀。真应该祝贺久一……”

“我听说，你们是老乡？”

“是的。我就是从她那偷来的。”

福来也没想到会这样撒谎，而且自然而然。他原想说是她带回家，向自己显摆，就被自己密下了。但话一出口，就把自己贬成了盗贼。

“唔，这倒不地道。”

“我们听说她认识一位大佬，就总往她那跑，希望从她那得到琉璃女人。可是她很抠门儿，我就偷了她的东西，包括这件东西。”

“后来呢？”

“我们都不敢见她。反正一件东西，她并不缺。”

“你来公司没见过她吗？”

“见过。我特意替大师送画给她，特意向她道歉。我向天发誓过，只要我赎回琉璃女人，就会还给她……”

吴永祥还看不出这个“狼人”说话有什么漏洞，但觉得不可信。这些玩儿古玩的，没有一个是安分守己的，他也可能是把琉璃女人骗到手，所以他这么慌张。

“现在，现在你就可以送还给她了。”

“不不——”福来否认着，“这里有你的签名，要比原来翻几倍的，市面上价值上百万也不止。”

“你不要吗？”

吴永祥逼视着他。

福来做出为难的样子，支吾着说：“要。可是，太珍贵了。不要，我怎么才能赎回来呀！”

“是你的定情礼物吧？”

吴永祥突然问。

福来面无表情，慢慢地抬起脸，直视吴永祥。他终于明白了他的意图。

“您……您把我看高了。她石久一早就有传闻，攀高枝，傍大款，我们老乡谁不知道？就这垃圾，我们捡不到。就是捡到，也不会要。”

福来的情绪已经完全平和下来，一句一字地说，几乎要把每个字咬碎，来解心中之狠。然而，他滴血的心又一阵疼痛。

“哎，老总，你不用试探我了，我知道你的意思。她久一，高不可攀，我们像她的癞蛤蟆。而我知道，你和她……咱就不说这个了。这个琉璃女人真的要值上百万，您还是留着吧。我设计的系列产品，也签上我的名字，十年后也会值上百万，到时我再赎出来……”

吴永祥要打断福来的话，见他及时转了，也就收住问话。看来他知道久一和自己的传闻，这样的人怎么可以留在集团？最主要的是，他在为老三做事。

第二十二章　谁杀了我的孩子

得到辞职通知的“狼人”，独自一人来到妇产医院。

久一在石妈的照顾下，正在给婴儿喂奶。

“请问，石久一在哪个产室？”

“狼人”到护士站问询。护士指给他，然后低头忙她的业务。

“狼人”两手插休闲西装的口袋，缓缓地来到七号产室，对手里拎着暖水瓶的石妈说：“你好，石妈，我来打水吧。”

石妈见一个陌生的男子，一愣，想不起在哪见过，就警惕地问：“你是……”

“狼人”憨厚地说：“倒腾古玩的，在别墅家里见过，不记得了？”

“喔……你是来看久一的？”

“是的，她在里面？”

“在在在。我去打水，你进去坐。”

“狼人”闪身进去，肥身子显得并不笨。久一听到熟悉的说话声，早料到福来会来，热情地说：“不上班，怎么跑这来了？”

因为房间里只有久一娘俩，福来就快速上前，在孩子的额头亲一下。

“真漂亮。真可爱。”

久一张嘴要像跟其他来客那样介绍孩子的每一个可爱的细节，却打住了，因为她看到了福来抽搐的面孔。这张面孔极少会出现这种表情，一种是受到了极大的污辱，一种是面对最仇恨的人。她了解他，太了解他了。

久一伸手想要护住孩子，福来却探身，伸出只有拇指的双手，小心翼翼地问：

“我可以抱一下吗？”

没等久一回答,又说:“我可以抱抱,我有这个权利,因为……我是他的舅舅……”

福来抱起来,就露出了腰间的刀子。久一熟悉这把刀子,曾经为她削过苹果,截过头绳,也与地痞对峙过。

久一伸手就把刀子扯下来,让福来一愣。

“干吗?”

“你带刀子干吗?”

“我的第三只手。也是我的习惯。久一,你怎么这么紧张?”

“把孩子给我……”

久一伸手就夺回孩子。

福来没有动,唯恐吓着孩子。

“久一,那天你那别墅,我没有再去,是因为我没有勇气再走进那扇门。因为,因为那扇门,已经为我关闭了。我能做的,就是为你祈祷。”

久一惊恐万状,退到里侧。

“别怕。我不会伤害你,我只是来看看。”

“你的钱一直在家里……你可以,随时……随时去取。”

“好哇。”福来坐在对床上,一摊手,“刀子已经在你那,我身上没有任何对你有危险的凶器,连手指都没有——你放松些吧,这样对谁都好。否则一会儿石妈回来,会报警的。”

“我不想和任何人争什么了,我现在只想把孩子抚养成人……”

久一哭泣起来。

福来站起来,内心矛盾重重。

石妈打水回来,才认出福来,警惕地问:“又怎么了?你不是等这位先生等了好几天?”

久一拦住她的话:“你先出去一下。我和这位老乡有几句话要说。”

石妈警惕地后退着把门关上,侧耳在门外听。

“本来,我下决心不会再主动找你。但是今天没办法,我不得不来。我想我只有见到你,我才能在琉璃公司继续干下去。”

“你为什么要到琉璃公司来?”

“我可以不告诉你吗?”

“不告诉也行。那你说,你怎么了? 遇到麻烦了?”

“是的。我被无缘无故地辞退了。辞退我的人,是吴永祥。”

“他辞退你? 为什么?”

“我说了,没有理由。只说合作结束了。”

“那丑女系列呢?”

“也说不要了。”

“不可能。”

“所以我来,就是想和你商量,怎么让我留下来。只要超过一年,我就能够掌握全套生产工艺。你看能帮我吗?”

久一忽然明白了。她原来以为一向像个肉粘筋的福来,竟然有这么大的抱负!

“只需一年。到了一年,我一天都不会在这里待。”

“你要上哪? 做什么?”

“你不用管了。你操心太多了。”

“如果我不帮你呢?”

“你别逼我,我劝你,吴太太。”

福来咬牙切齿的声音,从他的耳骨传出来,像要碾碎血管。

久一擦掉眼泪,说:“你不该知道太多。”

然后掏出手机,对福来说:“你走吧。你在这儿,我沟通会引起怀疑。为了我的孩子,求你放过我。你有什么要求,只要我能做到的,我都会尽力去做。”

福来站起来,将一打纸钞抖到孩子的小被上。

“我们的孩子如果……如果……比他该大两个月……该会爬了。”

福来没有说完,就咽回眼泪,健步走出去,在门口向石妈礼貌地道别。

陶淘正在为失去一个斗士而懊恼,吴永福就来电话了。

“陶淘,我听说新来的顾问被解雇了?”

“吴总,是永祥总裁决定的,很突然。”

“他犯什么错误了没有?”

“永祥总裁找他谈了一次话,看了他的系列产品设计,就突然决定不用了。”

“唔。他的作品在哪儿？听说不错嘛，拿这儿来，我看一看。”

“可是——他已经走了。”

“没关系，他不用，我用。他已经老眼光了，过时了。你马上找到他，到我的办公室来，越快越好。”

吴永福说得轻松而愉快，令陶淘头上乌云一扫而光，她立刻给“狼人”打电话，要他火速到永祥大厦1205房间。

福来刚走出琉璃妇产医院，就接到陶淘的电话，感到意外。他打车直奔永祥大厦，觉得自己又从墓穴中往上爬，看到了天光……

第二十三章　偷　艺

吴刚因为四十得子，容光焕发。他在案上整理着什么，见福来在陶淘的陪伴下，很拘谨地走进来。

“你好。欢迎我们的奇才。”

吴刚极谦虚地小步跑出来，伸手和福来握手。

福来双手袖兜儿，很木讷地愣在那儿。

“怎么，还在有想法？公司也是在考察一下你的耐心。”

吴刚尴尬地停顿一下，很自然地摆手请两人坐在沙发里。

“别介意，吴总，我的手有毛病，所以没办法和您握手。我第一次见到您，真的觉得我们琉璃集团，因为有你这样的未来掌门人，未来会更加辉煌。”

福来张口说话是主动自愿的，说这些恭维的话也是自愿的，他发自内心地为久一高兴。他暗想，久一的选择是没有错误的。我是一个穷困的库工，怎么可以和高富帅比？如果换成我，我也会选择他。久一能和自己在一起四五年，真是委屈她了。

陶淘对下属颐指气使，在老总面前，尤其是未来的掌门人面前，还是倍加小心的。她热捧一顿之后，提出一个要求。

“虽然集团定下‘狼人’在您部门服务，但是我们有合作基础，所以我的想法，待到嫂夫人上班，再将大部分产品业务挪过来，您看如何？”

吴刚本来要这个人，也是吴永福的意见，既然陶淘争，就先放她那里。等收购的事宜运行完，一并收回，也没什么。

“听听‘狼人先生’的意见？”

“我和大师还有些合作，如果能延续以前的合作，把产品开发系列转到车间，形成量产，我就不辜负吴总的信任。”

“哪里是我的信任，是陶淘和三叔，极力推荐你这个奇才。我也看过你的作品，确实棒极了。继续努力吧。”

福来站起来，向吴刚深鞠一礼。他发现自己已经喜欢这个情敌，不知道为什么。

吴刚回国后，不干涉工艺品公司的业务，被看成是投降的举动。虽然仅仅半年的时间，他原来的手下都相继被革职或辞退。吴刚带着外国代表在国际洽谈会上签约文书，就开始重新收复失地。

吴刚借孩子满月，举行了满月酒，尽邀社会名流，官场要员，社会贤达，但唯独排除了陶淘。然后对集团财务进行突击审计，一时连吴永福也坐不住了，质问吴刚：

“你有什么权力？”

吴刚早有准备，对吴永福说道：“集团是唐僧肉，可不能每到一个地方就被割去一点儿，那样没到西天，唐僧早成骷髅了。”

吴永福畏惧的不是计谋而是真刀真枪的对峙。吴刚步步紧逼，又递交了一份《关于强化各分公司职责的报告》。里面设计了未来集团实现第一品牌的十项措施，其中最重要的一点，就是全盘现代化经营管理模式建立与发展。报告给出的建议是引进西方管理模式。

吴永福感觉到自己地基的动摇。他提出反对意见，报告没有得到通过，但是关于整顿工作作风的措施，却得到了雷厉风行的落实，在集团掀起了改革浪潮。

祥生担当了马前卒的角色，他第一个拿三叔的儿子吴铁所管理的国内分厂开刀，针对其绕过集团私自与经销商作双面合同和截留货款行为，报请法院对涉事五人进行了搜捕。一时间，大家见到祥生都绕着道走。

祥生的刚直不阿得到全体员工的称赞，人气上升，也提升了袁野的地位。她不再是孤家寡人，总是有人围着她请她美容、购物、旅游，她才真正体会到当第一夫人的快乐，原来并不仅仅在于丈夫，也在于环境，所以她也就放松了对吴永祥的监视。

吴永祥一直在找久一的替代品，但是见过许多个，都不满意，要么长得还好，身材一般，要么长得俊俏，身材也棒，待裸体后却如败絮，好不扫兴。他的身边有几个走狗，天天溜须拍马，帮他物色，都不满意，他就望着“琉璃女人”，想久一的精美身体。

这一天，永祥无事，到公司转一转，就来到企划部，见久一已经上班，在那里忙碌。毕竟已经是公媳关系，就想走，突然见远处一个男职员匆匆走远。他一眼就认出那是秃爪子“狼人”。

一位女职员走进来，问他：“先生，您找谁？”

永祥是唯一一个在公司里不戴名签穿西服的人，新职员不认识他：“随便走走看看。”

职员说：“您请其他部门吧。我们这里刚刚发生了画稿被盗。”

“唔。”永祥点头，就转出来。他想一下，给久一打电话。

久一正在追查图纸被盗案件，是她恢复工作以来发生的第一件大事，还在紧张地追查，就有电话来。

“这里是琉璃公司。您找哪位？”久一问。

“为什么画纸被盗这么大的事，不及时报告？”

久一听出是吴永祥，忙解释：“爸，我考虑先内部追查，然后再请祥生过来，报给永福董事长，再请求您……”

“你们安全保密工作漏洞不小哇。如果我是盗贼，何止是图纸，我看把公司都能偷走！”

吴永祥严厉的训斥，久一还是第一次领教，忙跑出企划部，见原总裁刚刚坐的电梯合上。

久一来到吴永祥办公室，却没在。秘书说吴总气呼呼的，刚走。久一打电话给吴刚，吴刚又训她一顿，因为在市场上，出现了大量的赝品。

“难道我的图纸流入市场了？”

吴刚恼火地用笔敲着台面，发现面对的是老婆久一，缓和下口气。

“一定是内部出现了问题。连合作推出的仿品也出来了，说明这个人还很知根知底。”

久一第一个想到的是福来，为他捏一把汗。

“追查技术部。”

“只有傻瓜才会监守自盗。我看是外商出了间谍……”

“你不觉得大师有问题吗？”

久一想起高深莫测的大师，把金钱置之脑后的架势，怎么会对图纸感兴趣？他所崇尚的境界，是凡人俗子无法企及的，但是因为没有怀疑福来而投了赞成票。

“我看老爸很生气。”

“你没去看一下吗?”

按常理,久一应该去看看公公。可是她不能单独和他在一起。她正犹豫着,吴永祥来电话。

“久一,怎么说你几句,你就受不了啦?”

“没有,爸爸。正常,谁让我们的工作不细,出现问题,挨训是应该的。我们正在查缺补漏。”

吴永祥叹口气。

“你妈又出国了。”

久一脸色有些发白。她最熟悉吴永祥这句话的含义。

“爸,不说了,我要回去给孩子送奶……”

“好哇,我孙子要紧。”

久一开车回家前,安排祥生抓紧追查线索。开车一进院,石妈就告诉她:

“孩子的爷爷来了,在逗孙子呢。”

吴永祥在卧室里,趴在床上,其乐融融。久一看了,松了一口气,过去抱起来。

“真好。”吴永祥赞美着,眼睛却往她身上溜。

“吴刚一会儿回来。”

久一唐突地这样说,她自己都觉得心虚得太过敏感。

“久一,是撵我走吗?”

“没有,我只是随便说说。”

“我来,一是很久没看到孙子了,看一看,稀罕稀罕,没问题吧?”

“没有。”久一拘谨地说,无法当面喂奶。

“怕什么,喂吧,我的宝贝孙子都饿了。”

“没事儿,待会儿的。”

“哈哈,我也不是没见过。——好了好了,我到外面,我有要紧话和你说。”

吴永祥说着,优哉游哉地到大厅,见到了墙上的那幅画。他看着,觉得哪儿不对劲儿。他问石妈:

“这是谁送的?”

“一个没手的小胖子。”

吴永祥的脸青紫，推门进卧室。

“爸，我马上出来。”

吴永祥一愣，退出来，打祥生电话：

“祥生，马上把‘狼人’监视起来，有可疑的地方，马上用你的手段审问。你知道该怎么办。”

祥生开车下楼，就往职工宿舍赶，去找福来。

福来刚吃完，正在抽烟，研究着桌面上那尊琉璃丑女。这时门敲两声，他起身靠开锁，见是祥生。

“什么风把您吹来了？稀客稀客。”

祥生环视室内情况，坐在桌台上，用手敲着琉璃丑女，发出清脆的回声。

“我来，有件事儿要问你。”

福来心里知道大师带出的图纸，竟然被尤二哥低价卖给了开发区的得运工艺品厂。这种独特款式的赝品，一眼就能辨别出。他知道大师也有走麦城的时候。

“您说吧。”

“我们的图纸是怎么流出到市场上？”

“是我卖掉的。”

福来回答得出奇的平静。

“为什么？”

“我也要生存。”

“就这么简单？你该不是吃里爬外吧？”

“你可以这么认为。”

福来不能把恩人出卖了，这是他做人的原则。对待恶人，用恶的办法。对待善良的人，就要善良。

“好哇，这倒简单了。你跟我走一趟吧。”

“上哪儿？”

“派出所。”

福来从衣帽钩上披上休闲装，闷头往出走。

祥生很奇怪地问：“你不为自己辩解，或者找个别的理由，为自己解脱吗？”

"没必要。"

福来在头里往出走,没有理任何和他打招呼的工友。

孩子被石妈抱走了。

久一听吴永祥把图纸盗贼抓住的情况简单介绍了一下。她没有露出丝毫的惊慌,而是说:

"没想到。"

"你没想到的事儿还有。他曾经和一个女孩儿关系不一般,你知道吗?"

"我为什么要知道?与我有什么关系?"

"你们曾经搞过对象。"

"是的。但是我们没有成,我出国了。"

"但是你们后来一直联系。"

"我们是老乡,联系不正常吗?"

吴永祥露出奸诈的冷笑。

"你们同居过!"

久一显得十分生气,对吴永祥说:"爸爸,如果你没有别的事儿,只是在这无聊地说这些疑问的话,我们就不要谈下去了。你想让我把过去的事儿都交代出来吗?我也无所谓。"

久一做出泼妇的样子,要离开。突然,被吴永祥抱住。

"小琉璃,我好想你……"

久一一巴掌打在吴永祥的胸上,恶狠狠地叫道:"这是轻的,下次是你的脸,小心我让你的脸开花。我们村里对待爬灰的不要脸的公公,你知道怎么办吗?"

久一做出用剪子铰的动作,嘴里发出咔的声音。

吴永祥收起淫相,一本正经地尴尬一下,也有些畏惧,悻悻地说:"反正把'狼人'送进派出所,他会说出全部,你等着……"

正说着,院里有人在喊:"久一,久一!"然后是敲门声。

喊叫的是个妇女,声音还很年轻。

吴永祥穿上外套,怏怏地说:"好吧,我会将这幅画的主人找到,查他个水落石出。"

久一心里乱乱的,并没有听出门外的人是谁。她尾随着吴永祥打开院门,见是尤二哥!

久一迎上去,搂着尤二哥:“干妈,你怎么来了?”

“我没来过,来看看我的外孙子,欢不欢迎呵?”

尤二哥一见吴永祥,问久一:“这是你公公吧?”

久一紧张地说:“是……”

尤二哥见吴永祥要窄身过去,不高兴地叫住他:“这不是让我只叫冯老板的客户吗?怎么不搭理我?是真不认识,还是装不认识啊?”

尤二哥说着,就扯住吴永祥的大衣后襟儿,前面的扣儿就撑掉两个。

吴永祥回过神儿的样子,做出惊讶的神色。

“唔,尤老板,一向可好?”

“不好。我刚让你的手下给审了,差点把我吓死。啧啧,你怎么会是这样的人,我没看出来。我以为我们这些社会最底层的贱人,才做些偷鸡摸狗的事儿,没想到越有头有脸的人,脸跟屁股一样。你不是姓吴吗?为什么告诉我姓冯?从这一点上来看,你连我都不如。我姓尤,尤二哥,坐不更名,站不改姓。”

“怎么可能?”

“你可别装了。不就是几张破纸片子吗?我到‘狼人’那儿去找你,你们不是老乡吗?我看他放在案子上,就偷着装包里了。回家才想起,一看是好看的美女,还都是裸体的,我就拿到市场上卖。毕加索的画能卖两千,我就卖两百。一趸儿让一个小伙子买去了……”

“干妈,你卖了多少?”

“两百。这不,在我兜儿里呢。冯老板有意见,把两百还给你!”

久一知道干妈会装,也索性配合演下去。

“我的傻妈,你知道它值多少钱吗?后边加个万也不能卖呀!”

“后面加个万?后面加个万是多少?两百后边加个万,是多少?”

吴永祥还想说什么,摇摇头,就往出走。院外,他的车在等他。

尤二哥回身冲吴永祥喊:“冯老板,你还在十九楼,老时间吗?”

尤二哥及时救驾,多亏福来在祥生的车里发给她的一条短信。短信的内容是:速去石久一家,她有麻烦。后面是久一家的住址。

尤二哥骂久一两件大糊涂事儿:一是不该和吴永祥单独在一个房

间，永远都不要。如果还想把这个集团第一夫人的目标保持住的话。二是不该还和福来藕断丝连，既然已经断了，就是要一刀两断。这样才能达到自己想要成就的事业。

尤二哥告诉她，福来已经变了，不是从前的福来了。他让我找你来，看似保护你久一，实则是保护他自己。

久一点点头。

“对，没错，要保护好自己。”

第二十四章　恩　情

陶淘得知尤二哥是按摩店老板，而又是久一的干妈，兴奋得直攥拳头，用食指指脚尖。

“祥生，我们结婚吧。”

“结婚干吗？这样不很好吗？”

陶淘略带伤感地说：“我快四十了。”

“我们都快四十了，怎么了？”

陶淘生气地说：“我想生孩子。”

“生孩子和结婚有什么矛盾吗？”

陶淘见祥生并不理解自己，说：“你一直放不下久一，她真的那么让你神魂颠倒吗？”

“真的，不骗你。”

“说说看，我哪方面不如她？”

“说不清。”

“说具体点儿。”

“各方面。”

陶淘因为祥生的结论更加嫉妒久一。她觉得这个妯娌的存在，迟早会危害到自己的婚姻，尤其眼前，祥生不肯结婚，并不是因为他是个私生子，打小心里充满着黑暗。黑暗中的一个光亮，就是久一。而她陶淘就是久一光亮下的阴影，是在祥生那产生的错觉。那么这种阴影什么时候能消退呢？

“‘狼人’，到底是怎么样个人？”

“怪。”

“怎么怪法？”

“他相当仇视所有的人，却创作出那么精美的‘琉璃丑女’。”

“他承认是他干的？哈哈，该轮到他们倒霉了。”

“你为什么要幸灾乐祸？”

陶淘毫不掩饰自己的仇恨。

“因为我的势力又被她久一抢回了大半。这回她摊事儿了，当然对我有好处。”

祥生抚摩着陶淘的身体，魂不守舍。

“你性感，却不美丽。”他喃喃地说。

福来从派出所出来，没有回琉璃公司。他觉得自己的计划到了该实施的时候，没有必要再顾及其他，也不需要再等上一年的时间，现在就是开始。他知道自己的世界，只有一个内容，就是报复。

他从车辆出租行租了辆吉普，向城外开去，一直向西。那里有夕阳余晖，如血般炸开，像幅写意画，又像一股脑浆涂地……他的眼前再次出现那个老实巴交的老金狰狞的面孔，还有那个巫婆，一直将善良的久一教坏，坏得头顶冒脓！天太暗了，黑暗里一根卷着冷风的木棒，划条孤线，向他的后脖颈袭来……他本能地一缩头，这个生命就存在了。

福来将车停靠在路边，呼吸觉得困难，大片的汗滴挂满额头。不远处，那片等待拆迁的瘪拉洼的屋舍，像一片坟墓。但是，他喜欢坟墓，发家于坟墓，必然离不开坟墓了。

突然，路边冒出个黑影，出现在福来车边，吓了他一跳。

“是你吗，儿子？”

黑影说。声音尖细，像老太太的声音。福来一见是恩人破烂汉，正背着一块纸壳箱，趴窗户望着他。

福来喜出望外，高兴地下车与他拥抱。

“大爷，是我。我正要找你呢，就碰上了，你好吗？”

因为老头儿耳背，福来只能喊着说。

破烂汉一见他，特别高兴，冲站在院门口出来接他的老伴儿喊：

“老太婆，回屋炒个鸡蛋，俺爷俩喝几口。”

福来接过纸壳箱，背上肩，牵着破烂汉的手，有说有笑。

老太婆见是福来，不肯进屋，直奔过来，嘴里骂着老头子撒谎，努力辨认着，然后开心地说：

“哈哈,真是福来！真是呀,没忘了我们？哈哈,整个人没有事儿！妈呀,还记得一年前吧？你可把俺们吓尿了。如果不是老头儿看护你,恐怕你已经死一百回了。”

福来笑笑,说:“所以你们对我的恩情,永远也忘不了。”

“我一看你就是个重义气的人。现在像你这么仗义之人,为数可不多了。”

福来回头把车开进院,将车上的礼物拎进屋,亲自下厨,弄了一桌子菜,盘腿坐在炕梢儿,与破烂汉对饮。老太婆爱怜地给福来夹菜,福来让她也不吃。老太婆说:

“看着你吃,我就高兴。想起那时你就要死了,一刻不停地祈祷,终于看到你能咽进一粒米了,我就开始掉眼泪。”

破烂汉骂老太婆没出息,净想那些不高兴的事儿。

“我这是在高兴。你没看出来？你跟那头死驴一样笨,不懂得女人……”

破烂汉觉得老太婆也有道理,就问了一下福来的情况,语重心长地说:

“你呀,已经不错了,别心太高了,能平平安安地生活就可以了。比起被冻僵的时候,那不得强百倍。你现在做什么?”

“我刚离开一家集团企业,要自己干,做自己的企业。”

“是吗？那太好了。在哪儿?”

福来指着东面,说:“就用你的那户房子,怎么样？我现在没钱,将来有钱了,租金如数给你。”

破烂汉反对他说下去。

“你这是外了。我救你是为了要你报答吗？已经说好了的,给你白用就是白用,一分钱不收,你想怎么做就怎么做,我完全支持你。”

福来流着激动的泪,借酒劲儿搂着破烂汉的肩膀说:“我有钱,绝对不让你俩捡破烂了。”

“那我可不干,不捡破烂,我不就失业了?”

“我也是你们捡来的破烂……”

“你这个破烂,可是我们捡的最贵的宝贝！好好干,期待你能发大财！我说过,人呐,大难不死,必有后福。就像你的名字,福来,福这不就来了?”

福来好久没喝酒，此时与恩人对饮，无限感慨。

“还不是托您二老的福？没有你们，就没有我王福来，你们就是我的再生父母。不过，我最近却总是往坏里寻思。要么想投河自尽，要么想杀人，都是和死亡有关，也不知道怎么回事儿，这绝对不是我王福来，就像被魔鬼附了体……”

老头儿唬起眉毛，利起眼睛。

“可不能这么想！你如果那样，不是白了我和你干妈起早贪黑的侍候？那还不如当初，见你冻僵了，就直接把你送到火葬场。或者干脆，把你拖到路边，扔进雪沟里，让野狼野狗吃了，还一点儿也不污染环境！你才三十几岁，还年轻，未来的日子还长着呢，有什么过不去的坎儿？从阎王爷那都走一遭了，还有什么想不开的？”

老太婆起身就离开，骂道：“没出息，真没出息……”愤怒的样子，躲在门旁流眼泪。

“我见到了我爱的人。”

福来不得不实话实说。

破烂汉哈哈大笑着，叫老太婆进来。老太婆也乐不可支，破涕为笑，羞着福来。

“哈哈，谁都有这么一天。”

“她终于攀上了高枝儿，实现了她的梦想，满足了她的虚荣心，嫁入豪门，正在享受着荣华富贵……”

“你不高兴？如果你爱她，你高兴才对！如果你不高兴，不希望她好，说明你并不爱她，对不对？你不爱她，她好与不好，与你有什么关系？”破烂汉说。

“你这是什么理论？”福来反对破烂汉的说法。

“我看出来了，你嫉妒，非常嫉妒。你的情绪，绝对是由于嫉妒引起的。”

“是的。我无法给她她所想要的东西，我没有这个能力，我无法满足她。但是有人能满足她，所以她背叛了，就实现了……你说这个世道公平吗？”

老太婆端起破烂汉的酒盅，也喝了一口，将舌头吐出来解辣。

“干妈跟你说吧。不是好道来的，麻烦迟早会找上来。你大爷如果放了我，让我跟那个相好的走，我早享清福了，何至于在这里跟着他受罪？你们男人呐，自己没有能耐，还不让自己喜欢的人幸福，任其烂在自己手里。这就是你们男子汉的胸怀，它的名字叫狭隘。”

老太婆说得竟然很时尚，惊得福来目瞪口呆。

“看什么看？干妈原本不是天生捡破烂，只因私情被揭穿，背井离乡求真爱，到头来，黄土没脖还没见到艳阳天！”

老太婆唱的是二人转调，福来不懂，却觉得特好听，比茶馆里唱得都好。见老太婆唱到伤心处，也泪水湿襟，破烂汉不耐烦地打断：

“得得得，又来了。跟着我亏了吗？你要是继续在文工团，你能红，估计现在早被打死了。我也能火，估计早三妻四妾，咱俩早分开了。”

“分开倒好，也不至于不敢见儿女，不敢见亲人……”

福来见自己的事儿，引起二老的往事，忙从中为二老说和，才缓解了他俩的矛盾，自己的心里也敞亮多了。福来搂着二老哭一会儿，就像搂着自己的父母。

“等我把厂子建起来，我也要生一堆孩子，但不要像你们一样，不敢见。”

“那你得走正路，不能悲观，也不能作恶……”

福来叹口气。

“实话说吧，保不准。每个人都有自己的故事，什么结局都是一样的，只是过程不同而已……”

“还有什么事儿想不开？”破烂汉问。

“我和我喜欢的女人怀了一个孩子，却被她偷偷做掉了。然而我今天见到她生的孩子了，真漂亮好看，我就不忍伤害她，伤害她的孩子。可是我无法控制我的回忆，一见到她的孩子，就想起我们曾经怀过的孩子。同样的孩子，为什么命运却不同？她竟然就把我们的孩子做掉了，没有征得我的同意。这，是我最不能原谅她的。”

老头儿老太一听，都沉默了。

福来还叫道：“她就是杀人犯……”

老太婆一震，本来蜡黄的面孔更加阴郁。

破烂汉倒上一盅，一饮而尽。

福来觉得气氛不对，瞪着朦胧醉眼，怯怯地问：“怎么了？”

破烂汉就将饮干的酒盅摔在地上，啪的一声脆响，震得福来清醒过来。

在两位恩人的帮助下，福来将那户鬼屋清扫干净，尤其将地窖打通，将塌方的地方又重新进行修补，一切就和当初一样。

福来给破烂汉扔下一笔钱，找打字社做块牌匾，叫琉璃作坊，挂在大门上方。然后雇十名工人，会锯料打磨抛光使电钻就行，再招一位美工师。

"美工师是干什么的?"破烂汉问。

老太婆不高兴地说："就是你喜欢的那个女人那样，可以描眉画凤。"

破烂汉瞪她一眼，那夜的战争还没有结束，突然想起什么，对老伴说：

"你画画不是很好吗?"

老太婆摇头。

"我都要进土了，还画什么？现在只会腿划龙……"

福来望着二老你一言我一语，就想起当年的久一，痛下决心，开车到市里办手续去了。

没有人能挡得住的，就是复仇。

第二十五章　复　仇

福来不辞而别，显然生了公司的气。

他的出现又消失，令久一坐卧不安。自己完全暴露在他的视线中，像处于高射炮射程内的飞机，随时可能被他击落。那么，目前已经实现的幸福和事业，都将化为泡影，成了不定数，岌岌可危。尤其每天抱着孩子喂奶的时候，自然就想起那个已经会动的胎儿，福来的面孔就会从背后浮现，游荡出画轴，伸手向她索要孩子……

她最清楚，福来不会忘记他的孩子。这和阴谋毒害无关，是对一个人善良的死刑宣判。可是这个判决，会毁掉一个人的人性……她便后悔向国画大师求画，就在一个宁静的夜晚，久一终于无法忍受这幅国画大师的画作，从方厅墙上摘了下来。石妈说：

"这回儿，可以睡个安稳觉了。"

摘画的那天夜里，久一被噩梦惊醒，感到呼吸困难，睁眼一看，是福来骑在身上，掐着她的脖子，叫道：

"还我儿子！"

吴刚问她怎么了，她只说梦到鬼了，让吴刚还是把那幅画挂上，然后就再没做这类梦。

福来的存在已经是久一的一块心病。这次的心病和从前的心病不同，这次真的要让她疯了。在公司那段时间，看着他正常地工作和生活，还从各方面给予他些关照，也张罗着给他物色个媳妇，虽然遭到福来的拒绝，却也表达了她的歉意。而如今他在自己的世界里消失了，却还像影子一样跟随着，就不知道他会变成什么样的魔鬼。

久一经常这样无端地心神不宁，一直担心福来会狗急跳墙。尽管她知道福来还是爱她的，而且因为爱，克制着来自内心的仇恨，但难说有一天，他到穷途末路，会不会采取极端举动。

福来一走，大师也借故讲道，到什么山什么寺去了。琉璃公司再次形成了久一与陶淘两山对峙局面，这种均势是吴永福想看到的情形。陶淘一方面为失去鬼才而叹息，另一方面已经与合作方合作，开发了丑女系列产品，占据了各个商店的热销榜单。久一坐不住了，经过调查，她发现陶淘的合作工厂，只是一个家庭作坊。更让久一大惊失色的是，作坊的老板就是琉璃丑女系列的主人"狼人"王福来。

久一找到福来，纯粹是一种心灵感应。她预感到那户房屋的门一直开着，一直开着，破烂汉对自己信赖的目光催促着她到这里看看。当她一到仍然等待拆迁的破败村落去看的时候，打远就看到了那块牌匾：琉璃作坊。她看到一对老夫妻在门口，一个把门，一个扫院子。

"你找谁？"

破烂汉客气地跑上来，见到豪车美女，就点头哈腰，想是又来个大客户。

"你不认识我了吗？"久一问，摇下车窗，摘去眼镜。

破烂汉摇摇头，其实她想起了这个漂亮的女人。她当年滑雪到这里迷路，就跟着个帅小伙儿，住在一起。她不会是王福来的女友吧？如果是，那福来真太倒霉了。

"我老眼昏花，见的人多，不记得了。你是谁？你找谁？"

"我找福来。你告诉他，我是久一。"

破烂汉一听明白，果然是这个负心的女人。她反悔了？破烂汉心想，本来不想理她，推说没在，打发她走就完了。可是这个久一太漂亮了，从第一次见面，他印象深刻，还想过她两次，今天竟然能再次见到，而且她还是这么漂亮！

无法抗拒，难怪福来念念不忘！

"他在车间。你把车停院子里，我去叫他。"

老头儿小跑着，来到窗前敲玻璃，声音大得盖过机器打磨声音。不一会儿，福来从破门里走出来，匝着围裙。

"你怎么来了？"

福来问，歪一下头。破烂汉就上前，熟练地给他点上根香烟。

"来看看你。果然……你在这里。"

"你都快成精了。有什么事儿吗？"

"没有事儿。我只是觉得没什么能帮上你。"

"不用了。我自己重新活一回,就算重新投一次胎,换一种活法。怎么,你是对我不放心吧?我又当库工了,这里就是我的库房!"

久一没想到福来的话会说得这么直接。她摇摇头,做出很可怜的样子。

"你真的有志气了……"

"得得得,用不着你表扬。还是你骂我没出息我听着舒服。"

"我不骗你。"

"你不骗我?算了吧,你除了骗我,我都不记得你做过什么。我被你骗得已经不相信任何人,更不相信你的一切。我再强调一遍,我不会伤害你。你放心地走吧,我们已经是两条路子的人,没有任何关系。你有了你的家庭和孩子,有了自己的前途和事业,你继续你的追梦吧,祝你好运。"

久一从后面抱住转身要离去的福来,泣不成声。

"请原谅我,对你说声对不起……"

"用不着。请你放开。"福来冷酷地说。

久一恢复平静,用湿巾擦着泪水。

"我带来了二十万,是那幅画的钱。我想你需要。"

久一将一张卡片托在手里。

福来看一眼,没有动。

"拿着吧。我想你正需要。密码是你的生日。"

"是的。"福来淡淡地说,"我已经是无赖,并不会讲究什么道德。既然你送上门来,我就收了。不过实话告诉你,那幅画不值二十万,是十万。多出的十万,是我这几年在你身上花的零钱,主要是买东西吃饭钱。我都有底子,不信我可以把往来收据拿给你看。"

福来能收,就已经让她很欢喜了。欠的债能够偿还,会让人身心轻松一些。

"十万,怎么能够弥补……"

福来将口袋凑一下,接受久一将卡放进去。他知道久一要说什么,粗野地打断她的话,说:

"你走吧,不要再过来了,我不需要。我在和陶淘合作,你来不合适,她会告我违约,我承担没必要的损失。何况这个地址虽然是你选的,却不适合你来,因为这里是块墓地,阴气重,对你的健康不利。而且这里鬼怪出没，埋有许多先辈的尸骨，会引鬼上身。将来，我也会被埋葬在这里，早一天晚一天。到时，你能路过，给无名碑送束鲜花，我就心满意足了。”

久一还要说什么，福来已经进了屋子，从门里涌出嘈杂的电机轰响声。

久一在往外走的时候，看到门旁有个沙袋，挂着副拳击套。她认识这副拳击套，还是她从国外给他带回来的，上面有泰森的头像……

和福来的业务对接，一直是祥生去做的。陶淘信任祥生，一多半是要往一起焊接自己的爱情。而祥生通过与福来接触，发现他曾经办过一个积案，线索竟然在这儿接上了。

老金车祸发生时，并没有在他开的车里，而是将车违章地停在高速路边，自己站在路边撒尿。撞他的车直冲他而去，他根本躲不开，就被撞进了路边隔离带。开车者，就是一个叫“狼人”的仿古董商人，而“狼人”竟然就是福来的同乡。在老金的车里有一尊琉璃女人工艺品，签名者是吴刚，老金带着它，在去与古董贩子交易的路上，就发生了车祸。祥生一直怀疑是这些商贩的内讧，可是并没有证据证明老金和什么案情有关联，这回终于发现，这个老金竟然就是尤二哥的同居男友！而老金曾经袭击过福来，导致他后脑头皮裂开，至今有条不长头发的疤痕。

“我差点儿在这里丢了性命。”

这是福来无意中和他聊起的往事儿，却给祥生提了一个醒。

“谁这么狠毒？”

“就是该死的老金！”

这一系列事儿，祥生觉得联系得很蹊跷，而且都与福来和久一有关。祥生虽然已经不再担任警察，管不了这一段了，但还是凭他的职业嗅觉，感到福来憨厚中表现出歇斯底里的疯狂。福来很可能会对得罪他的人实行报复，他公开也在这样讲。所以他要迟早提醒久一，将这个坏消息告诉她。

“福来涉嫌杀害一个老头儿，人称老金。我的同事正开始注意到他，并进行了相关调查。只要找到福来的那个老乡‘狼人’，他就跑不了。”

久一心知肚明，但她嘴硬，她不想再提起当初想方设法甩掉福来的往事，也不想再回顾老金打昏福来并差点置于死地的过程，也不想再追查老金的离奇死因，她只想安静地陪着儿子，一天天健康地长大。

“一起普通的交通事故，怎么会与福来有关？不会的。”

“还可能会找到吴永祥。”

“找他做什么？”

“老金的遗物中，有几件文物，是福来盗墓的时候，交易过的，有搞古玩的认出了。”

久一心刚安稳，就又慌起来。久一被福来密下的琉璃女人还在福来手上，而吴刚送她的琉璃女人却在老金的手上，和其他从福来弄来的文物一起，成了警方破案的线索。祥生在的时候，他并不引导着破案往根儿上追查，如今案件又有了新突破，就无法挡住揭开真相的步伐。

“我相信，福来不像看到的那样憨厚诚实。”这是祥生的判断，得到了久一的认可。

傍中午时分，吴永祥的顾问办公室来了两名便衣警员，他们带来一张图片。那是一尊“琉璃女人”，一看就知是第一批的艺术品。警员指给他看女人肚脐下部一个签名，核实是不是他签的。

“仿的。”吴永祥说。

“怎么讲？”警官问。

“真的在福来手里。他曾经倒过文物。”

“这更说明他们这种关系，是成立的。”

吴永祥在警员走后，打电话恶狠狠地质问久一：“我送你的那尊工艺品呢？”

久一把这个事儿早忘记了，忽然想起来，是福来见了说喜欢，因有富豪签名值钱而收起来了，一直没给她，她也就忘得一干二净。

“我，我因为回国找不到工作，就把它卖掉了……”

“你该不是送给人了吧？”

吴永祥知道福来珍藏着，不会因为那上面有吴永祥的签名这么简单，他与久一一定另有关联，只是他们不承认，在逃避。

“爸，你不是从典当行给福来买出，还给福来的吗？”

“你怎么知道？”

"你为了拉拢他,给我卖命。全公司的人都知道,不是我猜的。"

"你一猜就准,还是就是事实?"

吴永祥如同狗鼻子闻到臭味儿,抓住小辫儿不放,是他最凶狠的手段。

"我听祥生说的,一个叫老金的死,与你送我的有关。"

"你就这样和警官说吗?吴刚会不会问你,老爸为什么在和你认识前,就将这么贵重的东西送给你?你没脑子吗?"

吴永祥骂完,扣上电话,竟然忘了公公的身份,还当她是自己的玩物呢。一琢磨,受损的是自己,这么大的产业砸了,和一个女人抱着孩子滚出家门,哪个更严重?这样想着,他又拨通惊魂未定的久一:

"久一,在电话里说什么不方便,还是见面吧。我在老地方、老时间等你。"

电话断了,久一还没回答行与不行。

这是个很麻烦的问题。不光涉及老金被杀一件事儿,干妈的按摩店也会涉及,自己的旧事就会被重新提起,自己与福来的关系会暴露,福来被害未遂也会水落石出……当然自己为冯某提供性服务也可能被发现……

每当为客人提供服务的时间到的时候,久一总是条件反射地看一下表,总是相差不会超过十分钟。这是职业习惯还是职业耻辱?可今天的时间过得特别快,放下电话的时候还差三个小时,还没动地儿,就眼看着就要到了。她把孩子的奶挤在奶瓶中,用暖水保温着,告诉石妈几件事儿,就出门了。吴刚又出国了,他只有在晚上才会打来电话,视频看一下孩子,给她一个吻。

她走上琉璃酒店,既熟悉又陌生,她见三号房间的门虚掩着,推门就走进去,心咚咚地狂跳着。

"许久没有到爸这来了吧?"

吴永祥把爸字说得很重。室内的一切还是老样子,只是在客厅正位多了一幅大师的油画。画的是一个沐浴中的女人,享受着小溪的清澈、白桦林的幽静和阳光的照耀……

"爸,有事儿抓紧商量,我要回去送奶呢。"

"这事儿可急不得。弄不好,会翻腾出许多过去的事儿,你也不可能幸免。"

吴永祥给她递瓶矿泉水,坐到她的身边。久一站起来,走到油画前,看着这幅油画,略有所思。

"我不怕,顶多我走人。"

"不会这么简单吧?现在的情况,对你并不有利。至少你要回答出,为什么你的东西在王福来的手里这个问题。"

"我就和警方说,我有关系,是买卖关系,他们能把我怎么样?"

"那你解释一下吴刚给你的东西,怎么会在死者老金手里?"

久一让公公给弄得焦头烂额,把两个"琉璃女人"搞糊涂了。她索性不回答,临离开时问公公:

"到时候再说吧。不知道是警方想知道,还是您想知道?知道了,有意义吗?"

吴永祥还试图伸手拦她,被久一凶狠的目光逼退了。久一的强硬出乎吴永祥所料,他尴尬地讪笑着,转入正题:"你告诉我,那个秃手里怎么会有你的东西?"

"我说过了,我没钱,就托老乡卖掉了。"

"你卖了多少钱?"

久一不知道当时可以卖多少钱,但知道现在至少要在五万元以上,就回答:"大概要价是六万,后来五万成交。"

"你在撒谎!你根本没有卖,而是把它送给了你的男友,他将他卖了,就落在了老金手里。我已经摸清楚了,你不要再撒谎了!"

久一僵在那里。因为吴永祥快步到皮包抽出一打材料,怪笑着轻放在久一面前。

"你不想看吗?过去的一些信息资料……"

久一一看,脑袋大了许多。她本来打算摔门而去,这是最好的反击办法。但是经验告诉她,这个老色棍很可能掌握着自己的最为危险的事儿。看来,事情越来越扑朔迷离,没有想象的那么简单。

久一搭眼看到最上面的一张,是份租赁协议,承租人是王福来。下面还有一张协议,承租人却是石久一。日期相近。

第二份,是石久一和王福来的身份证复印件,在一张纸上,上面标明:仅用于办结婚证用。

第三份,是通信记录……

第二十六章　斩草除根

重新修正琉璃女人光泽、尺寸、线条后，久一穿好衣服，匆匆离开1903房间。她直接去一家相片社，将手机录像输出来，存在自己的网盘上。

她回家喂完孩子，就约祥生到自己家对面的咖啡厅见面。

祥生很准时。只要久一一个电话，他无论手头有什么事儿，都放下赶来。他刚剪过头，人看上去有些愣，眼睛干涩，好像没有睡醒的样子。

“我遇到麻烦啦。”

久一说，有些慌张。热咖啡冒起的香气，飘到她的鼻孔里，显得苦涩。

“我知道。”

祥生淡淡地说。

本来久一以为他会惊讶或者紧张，问什么事，他却气定神闲地享受着咖啡带给他的恬淡。

“你知道了些什么？”

祥生盯着她，扑哧乐了。

“干吗这么紧张，如临大敌似的。”

“谁遇到麻烦不紧张？”

“我遇到麻烦就不紧张。”

“原来你可不是这样。”

“人是会变的。要么混蛋，要么可爱。”

“你是在说我吗？”

“我在说我自己。随着我知道的事情越来越多，就对什么事儿都看得开。有什么大不了的？没什么大不了的。”

久一的紧张让他一说，还真就缓解了。

“你不问问我遇到什么麻烦事儿了吗？”

“不用问。”

“为什么？”

“因为我全知道。”

久一大瞪起眼睛。这个看似粗心大意、毛愣三光、火烧火燎性格的小伙子，竟然成熟得让人觉得可怕。他的目光天真无邪的样子，却蕴含着巨大的爆破力，只是还没有引爆。

“你知道什么？”

“你想知道吗？”

“是的。”

“你的情况，你的秘密，你的阴谋，你的一切一切，我全知道。”

咖啡店里几乎坐满了人，人来人往。久一听到这，就又紧张起来，转头望着大厅这些边喝边聊的人。她觉得自己像裸体着，在一个爱自己却自己不爱的男人面前。从前不爱他，是因为没有找到感觉；现在不爱他，是因为自己讨厌他，他让自己完全没有了感觉，对自己失去了信心。

“吴总找你谈过了？”

“哪个吴总？”

“吴永福。”

久一摇摇头。

“他找我做什么？”

“他调查你有一年了。”

久一倒吸一口凉气。

“他会找你谈，你要有思想准备。”

“他知道我什么？”

“他知道你和福来的关系。”

“其他的呢？”

“还知道你曾经做过按摩女。”

“还有什么？”

“这些还少吗？”

久一就像沿着墙壁往下滑，双腿终于着了地。秘密被揭，反倒轻松了。无论什么结果出现,都可以接受了。毕竟自己并不会为自己的过去重新开始,而只能用未来买单。

“他要怎么样?”

“可能要让你住手,让出合作项目,这样你才能自保。”

“我不会的,我死也不会的!”

久一突然暴躁地拍桌面,尖叫一声。

其他桌的客人很不满地扭头向这边看。久一做着道歉的手势,低声继续说:“最坏的可能,无非是我和你刚哥离婚,从琉璃集团滚蛋。原本这里就不属于我……”

祥生盯着久一的眼睛,用手绺起她遮住眼睛的刘海儿,说:“我倒希望这样。这样,我就有机会了……”

久一已经没有心思听他开玩笑,无助地望着祥生。

“正经点儿,替我出出主意,我该怎么办?”

祥生沉默着,也没什么好主意,只是告诉她不要承认任何事儿,他们并不会把你怎样。

“只要吴刚爱你!”

“我不知道他爱不爱我。”

“那么还有谁知道你过去的一切?”

“尤二哥。”

祥生思索着,点点头,买了单,送她回家。

久一一进院,就听到干妈的粗嗓门从窗子里传出来,显得特别兴奋。

久一困惑于尤二哥竟然还如此快乐地跑到这儿来!她疾步进屋,见干妈坐在沙发里和石妈在侃大山,满嘴喷沫。

“干妈来了。也没事先说一声,我好去接您。”

久一虽然说得亲切,但表情极不自然,冷漠的眼神说明她不很愉快。

“我一个人没事儿,抬腿儿就来了。还用打招呼?这儿,不和我自己家一样?”

“我干爸呢?”

久一问那个干净而殷勤的老爷爷。

不提还好，一提他，干妈的脸色晴转多云。

“他卷铺盖滚蛋了。”

“为什么?”

“警察找我，说我把我的相好老金害死了。他被吓得卷走了我所有的积蓄，不知道跑哪儿去了。我被房东撵出来，身无分文，只好来投奔你来了。没意见吧?”

久一心里直叫苦，屋漏偏逢连阴雨。

“事儿倒没什么事儿，只是有些麻烦。”

“我知道。我知道你说的麻烦是什么。没事儿，全揽老娘身上，绝对跟你没关系。”

听尤二哥的话儿，她已经知道目前的麻烦事儿还不止自己预料的这些。如果是这样，说明警察已经开始介入调查，事情就不是她想揽就能揽得了的事儿了。看来，她不宜在这里逗留。

久一热情地凑上前，搂着干妈的肩膀，亲昵地说:“一会儿，我在附近单元给你租户房子，给你交一年的租金。然后再给你些生活费，你老就不要再从事那些生意了。我和小刚最近要出国，国外的合作项目还撂着呢。真不好意思……”

尤二哥闻听，最明白久一是在往出撵她，撂下脸子。

“久一，我可是看着你长大的，你的什么事儿，都逃不过老娘的眼睛。你可要想好了，我要是嘴没把门的，顺嘴胡嘞嘞，你可别怪干妈嘴上没德。你知道干妈今年多大年纪了吗? 七十有二。都土没脖了，我还在乎谁吗?”

久一见过在风月场，在生意场，在黑道场上，干妈干练的性格，泼辣的个性和精明的为人，早见得多了，得心应手。但从没想过的是，她把这些，用在自己的身上。干妈已经不是她的靠山，而是一座活火山，随时可能喷出岩浆，将她化为烟尘。

“干妈，您理解错啦。我不是这个意思。您对我啥样，我还不知道吗? 您一直疼我，处处呵护我，久一一直铭记在心，现在有了回报的机会，给您找个快乐养老的地方，不好吗?”

“我就要住你这儿。”

久一无奈地说:“好吧，你说了算。”

久一想着被吴永福调查的事儿还没想出辙儿，这又增加了一出，这戏可咋唱啊?

尤二哥看出了久一的心思,心也软了。

“久一,别犯愁了。我来住,也不是目的。直说了吧,你给我钱,我走人,从此我们天各一方,互相不欠谁的,你看怎么样?”

久一这才明白,原来干妈只是要钱。那么她刚才的一些话儿,说不上哪句是真哪句是假。她也没时间分辨,就从屋里拿出一个口袋,里面有十捆纸币,问:

“这些够了吗?”

尤二哥喜上眉梢,直夸久一的孩子长得真像久一。言不由衷,却努力不招人厌烦。

干妈带走了钱财,让久一心里犯堵,她就把事情一五一十向祥生讲了,满是抱怨。她觉得自己原来亲近的人,正在一个个离自己远去,情绪低落,悲观厌世。

祥生安慰着久一,就开车摸尤二哥的秘密住地,将她勒死在暖气管上,专业地做个畏罪自杀假相,只带走那一捆钱,就消失在夜色中。

第二十七章　下　蛆

因为尤二哥的意外自杀,整个事件变得扑朔迷离起来。

久一松了一口气,正重新振作起来,设计新生活。吴永福找到她,鬼鬼祟祟。

不想见谁,谁就出现了。

“大侄儿媳妇,看你的气色大不如前,是不是最近寝食难安?”

吴永福咄咄逼人的架势,令久一喘不过气来。

“三叔,您真忙啊。国内国外地跑,调查完这个,不放心那个,真够您受的了。您老也要多些小心。”

久一受了干妈的调教,觉得到了破釜沉舟的时候。绝地反击,现在正是时候。

吴永福一愣,他万没想到这只在自己手里可以随时捻死的小虫子,还要在苹果上啃个洞。她没有了老大的偏袒,就是个妓女。

“没想到,你生完小孩儿,还会这么美。”

吴永福的话,轻佻而淫惑。

久一不理睬,只是整理文件。她这时才看到积压的文件中,有新产品图样。

“怎么,你才看到哇。真美!”

久一脸色惨白,不顾一切地冲向吴永福,扯开胸扣儿,尖叫着:“来人呐——”

吴永福本来到侄儿媳妇这儿讨个便宜,没想到一夜之间,久一成了泼妇。他连忙双手合十,告饶道:“叔公公和你开个玩笑,你看看你……”

“你当老总,把屎盆子往我头上扣,我也不说什么。可是一步步把我往绝路上逼,我也什么事情都能干得出来。我那天跟你说过的话,可不是跟你开玩笑，你也要小心，我可什么事情都能干得出来。不让我活，我也不让他活。”

吴永福见久一半撕破了脸皮，也不屑地说：“那就走着瞧……”气呼呼地往外走。

久一把吴永福叫住：“三叔，想听一下刚才咱俩的对话录音吗？”

吴永福一怔，回头见久一坏坏地扬着手里的手机。

“你想怎么样？”

“给你哥吴永祥先生，给你侄子吴刚先生，给全体职工听听，好不好哇？”

久一仿佛从干妈那吸纳了无穷的力量，加之母性的防御护犊子本能，让她不顾一切，有摧毁一切的冲动。

久一第一个要讨的就是新品的肖像权。她将琉璃公司告上了法庭，没出几日，法院调解，她只提出一个条件，让她占新品股份的百分之五。久一向吴刚解释，法律是保护弱势集体的，如果这个世界公平公正，就无须法律来制衡。吴刚担心她会因此在集团孤家寡人，没想到的是，她的威望直线上升，终于大家看到了一个不一样的久一。

吴永福召开董事会议，宣布由久一接任陶淘，出任集团CEO。

久一也没有想到，连思想准备都没有。她翻出在国外学的知识，一点儿有用的也没有。有用的只有班托姆。她给他打电话，请求他的指导，没想到班托姆坐飞机就来了，大为夸奖久一的能力。

他同时带来了投资项目。

久一聘托迪为琉璃公司顾问，对公司进行了全面改革，顺延对集团进行改革。第一件事，将吴刚调离，到企划部当经理。他的职位由祥生担任。她与祥生商谈了一天人事安排，将吴刚手下出工不出力的二十名员工解聘。重新将国画大师请回来，做技术设计顾问，常驻福来的琉璃作坊。而将原有的陶淘仿古项目叫停，追究责任人责任，开除十一名员工。

一时间，目睹女强人的芳容，成了集团公司门口的一道风景，成群结队的员工有事没事儿，挤到门前，只为看一眼久一。这是新员工必经历过的一段美好的记忆。更有流传，说男员工被窝里经常发现“琉璃女人”。所以厂规专门做出一条新规定，严禁私自将琉璃女人及相关产品，包括样品、半成品、图片等，带入宿舍，否则罚金五千并予以开除，被称为史上最严厂规。

陶淘进 CEO 办公室也要礼貌地敲下门。

陶淘的大眼镜反射着身后天色刺眼的眩光。久一看不清她的眼睛里的内容。

“小淘，你来还敲什么门？不要这么客气，以后再来，直接进来就行了。这里不也是你的办公室吗？”

陶淘不好意思地低头。这个高傲的头能够低下来，一万个不情愿。

“哪能呢！我蚊子分不出公母，但公司里谁大谁小，我还能分清楚的。”

久一一见她，就想起那些委屈来，不无讥笑地：“你这么精明，当然能分清谁大谁小。不过，你还是有你的长处，办事认真仔细，只是缺少条理，不很守规矩，这认真和仔细，就成了摆设，搞不好还会助纣为虐，你说呢？”

久一的话说得柔和，绵里藏针。陶淘当然体会着被刺痛的感受，只当自作自受了。她像只缩头的乌龟，将张扬的头心甘情愿地缩进躯壳，任尔冷嘲热讽，把这阶段艰难的岁月度过去再说。这是吴永福的嘱咐，也是安慰。

“大家现在都特别服气，员工们干劲儿十足，你真的有领导天赋，我是彻彻底底服了。过去有做得不对的地方，还请老妹多包涵。”

久一接受了陶淘的道歉，这种感觉美妙得无与伦比。她坐进自己的位置，问询地看着她虚夸的表演，问：

“你有什么事儿，就直说吧。”

“工作的事儿请示过了，我就不再说了。我有件个人事儿，还请您来帮忙。”

“不用太客气，我没有时间聊天。”

陶淘并不在乎久一的傲气。她想好了，只有脸皮足够厚的人，才能有立足之地。

“我和祥生好了好久，我想结婚生孩子，可是他一直不同意。他母亲天天念佛，根本不管我们的事儿。我是想求您，您说话祥生听，劝一下她,早点把婚结了。可以吗?”

这个要求并不高,却是久一最不愿意做的。如果不是祥生和陶淘同居,不看在祥生的面子上,久一早把她开除了。她那像非洲人一样的皮肤和性感,藏着太多的鬼点子,让人时刻得提防,还不如像肿瘤一样割掉,以病毒防转移,危害其他好器官。

“谢谢你的信任。这个祥生,都多大了,还不着调!我替你说说,劝一劝,赶紧把婚结了。都老大不小了,再不结婚,这花儿就落蒂儿了。不过,我说话好不好使,很难说,还得你自己努力。一切还得水到渠成。”

久一说得到位,陶淘听得激动,千恩万谢。她出门遇到了福来从走廊那端走过来,一闪身就躲在防火通道门内,观察着福来匆匆走向久一的办公室。

秘书通报过,福来被请到会客室。福来介绍了一下近期生产情况,然后把老金之死调查的事儿汇报了一下。福来看上去很健康,似乎他前阶段受的伤害已经得到了恢复。他的情绪还不错,只是不肯正眼看久一,仇恨还挂在心上。

久一提出了想让他负责国外项目的建议,也借此离开这个城市,躲一下警方调查。福来同意了。但是他有个条件,要把琉璃作坊交给他的同乡大熊。久一早知道有大熊这个人,过去她和福来在一起的时候,大熊经常在他那里吃住,后来逃走后再没有消息。大熊长的并不是熊猫相,而是猴头八相,为人仗义却嗜赌如命,总是以各种借口向周围的人借钱,借完钱就不还。如果追得紧,才能从裤兜儿里捻出几张皱巴的纸币,半递不递地问:

“我就这些,你要就拿去……”

如果你说:“你没花的了?”

他马上点头,嗖地揣回去。如果实在揣不回去,他会可怜兮兮地抬着眼问:

“给我留点儿烟钱呗?”

没谁狠心再朝他要。就是这么个人,福来又把他爷似的,掏宝般找回来,让久一心里没底儿。

“你不肯放弃,觉得吃亏,干脆,集团就把它收购了吧。这样你就可以轻手利脚地离开这是非之地。”

福来没有再说什么，低头直走出去。进到电梯，陶淘站在里面，热情地打招呼。

“哦，这不是奇才吗？我们好久没见了。你好吗？”

福来没有吱声。

“自从我不管你这块儿了，你怎么就把我忘了？我可是容留你的恩人！不是吗？”

福来点头道谢。

“谢谢你的扶持。说实话，我只是想背靠大树好乘凉。如今我已经有自己的专利产品，在考虑脱离开集团繁琐的人事关系，所以，我还真得谢谢您。”

“那可不好。你自己单干，不会是把集团的技术变成你的了吧？”

“我只是用我的成果生产我自己的产品。我已经申请了专利，有生产许可证。”

“就你偷去的那点技术力量，怎么可能生产出什么精品？你该不会是早就谋划好了，到公司偷艺后，自己开公司吧？我可眼里不揉沙子。”

福来不再言语。

“我说呢，市场上出现大量的仿制品……”

福来忍无可忍，质问：“你在说我作仿品？”

陶淘故意说：“不是你，还有谁能有我们的图纸？”

“你放屁——”

“哟——这么大的爷们，还叫什么琉璃作坊总经理，无论穿着成什么样，也改不了地痞流氓本性……”

福来被气得脸色铁青，他强迫自己忍着。

“我说的不对吗？你应该不仅让久一办护照出国躲难，还应该让久一花钱把手指接上……”

陶淘还没把话说完，福来已经把刀子从腰间抽出，在陶淘眼前晃一个孤线，又插入另一个兜儿里。陶淘呆若木鸡，待见福来收起刀，一楼到了，她才缓过神来，凄厉地尖叫起来。

福来靠在电梯没有动，眼见着陶淘跑出去，保安围住梯口。

久一调取了电梯录像，重复听陶淘挑起事端的对话，略有所思。当初陶淘与福来建立的合作关系土崩瓦解，是她希望看到的，没想到他一上任还没动刀动枪，就已经达到了预期目的，就像和福来合谋商量好似的，看来福来了解她想什么。毕竟陶淘领导福来作坊的直接联系人是祥生，久一就将祥生找来。

祥生早料到会出现这种事儿似的，没表露出任何情绪，公事公办的样子，还像个警察似的，仔细看了两个人的对峙录像，摇摇头。久一和祥生商量后，将福来和陶淘请到一起，互相认个错，也就让事件过去了，但在公司里造成了不好的影响。久一留祥生坐下来，有事和他商量。

除了托迪项目推进中着重考察融资风险外，对国内销售网络建设，需商量出一个大致的方案，争取一周内拿出正式方案，尽快上会通过。祥生问起孩子成长情况，久一才觉得和他正式谈论结婚的时机已经成熟。

久一问祥生："你应该结婚了。老是这个样子，不是个办法。"

"陶淘一直要求结婚，还想生小孩儿，我一直没有同意。"

"为什么?"

"我不知道。"

"你怎么会不知道？你不知道，别人怎么会知道?"

"我希望自己糊涂些，再糊涂些，就是这样。"

久一观察着祥生的表情。

"婚姻大事，怎么可以糊涂呢?"

"我觉得没劲儿。"

"真的?"

"真的。我是不是出现问题了？我不知道。"

"只要你不是喜欢男人，你就没有问题。相信我，我了解你的感觉。"

"是不是我的心里一直有个人，陶淘根本进不来？所以我根本没有她……"

"这是不切实际的错觉。谁都会在青春期梦想过未来的白马王子或白雪公主是什么样子，并嫁接到明星身上，就和现实的距离越拉越大。这是不切实际的感觉，到你这个年龄，就不能要了。"

“的确,陶淘并不是我的理想伴侣。我总是对自己说,在一起住了,就要为她负责任。可是我怎么负责任?我不知道。”

“那说明,你还没有找到真爱。”

“是的。你懂我。我没有找到真爱。我看着我的亲生父亲,也到母亲的床上来,却不肯认我是他儿子。一次次,我躲在房门后,看着他们忘情地欢爱,不知所措……”

祥生的眼里有了些泪光闪动。

“有一次,我大胆地尾随着父亲,来到永祥大厦,却被保安拦下了。我冲走在前面的父亲喊——爸爸,爸爸,我要肯德基……这是多么幼稚的低俗的可笑的无耻的简单要求!我逃学,只为找到爸爸。我跑了能有半下午,终于找到永祥大厦,守在外面,见到父亲从车上下来,就追上去……我追了那么远,找得那么苦,难道只是为了要一个肯德基?我简直没有一点儿出息,什么也不是。我是个窝囊废!我就这样,一直责骂自己。一骂就骂了自己二十年!从那一天起我发了毒誓,从此不再跨进肯德基半步!我发誓不再相信爱情,不再结婚生子!你猜,你猜我父亲回过头,说了句什么?他对保安说,哪来的乞丐,轰出去……”

久一走过来,递给他一份湿巾。

祥生突然抱住久一的腰,盯着她,哽咽着说:“请你把我心里的人撵出去吧!”

然后,祥生快速走出房间。

第二十八章　贪婪的觊觎

福来的签证没有签下来，不知道为什么。

福来到沈阳蹲了两天，申请确实被退了回来，意味着至少五年内他不能到这个国家去。福来倒无所谓，这样也好，可以专心致志地经营自己的作坊。

福来刚走三天，厂里就出事儿了。他一进厂院，破烂汉就拦住他，诉苦说：“你可回来了，不好了。”

破烂汉对他绝对忠诚。祥生扶他坐下，让他慢慢说。

“你前脚走，后脚就拉走了一车货物，没有通报琉璃公司，更没有出货单，我不放行，熊总就把我开除了。”

老熊仿佛长着顺风耳，从厂部跑出来，打远喊：“来哥，你可回来了。咱家库被盗了。”

福来顾不了那么多，直接到库房，见一面墙本来就是土坯堆的，此时向外倒掉，整个库房变成了舞台剧里的道具房间，里面的货物散落各处。

这里有条小毛道，直通向外面的村村通道路，道上有些杂乱的脚印和几道车辙儿。

“报警了吗？”

“还没有。”

“为什么不报警？”

“你身上还有案子，我怕……”

福来瞪起眼睛，把推他的手放下了。

“你远走高飞，就不该回来。”

福来说着，就一猫腰，将刀子抱在手里，将老熊逼住，问：“说，你把货运哪儿去了？”

“来哥,我不知道……”

老熊还想抵赖,就被福来按在地上,将刀子插在他的腕部,血溅了一墙。

“说。不说就直接弄死你!”

“来哥,我可是为你,什么事儿都做了!”

“那你为什么要这么做?”

“你还记得那个‘狼人’吧?他让我干的。”

福来一愣,问:“他在哪儿?”

“镇上古玩会所。”

福来放了他,让破烂汉帮老熊把伤口包扎一下,马上跟他找“狼人”去。老熊不肯去,被福来一脚踢在小腹上,当场休克过去。

古玩会所是过去一家饭店改的,盘踞着一些搞古玩的掮客,没有生意时,在一起喝酒赌钱侃大山。他们大多认识福来,知道他九死一生,对他佩服有加。但也嫉妒他,搞一个作坊,又傍上了大款,成为琉璃集团的供货商。

当街上过往的车辆还卷起尘土的时候,店里几个商人越过正在修建的道路,看到一辆吉普疾驰而来,在翻浆路上卷走一条长龙尘土,向等待动迁的居民区扩散去。轿车吱的一声,停在会所门前,从车上下来一个秃手胖子,走到副驾驶,拽下一个瘦猴,磕磕绊绊,撞门走进来。

“‘狼人’!”福来喊。

一楼几个玩儿牌的人放下手里的牌,打招呼,福来并不理睬。他拖着老熊,向二楼上。早有两个闲人噔噔跑上去,“狼人”端着茶杯,迎上来。

“来哥,你好哇?”

“狼人”上前抱一下福来的肩膀,被福来推开,将老熊扔在地上。

“你知道他吧?”

“狼人”眼睛眯笑着,说:“当然认识,老熊嘛。怎么来哥……”

福来突然一甩袖,就将“狼人”的下巴打出一声闷响,只见“狼人”没戒备地受到袭击,一头摔到牌桌上,滚到地上。“狼人”一跃而起,操起圆头凳,向福来打来。福来用手掌顺势一撑凳枨,将“狼人”牵过来,一个大背挎,结结实实把“狼人”摔在地上,动弹不得。

其他人目睹这一切,还没张嘴劝,这场打斗已经结束。

“乖乖地把货给我运回去。”

“来哥,饶命! 货在后院,你现在就可以拉走。”

“狼人”痛苦不堪,扶地直磕头。

福来逼视着他的眼睛:“你知道我有命案在身,还敢动我心思,说明你几年前走后,学了不少东西,可惜都就饭吃了。咱们哥俩的情意,至此结束。如果你不服,随时可以找我。你也可以请人做了我,就像当初我雇你时一样。只是你要干,就干利索点儿,否则让我抓住,一定送你去西天!”

“狼人”还想套近乎,被福来一脚蹬倒。

“把老熊交给你,你怎么犒劳他,我都没有意见。”

福来把腰间的刀一抖就割散“狼人”用绳拴着的钥匙,只捡那把货车钥匙,装入口袋,对“狼人”说:

“利息忘记告诉你了,就是这部货车,我不嫌弃。”

福来没走楼梯,而是直奔二楼阳台,一跃跨过护栏,翻下二楼,轻盈地落到地面,大步向后院那辆白色厢车走去。

几周后的一个漆黑之夜,虫鸣杂乱地从荒冢一般的村舍鼓噪出来,更显这里的夜漆黑一片。

在琉璃作坊前的院子里,破烂汉还在明亮的值班室里打着瞌睡,就有一块石子打在门板上,当的一响。破烂汉猛然醒了,问:“谁?”

没有人回答。他站起来,趴窗向外望望,蚊蝇成群地烀上来,吓得他赶紧关上窗。在身上抓几下痒痒,打了个大哈欠,正要坐下,忽然一个人影儿溜进铁大门,紧跟着有四五个影子钻了进去,发出沙沙的声音。

“大黑——”

破烂汉警觉地又站起来,在喊那两只狼狗,因为它们好半天没有动静了。

他好像看到寒光反射到值班房的玻璃上,就又喊一声:

“大黑! 这个懒虫——”

又有个石子打到门板上。

破烂汉一愣,就精神了。他虽然老了,但经验丰富,来到门前,没有打开门，而是将门反锁上，又加了一道栓。他用脚一踩警报，整个大院通明，铃声大作。正在上班的工人纷纷停下手里的活，福来闪身进到车间来，低声命令道：

“快，走后门地道。”

男女工人有二十几人，每人手里至少拿一件器具，作为护身，很有秩序地撤入暗道。

福来反身沿窗口，向外面观察着，数着人数，然后拨打110 。

破烂汉被两个歹徒从值班室带了出来，架着他的人问：“叫王福来出来。”

为首的是个中年人，他长得倒文明，戴顶棒球帽，操外地口音，喊道：“王福来，我们坐下来谈谈！”

破烂汉劝道：“你们这是干吗？这是犯法！我这把老骨头，一见你们这么年轻，走上犯罪道路，就惋惜呀……”

“进入吗？开抢吧。”一个提议。

棒球帽说：“别急，再喊一声。王福来——”

他的话音未落，一个人影就顺墙头，几步跨过铁丝网，跳到外面。

“有人跑了。”劫匪有人喊。

“没跑。”

王福来大吼一声，推开房门，站在众人面前。

棒球帽摘下帽子，露出他宽亮的额头，微笑着对福来说：“你好哇，兄弟，我们又见面了。别来无恙？”

福来认出，这个人就是业内第一大假古玩大亨，是个有名的无赖。“狼人”能搬动他，是他万万没有想到的。

“聂兄，自从玩儿古玩，兄弟并没有得罪你呀，你今天这是？”

聂也摆出和善姿态：“无非生计，搞点钱财。不过我倒没想到你修成了正果，真是不简单。佩服佩服。咱们一起玩儿过古玩，兄弟一场，我不会为难你。不过你也不要为难我，都是吃这口饭的，不能让我跑空。至于多少，你自己定。如果让我带走一棵小草，我也同意。不过，那样我就照付东家，宁可赔了。”

“如果一根草也不给呢？”

“这里没有几户人家，只是一片坟墓。不用现挖坑，就有现成的，你说呢？”

“你这是威胁我！你也领教过，我并不吃这一套。好说好商量，怎么都好，如果来硬的，我顶多再丢一根指头！而你，却是十个！”

福来从身后将双管猎枪端在胸前。

聂仰头哈哈大笑。

“不是我嘲笑你。你连勾火的指头都没了，还跟我玩儿什么枪？”

他的话音没落，福来一抬枪管，冲夜空打一枪，散沙的余尘在炸响后，飘了一场子。

有匪已经举起各种枪械，对准了福来。

聂扬手制止住，对福来说：“你倒是比三年前强多了，我倒更佩服你了。你把你的一件艺术品，真品卖给我，我们马上走人。就当老朋友会个面，不打不成交。”

“一件也不行！”

福来还在犟，聂突然抬手将手枪指着福来的太阳穴，左手早把他的枪筒推开。福来转身掏刀，被聂按住，刀尖划过，福来的腰带断掉，裤子脱落。

“兄弟，你这个犟劲儿倒没有丝毫变化。”

一群人围过来，把福来身上搜干净，按坐在花坛围挡上。

“我给你正常的价格，还不卖吗？”

福来没明白过来，盯着聂，分辨着真假。他今天无论如何要栽了，但这么栽倒没想到。

“要哪件？”

“有吴永祥签名的‘琉璃女人’。”

福来想起那尊精美绝伦的艺术珍品，想起那天久一突然带回来并自鸣得意的神情，醋意大发。

“那一件，我知道。但是，它已经不属于我了，现在应该又回到吴家人手里。”

聂根本不相信。内线人消息，吴永祥将真品赎出，还给了福来，现在就在琉璃作坊里收藏着。

“你不同意卖给我，也没关系，如果我们搜出来，可就是捡的，就不是买了。兄弟，你可别怪哥哥黑。”

十几个人在聂的指挥下，开始对全厂进行搜查，一无所获。聂走到地窖跟前，让人把它打开，只见里面黑咕隆咚，一股刺鼻的霉变气味冲出，让人喘不过气来。

“听说，这儿就是你发家的宝地？”

“是的。是个墓穴，但已经被我早掏空了，现在什么也没有。”

聂是搞文物的，对这种阴曹地府气息，感觉熟悉而亲切。他让两个经常钻墓穴的小弟下到里面，不一会儿，就送出一尊精致的“琉璃女人”。

聂一看，哈哈仰天大笑。

“这是什么？”

“这件不是你说的那件。它是琉璃集团总经理亲笔签送的物品。”

福来把“琉璃女人”放在灯光下，指给聂看其脐下的签名：吴刚。

正说话间，突然院外警车鸣叫着疾驰而来。聂等老到地将凶器扔进田里或藏于门后。

聂问福来：“我早料到。不过你知道你该怎么办。”

然后一挥手，他的兄弟就散坐在各处，倒下睡觉或三两个在斗地主。

福来将电水壶打开电源，将平时喝茶的工具展开，笑道：“好久没在一起喝杯茶了。今天喝一杯。如何？”

“可以。谢谢。”

聂盘腿坐在对面。

“只是这里的环境要特殊一点儿。”

“也不和我们第一次喝茶时有什么不同。”

福来知道聂说的是在南方一个城市走私古玩时的情景。

这时，警车已经停在院门口。

院外停着几辆车，守门的破烂汉懒痒痒地出来，问：“发生什么事儿了？”

“有人报警，是这里吗？”

从车上下来两个警察，各执一把枪。

“里面在谈生意，可能发生点不愉快。现在好了，你们进去看看吧。”

一个警员谨慎地察看地形和环境，另一个给福来打电话。福来在聂的“陪护”下，忙从屋里迎出来，一路道歉：

“对不起，对不起，我们刚才因为买卖没谈拢，险些动了手脚。现在好了，谈判顺利，在喝茶，您辛苦了，也进屋喝壶茶吧！深更半夜的，打老远的赶来,太感谢你们了。”

警员警惕地从窗口向屋里张望,见人很多,问:“你是什么人?他们是什么人?”

聂代为回答:“一些工人。”

警员盯着聂:“你是谁?”

“我是做古玩生意的,姓聂。”

“把你的身份证拿出来。”

聂不情愿地摸兜儿,摸出身份证递给警员。

“又是一个做古玩生意的。”他转向福来,“你上次那个案子还没查清,你的那个琉璃工艺品的出处存疑,你还得协助我们调查。”又转回聂,“你也要跟我们到派出所。”他一指屋里茶案上的“琉璃女人”,“那件我认识,就是它惹的祸。你俩谁进屋,把那件带上——别要滑头,我警告你们!其他人在这儿待着。”

福来进屋带上“琉璃女人”,上到警车,一路呼啸着驶离。

聂并不姓聂,而是姓陶。

福来一下子想到了陶淘,倒吸一口冷气。他如实把昨夜的事情经过学了一遍,也得到了打经门卫老汉的证实。在琉璃作坊的几个人也被带到派出所,并没有什么前科,只是一起敲诈未遂事件。但是一个难以让福来无法解释清楚的问题,不是抢劫,而是有吴永祥签名的“琉璃女人”怎么会在聂的手里。

“我收藏。我是搞艺术的,也做古玩。”

聂总是这样解释的。而因为聂姓陶,被福来怀疑和陶淘有关联。警员顺藤摸瓜,果然确认福来的猜测是对的,聂竟然是陶淘的堂兄,经过简单的审问,聂如实交代,这次行动的花钱幕后指使,不是老熊,也不是“狼人”,而是陶淘。两件看似相连的事件,完全不同,是个巧合。

陶淘被请到派出所,她矢口否认,后来见过堂哥,不得不承认。她的目的只有一个,找出吴永祥版“琉璃女人”!

她交代了她对吴永祥版“琉璃女人”的判断。

“它是吴永祥送给久一的礼物。”

警员不了解久一这个人。陶淘终于找到诋毁久一的机会,告诉警方,久一曾经是按摩女,可能与吴永祥存在着性交易。警方并不肯听她的一面之词，查找尤二哥，才发现尤二哥早已经畏罪自杀了。

警员又牵起老金交通事故案件，仍然找不出指控福来的直接证据，只是深查他作为一个库工，是怎么忽然之间有钱并做起了古董生意。福来只是说跟着老乡，偶然涉足这行，其他的闭口不说。

但是，吴永福提供了一条重要的线索。他将有关王福来和石久一同居并供其留学的证据，呈给警方。警方向福来核实，福来还坚持说子虚乌有。当向久一核实的时候，久一瘫痪在办公桌前，紧急送往医院抢救。

所有的线索都与凶杀没有什么联系，也没有实质性的伤害，双方和解并道歉，也就都离开派出所，各自走回生活。

久一并无大碍，很快出院回到家。石妈通红着眼睛迎接她，悲伤地说：

"久一，小刚走前，要我把这个给你。"

吴刚在医院护理她的时候，跟她说过要去国外，那里班托姆在等他会见州长。她打开一个信封，见是一份"离婚协议书"。

久一早有思想准备，但没想到这么快。见石妈眼红着，知道她已经知道，就吩咐她备做几道好菜，晚上要和吴刚好好聊聊，顺便为其送行。

久一没吃早餐，开车到公司，觉得情况不太对劲儿，见到的人都在用异样的目光望她一眼，马上离开，很尴尬的样子。久一打开自己的办公室，秘书送过来一个急件。她一看，是个紧急会议通知。久一预感到什么，对着镜子整理一下红肿的眼泡儿，将主要的东西放入一个大包里，然后夹着日志本，走进会议室。

会议由吴永福主持，通报了二季度经营状况，对几个成长较快的分公司和部门进行了表扬，提出了几个需要注意和可能出现的问题，研究了预防和公关办法。最后，宣布了一项决定，决定即日起解除石久一 CEO 职务，另行安排。

吴永福没有做任何解释和说明，也没有给久一说话的机会。久一看向吴刚，他一直低着头，并没有什么变化。吴永祥走到她的身边，鼓励地说：

"工作需要。还有新的任务。"

说完，就和新任命的陶淘，边走边聊起来。

久一夹起准备汇报的文件和日志，又面无表情地走回办公室，继续收拾她的东西。这时，祥生进来了。

久一以为是吴刚，见是祥生，略显惊诧，有些尴尬地说："随便坐一下。再不坐，你就见不到我了。"

"已经有过一次波折，也不要太在意。公司就是个小社会，甚至是黑社会。"

"谢谢你一直支持我。很谢谢你……你哥呢？"

久一多么希望现在站在身后的是吴刚啊！

"我见他直接去总裁办公室了。"

"没事儿，他忙他的吧。"

祥生不安地问："你俩……有什么问题吗？"

久一很想把兜儿里的离婚协议书给祥生看看，让他劝解一下。可是一想吴刚一直我行我素，自己的事儿有太多瞒着他，他的每个决定都不错，又何必勉强呢？

"没事儿。"久一说，尽量不让他看到自己的泪光。

"我能帮你什么吗？"

久一转过身，露出仍然阳光灿烂的微笑。

"你帮我够多的了，我竟然没有一样能够帮助你，真不好意思。"

"我是心甘情愿的，你不要客气。"

"我知道。你是个好弟弟。你忙你的去吧。今天还会有客人来，市里的会议别忽视了，要搞好各方面关系。陶淘也很优秀，你在她领导下，会更和谐……"

祥生打断久一的话："别说了，我俩已经分手了。"

久一忙说对不起，就请他把自己的东西拎到车上。

久一在祥生走后，来到吴永祥办公室，果然听到吴刚的声音，似乎在和总裁吵架。秘书小姐礼貌地请她回避。久一将房间钥匙交给办公室，就下楼，一坐进车里，就放声大哭。

不知过了多久，她才抬起头，看到镜中自己像妖怪一样的面孔，把自己吓了一跳。

"好些了吗？"

一个男声低弱地说，像怕吓着婴儿，但还是吓了久一跳。她看到祥生坐在副驾驶，她竟然始终没有看到……

第二十九章　圈　套

袁野突然来到久一家，仿佛带着佛光，满面红光。

可能是生活安逸，她肥了一圈儿，穿着打扮也显得高贵，全没了从前的影子。她拉着红肿着脸的久一，说了许多从前的话儿，见久一心不在焉，才关切地问：

“我来，是你爸爸的意思。一是告诉你，一些流言蜚语，你不要往心里去。公司是为了保护你，避一避风头，有些案子通过运作，按下后再作计议。毕竟尤二哥的死，罪犯还在逍遥法外，她是你干妈，你又和她有太多的交往。已经通知你去行政部门工作，你怎么不去？去，一定要去。去才会使流言不攻自破。第二件事儿呢，就是你和吴刚闹别扭的事儿。小两口在一起，没有舌头不碰牙的，你俩都挺倔，就互相让一让。他说离婚，你说好哇，离就离吧，那么他怎么办？不想离，也不行了，没有台阶可下。所以你这个女孩子，一定要多个心眼，得看出哪儿头大哪头小。职位是什么？职位不就是个牌位嘛，跟灵位有什么区别？关键是家庭，女人最最重要的是家庭。只有把家庭攥在手里，一切才是你的。”

袁野信佛，却更加开通而功利。但是她的苦口婆心，看来是经过一番准备的，否则她说不出这些话来。从她一开始像小媳妇一样小心谨慎，到扶正后对吴永祥严加看守，再到后来睁一只眼闭一只眼，看来她才悟出了爱情的真谛。

“妈，谢谢您！我不知道自己哪方面做得不好。您看到了，还请多提醒我。”

“好了，别哭了。吴刚那边，有我呢。你在家等着吧。”

“您操心了。”

尤二哥自杀后，久一失去了母爱似的，有些无依无靠，今天仿佛又找到了依靠，搂着袁野再次恸哭不已。

傍晚，门铃响起。

石妈打开院门，反身边跑边喊："久一，久一，小刚回来了！"

久一正在收拾孩子的衣物，闻听就趴到栏杆看，果然是吴刚，像从前一样拎着皮包，四平八稳地走进门来。

久一将孩子衣物抱在怀里，泪就流下来。这是调整之后，吴刚第一次回家。

久一小跑着下楼，站在楼梯看吴刚换完鞋，抬起他那英俊的面孔。四眼相对，久一第一个控制不住，奔过去，两人紧紧地抱在一起。

"对不起……"

"不用对不起，我也是一时冲动。"

"我对你隐瞒了许多事儿，如果你不能接受，我随时离开……"

这是这几天久一一直想对吴刚当面说的话儿。

吴刚紧紧地搂着久一，亲吻着久一。

"我知道。其实我早就知道，只是你不知道我知道，我也就装着不知道，希望你在这样快乐之中生活和工作，你就永远是阳光美丽的白雪公主……"

久一慢慢推开吴刚，疑惑地盯着他，结结巴巴地问："你……早知道？"

"不但我知道，祥生也知道。但是我们都很爱你。我们一直在爱你。"

久一再次紧紧拥抱着丈夫，泪水婆娑。

"请允许我再……再说声对不起……对不起。"

吴刚把久一扶坐在沙发上，从公文包里掏出一份协议。

"这是你占公司股份的协议书。这次事件，跟这份协议书有关系。自从有了这个协议书后，三叔专门成立了秘密调查组，对你进行了全面调查。所以，陶淘能够金身不倒，是他的重要棋点。现在我们还不能和三叔这股势力对抗，还是学我，凡事让他三分。爸已经和我研究过下一步你怎么办，你看这样行不行？"

久一没想到这里的事情会这么微妙和复杂。她现在已经没有单枪匹马的孤独，而发现还有丈夫和公公在为自己谋划，甚至是并肩战斗，还有什么悲观的？

“你说吧。我听你们的。”

吴刚又抽出一份协议，是份自愿撤销股份的协议，有几条理由。

“把这个签了，咱不掺和里面的事儿，不危及某些人的利益，就会风平浪静。”

“老公，我什么都不要，只要风平浪静的家庭生活，只要你和孩子就行。”

吴刚亲她一下。

“还是在这里签一下吧。签完了，我再和你说下一步怎么安排。”

久一连看也没看，就在上面签了字。

吴刚微笑着说：“很好。我和爸商量了，行政部你不愿意去就不去，都是旧部，现在听他们指挥，肯定不舒服。你看那样行不行——你负责琉璃作坊，当琉璃作坊总经理……”

“那福来怎么办？”

吴刚不快地说：“他涉嫌走私和图财害命，警局已经立案。祥生没有告诉你吗？我们不能把投入的资金砸在这种人手里。”

“可琉璃作坊是他发起创立的呀！你们是不是以这种方式，吞并他的资产？”

久一醒悟过来，直盯着吴刚。

吴刚眼光游离地躲开，说：“你想歪了。这是商业行为，顺理成章。”

久一无法再继续坚持下去，看来他们已经决定了，而且正在下手。

久一没有奶水，孩子被饿得直哭，喂奶粉，孩子一直抵制，到后来饿得虚弱，也就接受了。

“将来也是个小犟种！”吴刚点着宝贝儿子说，满脸的幸福。

久一为此流了泪水，对孩子说着对不起。她知道是这次的变故，导致自己生理功能紊乱，竟然也会波及到小生命，而且是她最热爱的小生命。所以在内心，她一直在提醒自己，不要任性，不要放弃，不要自以为是。

她开车去接管琉璃作坊，一进大院就有些胆怯。想起第一次来这里的情景，仿佛就在昨日。没想到自己真的来到这里，守着这片墓穴。

她觉得一定有她的祖先埋在这里,祖先没做什么好事,就让他的后代代为受罚……

作坊五个车间,二十三个人,大多是附近居民。管理者只有福来一个人,负责产品设计、生产技术、质量检验和销售。当久一说明来意后,福来冲她骂道:

“你这个傻子,他们把你骗了!”

久一不明白他在说什么,福来却再不说什么。他收拾自己的东西,然后将执照和章等资料交给她。

“上次给的钱,足够收购这个小作坊。我自愿退出,这个思路很好。今后由你来经营吧。”

福来往外走,被久一拦住。

“福来,你去哪?”

福来请她让开一条路。

“我在海南有处别墅,那里我养了条狗。我要到那里去,过我平静的生活。”

“福来,你的事业……”

“我的事业?我有什么事业?当初为了你,供你留学就是我的事业。和你在一起,每天让你开心健康快乐,是我的事业。有了小孩儿,小孩儿的存在和未来就是我的事业。我在这里,是因为我有仇恨,才在这里继续生存下去,仇恨就是我的事业。我现在看着你,从你的事业顶峰跌下来,本来是我希望看到了,我该十分开心。可是你还没有跌到底、跌清醒,跌得还不狠、不重、不痛。所以说什么都没有用,你就继续按照你的理想去争吧,你早晚有一天会跌得头破血流。不——头破血流还是轻的,我都怀疑你会不会有——全尸……”

福来眼里喷着火,仿佛要把久一吞没了。他已经不是原来那个低三下四、言听计从的库工了。他和自己不可能是一条路上的人了,久一意识到这一点。

福来从办公室走出来,对保卫老汉说:“破烂老头儿,带上你的破烂老婆,咱们一起出发!”

天未晚,工人已经走掉了大半。

树倒猢狲散,无论久一怎么苦口婆心地挽留和承诺,他们都坚持要离开。只有三五个无处可去的,还在里面作工。久一给在岗的提前开了一个月的支,然后就回永祥集团汇报情况。

陶淘一见面,不说工作而是向她报告了一个好消息。

“一姐,祥生同意娶我了!我太高兴了!”

久一送她个小礼品,祝贺她。

“婚礼你一定要参加哟?”

“那一定,一定。”

“把宝贝儿子带上,给我压车。我也要生一个大胖儿子——不,生仨……”

久一尴尬地笑着,忽然想起那次在这个办公室羞辱陶淘的事儿,就这样尴尬地等待着陶淘享受着她的快乐,对自己进行报复。陶淘倒没那么狭隘,谈起时装,分析新时尚的精妙之处,简直她就是设计大师。后来又讲旅游结婚,问久一旅游结婚去哪儿最好,又把各地风土人情进行对比,俨然一个旅行家,向她尽情地展示其渊博的学识。

久一心急如焚,惦念吴刚和孩子的情况,却还要装得没事儿人似的,认真地听陶淘侃大山,额头已经直冒汗,又不便打断。

久一看表的时候,已经是二十二点。久一终于明白,她是在有意拖延时间!

“您看上去有事儿?”

陶淘余兴未消地问。

“没事,孩子一睡觉就找我,要不就不睡。”

“让刚总哄他睡觉。瞧他那性格,一看就知道他是个好丈夫。不过,他再怎么好,也没有你厉害,他被你拿住了,你肯定最会哄丈夫开心!你一定很有手段吧?不仿教教我,我还什么都不懂,对婚姻既期待又恐慌……”

久一真的不能再听她绕圈子了,就打断她的话:“我看天不早了,商量一下琉璃作坊的事儿吧,情况很糟糕……”

陶淘脸阴一下,马上还是笑容可掬,也打断她的话:“唔,都这个时候了?也太晚了!你看咱姐俩多投缘,一聊就刹不住车。该死,你还有宝贝儿子在家嗷嗷待哺,你看看我,这不是没正事儿吗?你快点回家吧,咱们明天接着汇报吧。你看好吗?”

不好也得好,这不是明摆着的事儿吗?三句五句,十分八分,就可以把情况听完，研究妥，明天好落实，却要硬生生地推到明天……

久一也学得听话了，匆匆地告辞，没再坚持什么，一切皆听天由命吧。

老熊在久一家的门口等了很久，才见久一开车进院。

老熊带着国画大师，从车上下来。老熊能搬动国画大师是花大价钱的，他通过关系，结识了国学院院长，就是国画大师的老师，写了一幅字：熊罢天下。

老熊百看不得其解，院长说，你拿给国画大师看，让他解释给你听。

老熊放下古玩一件，当然还是赝品，捧到国画大师面前，大师见到祖师爷一般，因为是真迹，也就把老熊当成了朋友，解释说：

"你想要有所作为，只能委曲求全；你人品不可作恶，地下有四件珍宝，也需不耻下问。"

这老熊不知其何意。大师又说：

"你背靠大树，才好乘凉。以我做琉璃顾问多日之见，你需得一人，方能得这四件宝物，做成仿品，才会以假乱真，飞黄腾达。"

这回老熊听明白了。敢情自己守着金山要饭，聂抢劫竟怀疑自己是同伙，遭到几天问询。大师又出一招：

"石久一所管琉璃作坊，乃无人瞧上之地下宝藏，政府动迁无力，他日必出奇宝。久一正被排挤做总经理，你委与合作收购，雪融草青之时，财运滚滚，拒之无能为力，此言慎听，三思而行之。"

老熊听得大概明白，早心潮澎湃，蠢蠢欲动，将一绝妙赝品赠予大师，陪其五岳巡访，吃喝嫖赌，引为知己，大师成了老熊的铁杆，肯为其辅佐。加之大师自福来走掉，也有去意，觉得久一是老熊合作的最佳选择，就亲自带老熊拜访，同时带来一幅大作。

久一一见是大师，很是惊讶，再见奉上画作，不明来意。大师深谙琉璃集团现在的情况，介绍过老熊，然后以顾问名义，为久一支招。

"公司已经这样，你要早为自己留条后路。"

大师语重心长，对久一产生了很大的触动。久一正忧郁没有人理解自己，茫然不知所措的时候，大师的一番话，又勾起对过去的回忆。这条路，是自己选择的，路走得也顺利，不管怎么说，达到了目的，可是将来怎么办？的确是个未知数。

“我想听听大师的高见。洗耳恭听，不吝赐教。但是，损害公司利益的事情，我不会做。”

大师哈哈笑道：“你是说，大师我会给你出主意，把琉璃公司搞垮？我也不会这么做。虽然我是顾问，对内部情况和外部条件，了如指掌，但古语也有句话，叫‘识时务者为俊杰’。人的成功是要有许多条件的，这个条件可能是有利的条件，也可能是不利的条件，甚至是恶劣的绝望的寸草不生的条件，在这种条件下就会消灭一个人的存在，但不会消灭一个人的意志。我要说的，你能明白吗？”

久一点点头。她是个聪明的女人，她理解大师的意思。

“所以，我给你画了这幅画。”

大师打开画轴，呈现在桌面的是琉璃女人，站在嶙峋岸边，宁静地望着浩瀚海洋。

“我感受到你那无处不在的气息。”

老熊早见过琉璃女人艺术品，不管是真品还是赝品，他都见过。而今天见到琉璃女人真人，已经连呼吸都怕搅乱了圣女周边清新纯洁的空气。他自知学识浅显无知，已经下决心拜在久一的石榴裙下。连用目光也不敢正眼看她，唯恐目光会带有紫外线，伤到这么圣洁的女人。他活这么大，见过无数女人，但见过久一，才知道她们都是赝品，不值一提。

大师早看出老熊已经甘拜下风，又说活了久一的心，就适时地介绍老熊给久一。

“我不懂什么投资、经营、管理，但我很爱研究人气、财运、未来。我觉得老熊和久一联手，会把琉璃作坊做大，做成国际品牌。”

老熊受宠若惊，表态道：“只要久一总经理定的，我来投资，我来负责销售。你仍然是董事长兼总经理，我做常务副总经理。由我来收购琉璃作坊，如何？”

久一犹豫了。她知道这是条路子，最初和福来也是这么个约定的，但福来已经因为那段恩怨，做了逃兵。如果继续投靠永祥集团，很快会自生自灭，这是她预料的最好结果。最坏的后果，可能是个包袱，是个烫手的山芋，成为拖垮琉璃集团的炸弹……

“这个主意，我会考虑。本来今天晚上要研究这个问题，在集团候到很晚，没有结果，明天继续研究。如果出卖，是个机会吗？”

大师将烟斗往画布的海洋一点，信誓旦旦地说：“就是这里！”

这时，吴刚回来，喝得醉醺醺的，一见是大师，还要开酒与大师畅饮。大师倒经常和吴刚一起探讨人生，深知这个公子太过俊美，将他后世的云烟都遮住了，看不清未来什么样。难得吴刚有雅兴，老熊自觉撤回院外车里恭候，大师就与吴刚又喝了一些红酒，天色放白方散，吴刚已经烂醉如泥。

久一等了一上午也没有见到陶淘，就直接到吴永祥办公室，也要排到明天，她又找吴永福，碰到过去的手下，匆匆地告诉她一个秘密。

“也许收购琉璃作坊只是一个圈套，就是要暴露福来与你的关系，福来还真就上当了。”

她说完就快速离开。

久一想不明白，福来已经掩盖得很好。而且他知道向他索要性命的人，不是老金，不是尤二哥，而是我。如今两个人都已经死亡，不会还是福来的连环延续报复吧？他一再强调，他不会伤害我，是对我的暗示还是提醒？还是对他本人的命令或压制？我会是他的下一个目标吗？

久一抑郁地想着，到公司档案查找有关琉璃作坊的收购资料，竟然空无一物。正在困惑间，祥生从她身后出现，好像她的影子一样，直接说：

“不用找了。这的确是一次流产的买卖。”

“那么，为什么还要让我去接琉璃作坊？”

祥生一摊手。

“实话说，我也在调查。那个地方本来是我俩第一次迷路避雪的地方，后来你怎么和那里联系上了？”

“可能那里是个古墓群，吸引了许多人去冒险。”

“你也想过？”

“想过。人穷志短。”

久一顺水推舟，往贪财上顺思路，避重就轻。

“背后有人看好这个项目，要吞并这份资产？”

“有可能。”

祥生递给久一一份图表，上面赫然列有琉璃作坊的翔实资料。

“你是要它吧？我发现，福来是为了摆脱警察的纠缠，与人合谋将你送到这个地方。后来，这个地方和你有种种关系，对吗？”

久一没太听懂，愣愣地望着祥生。当发现自己失神后，她忙掩饰着说：

“不会吧……我和那里有什么关系？你想多了。”

“我当然希望和你没有关系。但是从今以后，你还能说琉璃作坊和你没有关系吗？我觉得你接管一个和咱们没有多大关系的琉璃作坊，本身就是一个奇怪的事儿。这说明什么呢？说明有人知情，却让不知情的你，往火坑里跳……”

祥生分析着，情绪显得十分糟糕。

“真有这么可怕吗？”

祥生安慰地拍拍她的肩膀。

“凡事多想想。不要相信你周围的任何人，包括我。”

祥生匆匆离开，是因为陶淘在那边叫他，非常急。

“祝贺你……”久一喊，但祥生并没有能够听到。她也马上收住，因为她忽然想起祥生告诉她，他和陶淘结束了。这句话可信吗？

久一翻阅着琉璃作坊资料，突然发现一个熟悉的名字：金道观。这是老金的名字，他怎么会出现在工匠名单中，是重名还是顶替？

久一正犹豫，吴刚带着一伙客商路过，奇怪地看着她，莫名其妙地问：

“你怎么还在这？琉璃作坊已经被盗光，工人全无踪影了……”

久一一惊，继而若无其事地说：

“本来它并不是公司的分公司，与集团没有任何关连，只是个供货商，加工厂而已。我有必要去吗？它就是寸草不留，和我有什么关系？”

“怎么和你没有关系？他可是你前男友的资产。”

久一这才发现吴刚说话是咬牙切齿的。

“我们没有关系了，你不要这样说好不好？”

“你有责任。”

“我连一分钱的股份也没有，我为什么要承担责任？”

“你说得并不错，但是我告诉你，你已经跟这个集团没关系了。不管你怎么说,我对你还是很看重的,把它交给你,也算是对你的一份补偿。"

久一忽然醒悟:"你说什么？和我没有关系,所以你就使了一个计谋,让我在放弃股份协议上签字?"

"是的。我们这样做,是不想把线交到别人手里牵着。"

"那么,你那天的悔意与宽容,都是假的?"

"你怎么理解都行,但不代表我的本意。"

久一忽然出了一身冷汗。她才觉得几天前的苦肉计,都放在自己的头上。她追着吴刚的后背,想要继续跟他理论,却突然发现他竟然也在流眼泪。

她停住脚步,问:"我的股份不是你的股份？不是孩子的股份?"

吴刚停下来,回过头来,远远地望着妻子。

"你真的像跟'琉璃女人'一样……没错,就是'琉璃女人',凄冷、孤傲、狂妄而脆弱……"

"你知道……知道怎么还会眼看着,眼看着别人在残害它?"

"没有人眼看着,谁都不是旁观者,而是参与者。都是利欲熏心,你记住,是利欲熏心。没有人肯把利益拱手相让,没有人肯帮助与己无关的人！相反,对于与自己有利害冲突的人,会狠狠地踢上一脚……"

久一惊诧,虽然没有目瞪口呆,却也绝没有想到丈夫俊朗的外表下,是他看破红尘的阴暗心理。如果说他是块琉璃,那他的光泽和艳丽,是恶与毒化合提炼而成的,是消耗人间唯美与慈爱这些宝贵催化剂资源,冷却而成的……

"小刚,我只是在争取我个人的权益,我在'琉璃女人'上凝固了的属于我的青春……"

"别说了！你不要为了你的欲望搭上你的性命,哪儿头大哪儿头小,你要明白！你不要再继续追究啦!"

小刚的愤怒是莫名其妙的,他从来没有这样莫名其妙地对她进行阻止过,总是任她挑选她喜欢做的事儿,全力支持。而这时,他似乎背靠着一座火山,向她莫名其妙地愤怒,愤怒后面似有万千难以启齿的秘密……

久一因为自己有秘密而把嘴闭上,走上前,挎上丈夫的胳膊。

“你在考虑孩子,否则,你还会给我留下一纸离婚书吗?”

“我没那么狭隘。不过你必须去,到琉璃作坊,不管它现在属于谁,去把它占为己有,你明白了吗?看你的能力了。这是最后的机会……”

第三十章 决 斗

久一到达琉璃作坊的时候,远远地还能看到一片狼藉的无人居民区,有一个醒目的牌匾,在阳光下闪光。久一这才意识到,自己苦心经营的家庭、事业和爱情,完全与自己无关。一直以为自己很精明,其实自己只是棋盘上的一个棋子,每走一步,都是在按照主人的手,从一个格点到另一个格点,与对手的兵卒对弈,难逃被追剿的命运。然后,从棋桌上被拿开,成为弃子儿,放在主人手里,咯哒咯哒地继续把玩。

久一打远就看到院子里有一些人,在那里忙碌着什么。她正疑惑,还没把车子停稳,老熊就跑上来,对久一解释说:

"一个老板,带着考察团来参观,他们要将这片棚户区都买下。"

"这和我们有什么关系?他们应该去找镇政府。"

久一往里走,见院子已经是一片狼藉,因为无人打理,连门卫室的玻璃也破碎了几块儿,一地碎玻璃碴子。正房门窗均用木板在外面钉上,已经不是几天前热闹的生产经营场面。

"见一下吧。"

老熊向其中一个中年人招下手。

"老聂,久一董事长来了,你还愣着干吗?"

因为几个人看到一辆豪车上下来位女人,竟然如此美丽,就是传说中的"琉璃女人",没想到竟然比"琉璃女人"雕塑还美丽,就有几个看得呆了。

"各位老总,这位——就是琉璃作坊董事长石久一女士……"

那个中年人一步上前,握住久一的手。

"我姓聂,是这一带的开发商。您真是太美啦……"

"谢谢!"久一礼貌地抽回手,对各位一抱拳,"对不起,因为经营出现了些问题,作坊现在停业,屋里都封着,里面还堆积着一批货品,那么大家就在外面随便找个地儿坐，先谈一谈。如果感兴趣，我再带大家到里面参观……”

“没想到，这些精美的工艺品，出自这么破旧的地方。”

“宝石都出自深山。”

“有道理。那么，您一定来自农村？”

久一对聂的精明，通过几句话就看出来，莞尔一笑，算作回答。

“你是问我的身世？”

“我对你什么都感兴趣……”

“我明白了，你是前阶段来买‘琉璃女人’的那个聂？其实并不姓聂，而是姓陶……”

“圈内人，都管我叫聂。我对这里很熟悉了，是福来的好朋友，也是合作多年的伙伴，所以我想参与这个作坊的投资，与您合作。”

久一回头看老熊，来求证聂所说的是否属实。老熊点头，凑上前说：

“聂总单纯这一片土地开发，就要投资两个亿。而琉璃作坊项目，他肯出一千万，您只出身体，您占百分之五十一的股份。”

久一望向聂，知道他和陶淘的关系。这可能又是个陷阱，也不妨将计就计。

“好哇，集团怎么办？”

聂没想到久一会这么爽快，从石板上抬起屁股，大喜过望，说：“你说咋办就咋办！”

“让它与琉璃作坊一毛钱关系没有！”

“好哇！本来就与琉璃集团没有关系！”

久一也有一股挣脱锁链的快感，一挥手，说：“先把作坊干起来！去吧，你们去干吧！”

聂带着人一片欢呼，就纷纷奔向已经停产多日的琉璃作坊，将已经歪斜的牌匾扶正，然后收拾车间和库房。

打开房门和窗口，一股琉璃生产过程中产生的气味扑鼻而来，还夹杂着阴冷的气息。虽然是八月，外面燥热难耐，室内却凉爽舒适。久一想起第一次来的时候，房屋低矮，设施陈旧，被雪包裹着像个面包时的情景。哪能想到如今已经变成一个整洁的家庭作坊？

但是车间里的设备已经被拆卸掉，一片狼藉。还有些半成品和原料，堆积在角落里。成品间由仓房改成，从这里可以看到一条毛径，穿过荒草，通到村村通公路。

"一毛钱不值了，还有投资的必要了吗？"

"我们要的是这个品牌。"

聂说，他一直惦记着吴永祥版的"琉璃女人"，这回发现真人版的，当然不肯轻易放弃。

老熊仍然不相信这就是生产出精品的地方，摇着头说："要说，值钱的，只有久一董事长。所以这个合作，只要董事长一笔签字就行了。这些，不用再看了。"

聂故弄玄虚地说："你就短视啦。"

"怎么讲？"

聂站在高处，指指点点。

"这里看似和其他的地方没什么不同，但大师一眼就看出，南山梁弯曲而下，正落村东，自东向西有条浅水河，顺山势而西行，拾级而上，绕开一片沼泽，拦腰切断琉璃村——姑且这么叫这个鬼村吧。"

"叫琉璃村倒比原来的瘪拉洼好听。"老熊插嘴。

"你仰望，再平视，像什么？一个太极图。顺着两座山夹道而西望，就会发现咱这房屋正处在要冲，难怪先辈把墓地选在此处。估计这户人家，在这块宝地上盖房子的时候，绝对没有想到过会出宝藏！"

聂说得头头是道，说明他绝不是外乡人，至少不是门外汉，对这里的功课温习得不错。久一在一旁听他俩交谈，知道也是说给自己听的，就觉得这个聂也并不因为是陶淘的亲戚而觊觎这份资产。他一定另有来头。

"聂总，你有什么打算？"

久一开门见山，直奔主题，开始谈判。

聂也心知肚明。

"我会形成一个完整的投资开发计划。现在需要和您口头达成一致的有最重要的三项：一是扩大生产，开发新品，规模要超过永祥集团琉璃公司。二是产品全部由我公司包销，不再供应第三家。三是您作为董事长，负责全部事务，公司计划总投资两个亿，分三年到账，由您支配。只有一个条件，您不再将自己的形象交给第三方使用，并在一个月内收回所有使用权。没有到期的，由公司出资解除合同。"

这等优厚条件，跟做梦一样，显得不真实。聂是什么人，久一心里一点儿数也没有，就开出这样的条件，简直匪夷所思。久一心想，不妨再将他一军。

"扩大生产倒可以，以现有的场地，根本是天方夜谭。如果贵公司将这片一直无能力动迁的瘪拉洼征收，开发成琉璃开发区，这个设想才可能推进。你们没有这个打算吗？"

聂仰面长笑。

"真让董事长说着啦。你真是个聪明的女人！公司正在跑有关部门，相关接手的程序在走。就是说，原来开发商将换成我们，重新履行相关申报等手续。"

聂显得很兴奋，从公文包里抽出几页纸，恭敬地递给久一。

"请久一董事长过目一下，我们谈到这儿，说明我们想一起了。英雄所见略同。这些批文刚拿到手，还要再上一次市长办公会议，就可以动工了。"

久一又皱起眉头。

"这么大的事儿，我们怎么一直蒙在鼓里，一点儿风声也没有听到？"

"福来董事长说——"聂意识到说走嘴了，忙拉回来，"福来董事长在的时候，早做了规划，进行了论证和沟通……"

久一一听，觉得蹊跷，问："你说什么？不会是福来还在这里，是他投资吧？"

老熊见会谈有些尴尬，就岔开问："会不会把琉璃集团打垮？"

久一摇摇头。

"我不会这么做！"

"为什么？他们已经把你排除在集团管理层外，你还不知道吗？"

久一站起来，环视着萧条的车间，淡淡地说："这是我们家的事儿。"

协议没有签，可以说，因为久一不肯将琉璃的实力项目起底而不欢而散。

托迪单独请久一喝茶，是托迪第一次在中国土地上请她。他看上去不很开心，只说合作上遇到了麻烦。这是久一最担心的事儿，也是早就料到的事儿。

托迪带来一个项目，让久一的眼前一亮。这是琉璃美容项目，久一立即将项目报到集团，却被打回了。吴刚告诉她：

"你只需把你的工作做好。"

久一邀托迪喝茶，一是答谢，二是道歉。托迪不用她解释，大度地说：

"我到中国来投资，已经学会了许多。比如推诿扯皮，比如研究研究、沟通沟通、马上办、卷铺盖走人、滚蛋。我现在就在重新评估，我是否该滚蛋了。"

托迪从来都像个绅士一样，但今天他的话说得很脏。

久一已经不负责这个项目，但是她决定自己来做这个项目。托迪当即同意，条件只有一个，做他的情人。久一当即把协议撕得粉碎，托迪直道歉，并当即签署了投资协议书。

久一事前和他有约，只做好朋友，生意的伙伴，把过去的事儿一笔勾销。托迪长得膀大腰圆，每个细胞都冒着油，闪着奸诈的光。他早嗅到久一失势及家族对她的弃用，夫妻感情处于低谷，也想趁火打劫，不想碰了钉子，很是恼火。加之陶淘对项目横加干预，就想出个无赖的举动，找到吴刚：

"你好，把久一让给我吧。我们可以决斗。"

吴刚自从认识这个商人，并没有对他产生什么怀疑，尤其在国外项目投资过程中，得到了托迪许多帮助。托迪投资中国，他和久一也是不遗余力。但是今天他提出这么荒唐的要求，激怒了吴刚。

"在斯大林公园，用拳头说话。"

这天，吴刚像往常一样地去公司上班，对久一还是一样的疼爱，告诉她，有些工作可做可不做，一副垂头丧气的神色。他好久没有出现这种状态了，让久一很担心。吴刚到公司安排了一下事情，就开车来到斯大林公园拳击角。那里拳击爱好者们早撤了，树墙外游人如织，江水淙淙，更衬出拳击角的闹中取静。

"老朋友，先热下身。"托迪不可一世地叫道。

吴刚含蓄的面孔，显露出从未有过的严峻，他不善表露的仇恨终于暴发了，直冲托迪而去。

"我不允许任何人打久一的主意！"

托迪冷笑道:“我早就喜欢她了。”

托迪出直拳,把吴刚打倒在地。吴刚就势一个扫堂腿,把托迪扫倒在地。托迪凭借着人高马大,把吴刚扔到树根儿,被枝杆弹回,他的头就磕在墙角固定柱上,鲜血从额头淌下来。

“起来!起来!”

托迪张狂着喊叫,目空一切,像一头野兽,向上扬着手。吴刚爬起来,已经摇摇晃晃。

“我来。”

一个人一声大喝,从树丛外跳进来。

祥生将便装搭在练功木柱上,扶起吴刚坐到一边,食指指着托迪,凶狠地说:

“兔子,我来教训——你。”

托迪并不把祥生放在眼里,一跨步,拳头就卷着风,照祥生的面门而来。祥生一侧身,收腹前跳步,上钩拳击中托迪的下巴。祥生跟上一个蹬踹,踢中托迪的脚踝。托迪一个踉跄,跌坐在吴刚跟前。吴刚掏出事先准备好的螺丝刀,直插进托迪的小腹,一股血直蹿出来,喷了一墙根儿。

托迪没死,但已经失去了男人的能力。

经过调解,他放弃诉讼,得到了一笔可观的赔偿金,回到他的家乡,不久就死掉了。他的妻子琼斯到中国来继续做项目收尾工作,第一次见到久一,不相信中国还有这么漂亮的女人。她参观了久一琉璃女人作品展示中心,见到了真正的中国琉璃,其色彩流云溢彩,美轮美奂;其品质晶莹剔透,光彩夺目。她双手合十,激动不已,惊呼:

“谢天谢地,真是上帝赐予!感谢上帝!”

她着迷于精美的琉璃,早忘了压根就不存在的悲哀,就情愿把赔偿金继续放在中国,放在久一项目上,一起合资做琉璃美容连锁项目。

人们忽然发现,一片无人区般的空村落消失了,取而代之的是个现代化的工业园区项目,拔地而起,在交通路口立着一块二十米大广告牌,上面是一个靓丽的琉璃女人,配以仿宋巨幅字——琉璃作坊园区欢迎您!项目由国外合作公司设计,沿河道建造了一条景观带,琉璃艺术广场成了瘪拉洼区域中心,辟有休闲广场、购物中心、水上乐园等。在中心区域,只保存了那户鬼屋,经过修缮,保留着原始琉璃作坊的原貌,成了旅游景点,许多旅客慕名而来,人气暴涨。而在河的北岸,建起了一片工业区,一派繁荣景象。

久一董事长事务繁杂,已经可以得心应手地应付琉璃作坊园区运行的各项工作。她拼命工作,整天在工地忙着,只求忘记过去,与吴刚少见些面,将自己婚姻延续着。同时,她也早有思想准备,等待着吴刚提出离婚的要求。有一天,吴刚打来电话,并没有通知她去民政局办手续的时间,而是阴郁而有气无力地说:

“祥生被抓了。”

久一精神一振,问:“怎么回事? 不是已经摆平了吗?”

“摆平了这事儿,又牵出了别的事儿……”

久一更加紧张,尘封已久的往事又浮现眼前。

“听说……什么事儿了吗?”

“他的DNA,出现在老金死亡的现场,那尊琉璃女人身上……”

“不可能,不可能……你快去救他呀!”

“我并不知道他怎么会与老金有瓜葛,他们甚至都没有什么交往,怎么会有联系呢? 真是不可思议!”

久一顾不了那么多,将工地交给聂,找到吴永祥。

许久没有见过吴永祥,他看上去还是那么滋润,红光满面,气定神怡。

“我管不了他。他的野性,在青年的时候就已经形成,不过我会找市长,看有没有搞错的可能。”

吴永祥始终没有正眼看她一眼,走过来,在她的后背踱几步,停下来,给她掩上披肩,慢慢地说:“我现在对那方面,已经没兴趣了。只对金钱感兴趣。你的琉璃作坊项目,做得太好了,而且是用了部分我的钱,你挺鬼呀。我不能把养大的孩子,让狼叼去。你并入琉璃集团公司吧,还给你CEO的位子。这回是真的并入,怎么样?”

“你不是做不了三叔的主吗?”

“分啥事儿。这个事儿,我就可以拍板定了。”

“那么,我滚出集团,也是你拍板定的?”

“你不该这样和公公说话! 你的羽翼还没有丰满,我随时都可以将你的作坊打回地下……不信吗?”

“我信，我信我的公公道貌岸然，正人君子，慈颜善目，一副菩萨心肠。”

久一往出走，到门口停下来，回头说：“祥生的事儿，是你家的事儿，跟我没有关系，你爱救不救！”

第三十一章　反围剿

久一是抱着鱼死网破的态度对待吴永祥的，冥冥中她只当祥生是自己的亲弟弟，只有他才可靠。可是她初涉商场，与官场还有距离，对帮助祥生一事儿还无能为力，她只能以这种方式逼着老公公出山，宁可得罪这个活祖宗。

她现在才知道，嫁入袁家只是个形式，而真正要取得财富，确立社会地位，还要靠自己不懈地努力，还有很长一段的路要走。

“我怎么才能成为琉璃集团真正的主宰呢？”

她的这个想法再次震撼了她自己。

如果按阶段论来讲，她已经跨越了社会主义初级阶段，有了原始积累，在建设资本主义。以往躺在青年公寓里讲起来，还只是痴人说梦，现在却是可以实现的现实，这就叫时势造英雄。明摆着，经过她不懈的努力，琉璃作坊发展的势头已经盖过了琉璃集团，当初撒手不要的孩子，如今已经长大成人，就像吴永祥觊觎说的心里话，他们已经感觉到竞争的压力，意识到发展的危机，并已经开展对琉璃作坊展开围剿。

那么，她何不进行反围剿呢？

当前，反围剿首先要做的，就是不能受制于他人，消除自己所面临的威胁。这威胁是无处不在的危险，主要来自于亲人，来自于自己不很清白的历史。这段历史一直被这些对手像草爬子一样，死死地叮住，咬住不放。自己不能松懈，也不能给敌人以攻击的漏洞，不能将伤口的血滴在河里，因为鳄鱼就在不远处的草丛中窥视着！

好在这个漏洞中，尤二哥死了，福来远走高飞了。

如果不是吴永福借久一之手撵走福来，借机把她从集团踢到琉璃作坊，逼吴刚使手段让自己放弃股权，久一还真就得不到这次施展才能的大好机会。如果琉璃集团早想插手这个项目,完成收购的法律文书,而不是开空头支票,根本没有属于她久一的天地。即便有,也会在吴永福和陶淘的夹击下,她像琉璃器皿一样,被砸得粉碎。真正帮助久一的,仅剩下祥生了,而祥生却进了拘留所。

久一看望祥生,才知道他与老金之死没有关系,而是尤二哥。久一吃惊地望着他,问他为什么。他说尤二哥被陶淘用金钱收买了,尤二哥把许多事儿讲了出来,他在场,并做了录音录像。谈话地点就在久一给安排的出租屋里。过后,祥生把资料都销毁了,然后返回出租屋,求她不要乱讲,却遭到尤的拒绝。所以他吓唬她,她才是老金案的参与者。果然,尤二哥被吓坏了,坚决否认,一口咬定老金的死,是福来的报复,然后她说明了原因,就把久一与她蓄谋,急迫地让福来消失的经过如实交代了。他情急之下,就失手将她勒死,做了自杀假相。

祥生说,自己是第一次犯罪,为了她久一。如果被判死刑,他也心甘情愿。

久一受了感动,也感到了惊惧。回想后来祥生的古怪行为,真为这个有些古怪的弟弟感动惋惜,难堪地问:

“你知道了多少?”

“全部。”

“确信?”

“我还知道,你其实并不爱吴刚。这是尤二哥所不知道的。”

“你都交代了?”

“我没那么傻。我只说是她受了惊吓,神经病发作,就因恐惧而自杀了。如果你能找到她有这方面的疾病,哪怕是抑郁症,或者她的病志,就可以证明我无罪。”

“她确实跟我说过,她活着毫无意义。”

“可是,没有证据。没有证据,都是徒劳。”

久一对干妈很了解,她从来不会想过自杀,因为她活得特别潇洒。只是最近拮据,才有了抱怨,但也没有到自杀的地步。久一忽然想起携款跑掉的老干部,他和干妈同居那么久,倒可以买通他。久一通过老干部的身份证信息,终于在海南一个度假村找到了逍遥快活的老干部。

老干部根本没有想到久一会找到他,就要主动吐出赃款。久一并不要他一分赃款，额外还会给他一笔钱，只是要他回来作证，证明干妈曾经说过要杀了前男友老金，并有吸毒史。老干部还真有干妈吸毒的相片，并交代了存放地点，只是增加了一个“曾经自杀过”的内容。

“很好，我还叫你干爸。”

久一表扬他，还亲了他。老干部心甘情愿，差点晕死。

久一从海南回到哈尔滨，一下飞机，聂来电话，慌慌张张地喊：

“董事长，不好了，作坊出事了！”

电话里隐约有打砸的声音传来。

久一赶回工地，警察已经封锁了现场。除了作坊工人伤了几个，捣乱者也有几人受伤，经过医护人员包扎，正被关在车间里交代情况。捣乱者是来自居民自发组织起的瘪拉洼居民业主协会，他们都是回迁户，带头的竟然是破烂汉。

“大叔，怎么会是您？为什么？”

“我要这个鬼屋的产权。”

“你是把产权卖给我的。”

“可是我现在又不想卖给你了。”

久一还记得这个福来的恩人，随福来享福去了，怎么会突然出现在这里？匪夷所思。

“你背后有人指使吧？他是谁？”

久一有一种预感，福来就在这附近。

“没有。”

破烂汉很坚强，宁死不屈。

久一把个琉璃女人作品送给他，当然是老熊的仿品，他收了，仍然不肯说出他的老板是谁。

“王福来？一定是他！”

久一找到王福来新的电话，直截了当地问：“你躲在后面，想怎么样？”

她以为福来会像从前一样，矢口否认，或者耍无赖，但是这次福来却说：

“没错。我要我的。”

久一觉得有道理。

“你要多少?”

“作坊原址的全部资产。”

“多少钱?”

“一个亿。”

久一失笑了。

“你是不是疯了? 它根本不值。”

“我觉得值。因为,我结婚了,而且生了对双胞胎。”

久一一开始很高兴,后来越来越觉得不很对劲儿。不是心里不得劲儿,而是觉得声音不对劲儿,越听越不像。她对福来太熟悉了。

“你在哪儿? 我要见见你。”

“不行,我在医院。”

“那你需要我报警吗? 不搞清楚,警察并不会放了你的人。”

“他们原本也不是我的人。你如果打一千万,我就不会再追讨,你看怎么样?”

久一灵机一动。

“好哇,你现在把账户告诉我,个人账户,我先给你打过去一百万……”

对方犹豫了。久一确定他根本不是福来。

“我只能给你公司的账户。”

“不行,必须是你个人的账户。或者面谈,否则让警察和你讲吧。你就等着吧。”

久一将这段录音交给了警方。可没想到的是,说得好好的,破烂汉又带头到政府上访,还是打着讨回权益的幌子。这次久一不能再心平气和地和他谈,而是让老熊开车将他带到河沟一带,将他按在河水里泡了一天,第二天接着泡,他才告饶。整个上访因为这个老家伙的消停而平静下来,那个勒索电话也再没来过,出乎久一的预料。

不了了之,也是久一希望的结果。只是福来的影子,又在她的心里产生了巨大了阴影。

袁野突然找到久一,让她看一段录像。

自从上次结怨之后,她俩的婆媳关系就已经名存实亡,井水不犯河水。今天登门来,她再次带着歉意。因为她通过吴永祥,知道了久一一心救祥生的苦心，满是感激。久一也觉得这是缓和婆媳关系的契机，也就接受了她的示好。

录像里，是久一被吴永福骚扰的录像，虽然是唯一的一次，久一却提早做了防备，把整个过程录了下来，千真万确。

“您怎么会有这个?”久一不解地问。

“是陶淘送给你爸的。她说是你勾引老三，我看倒不是。你爸也在核实，十分恼火。这件事儿，是真的吗?”

久一不清楚这里面是不是暗藏机关，设着一个陷阱，所以很谨慎地回答：

“有这么回事儿。原来我还闭口不提，怕丢了吴家的人。既然现在大家都知道了，我也不隐瞒了。我想知道我爸想把这件事怎么处理。”

“他要撤老三的职。”

这倒是个利好消息，可能坏事变好事。

“早该撤了，瞧把个好端端的集团搞的，快垮了。这也怪我爸，本来他干得好好的，就轻易放弃了，太不负责任了。”

“他也意识到这个问题。给他一些时间，一切会好起来的。其实我一直没过问过公司的事儿，但最近，麻烦事儿一件接一件，我不能再袖手旁观。一家人怎么能四分五裂呢? 你爸有意让你回到集团工作。”

原来，袁野的话在这儿等着呢。

“我在琉璃作坊干得很好。”

“干得再好，毕竟不是永祥集团的公司。”

“确实，现在已经不是永祥集团的公司。但是当初，可是作为分公司派去的，当时还有祥生亲自参与管理。后面把我派去，就算把我踢出了永祥集团，然后就一刀两断了。一刀两断的不是两个公司的关系，而是我与永祥的关系，我心知肚明……”

“久一，可能有误会……”

“妈，您别说了。我知道有误会。连我们娘俩这么亲近，还会在某些方面产生误解，何况是外人? 您说得对，一家人，得把力量往一起使。所以我觉得这段录像很无聊，大家就不要再传播了，越搬弄是非，是非越多。如果大家能够把精力都用在集团事业发展上，一切就会好起来。所以我不可能答应您的建议,等什么时候集团真正走回正规再说吧。”

久一宛然拒绝,非常得体地送走了后婆婆。

久一知道自己的这段录像一直存在自己家的电脑里,能够接触到的人,只有一个外人,就是石妈。

石妈承认她收了吴永福的钱,但并没有给他提供什么录像。

石妈想起,祥生问起过久一的家乡,然后给她钱,让她辨认过久一的父母。

“什么时间?”

“你结婚之前。”

久一不明白,这些事情,祥生和自己一同去的家乡,也见过这些人。难道他对自己不信任?

“对了。”石妈想起什么,努力回忆着,“祥生说,他不会眼看着你往火坑里跳,他要救你,一片好心的样子,我就相信了。”

久一不知道石妈是不是在为她自己开脱罪责。但不管怎么说,她不会再用她。

“祥生还做了什么,你没有告诉我的?”

“他让我打开你的房间,然后躺在你的床上睡觉……”

久一被吓呆了,不敢相信自己的耳朵。

“你在扯淡……”

“我说的都是真的。他甚至将你们的房间每个地方都躺个遍,把一切弄得乱七八糟,然后坐在沙发里吸烟,看着我把一切恢复原样,才离开。每次扔给我二百元钱。”

久一愤怒地打着石妈,直到精疲力竭。

“你说的是真的吗?”

“真的。我没见过你说的什么录像,但我知道,他一直喜欢你……”

“不要说了。你还有什么事儿没告诉我?”

“还有,吴……吴永祥董事长也来过……”

第三十二章　奸　细

石妈被祥生攻破防线，是久一始料不及的。

久一正不遗余力为祥生跑路子，疏通关系，积极为他解脱罪恶，却因石妈的暴露而一度想放弃。她一时还理不出头绪来，看不透人的面孔。

石妈是她的本家姨妈，是最让她信任的人，甚至比吴刚还要知己。久一念她几年来的辛苦，在找到新保姆前，还不得不用她。石妈早把包裹整理好，放在床边，随时得令就撤离的架势，显得更加低眉顺眼。久一这才发现，这种低眉顺眼，其实是很可怕的。

吴刚打完架后，也开始低眉顺眼，很对不起兄弟的样子。他对待久一的态度，不冷不热，说笑打闹，读书看报，冲奶洗涮，一切如从前，好像关于他妻子的那些秘密还是秘密，他压根就没有听到过。连床上亲热及看着她那炽热的眼神，都没有变化过，让久一觉得可怕，出奇的滑稽，不真实，竟然连让她述说或解释的机会都不给，这有多可怕！

吴刚除了忙工作，也在疏通关系为祥生开脱罪责，那是他应该做的事儿。如果不是他的决斗，还不至于把祥生挖出来。祥生挖不出来，也许秘密，还会继续秘密下去……

久一到劳务市场，看了近二十个保姆，都不满意。正在犹豫，一个中年妇女凑上来，问：

“老妹，你真漂亮。是想收养个孩子吗？”

久一很恼火。

“你怎么看我要收养孩子？”

“以我的经验，越漂亮的女人，越不会生孩子，或者不愿意生孩子。一折腾儿，就过了生育年龄，才想起生个孩子，又不行了，有生命危险，得,抱养一个吧。你看我说的对不?”

久一不想听她说些没用的,长的猥琐,根本不够当孩子保姆的最起码条件。

中年妇女缠住她不放。

“我有个孩子,刚七个月,你要不要?是男孩儿,白白净净。”

久一一愣,收住脚步。

“这个孩子绝对干净,我保证他长得漂亮。”

久一没想到劳务市场还是个人贩子市场。她正要走脱,妇女又说:“孩子跟你有缘,我能看出来。”

“你怎么看出来的?”

“我觉得你脸色灰暗,近日有灾,犯小人语。抱个小人,冲一冲,保你平安无事,事业发达。”

久一闻听,迈开的脚步收住了,瞪眼盯着妇女。

“我懂得一些看相术,你会有灾,就在眼前。”

“哪方面?”

“那你怎么看出我没孩子?”

“不是说现在没有孩子,而是很快会没孩子……”

久一惊骇,撂下妇女就开车往家赶,打开房门,却见袁野在家里,显得慌张。久一也没顾得和婆婆打招呼,直接到卧室,见儿子甜甜地在睡呢。

石妈跟进来,早明白久一的举动,小声说:“侄女,要是放心不下,就先送托儿所吧。我也打听过了,机关托儿所不收这么大的,但有一家私人托儿所收,就是价钱贵一些。”

“多少?”

“一年五万,早七点到晚五点。”

袁野进来,说:“我要到海南过冬,要不我就可以帮着带一带,看一看。咦,可以把你父母接来,既可以看外孙儿,又可以到这享享福!”

石妈说:“这有什么享福的?从早到晚不着闲,这么大的屋子,还得做饭洗衣服。我了解我哥嫂,他们才不会这么傻。何况他们连自己的孙子都不看,怎么能看外孙子?”

袁野点头,说:“也是,都是老手老脚,头脑也僵化,不懂得科学育儿,根本看不了。现在的孩子,不是养一养就行了,还得教育……”

久一总觉得俩人话里有话，或没话找话，而且不像从前，相互不理睬。听刚才的话，俩人好像老相识似的，眼神中有点儿鬼鬼祟祟。久一让石妈把孩子包上，去托儿所看一看，连带儿子在外面透透空气。

这家托儿所就在别墅群门口东侧，设施和环境都不错。找到园长，园长是个漂亮的女子，很热情地介绍了育儿方面的项目和条件，建议她留儿子放半天，然后再做决定。久一同意了。

园长抱过孩子，就往下脱衣服。石妈一把抓住园长的手，问：

“你要干什么？”

园长一愣，解释：“我要当你们家长的面，看一下孩子身体，这样保证到我手的孩子什么样，晚上交到你们手里的孩子什么样，不对吗？这是我们入园的规定。不同意者我们一概不收留。”

久一觉得有道理。

“看一下吧。”

石妈反对：“这成什么了？把孩子当商品了？”

“孩子就是商品。”

园长有些儿多疑，反倒看得细。

石妈靠边等着。大冷的天，却鼻头冒出汗珠。

突然园长指着孩子的屁股问：“给孩子打过针？”

久一凑上去一看，是个小三角伤口，肉还鲜着，残余些血渍，还没定痂。

久一火冒三丈，大叫过石妈问：“给孩子打过针吗？”

石妈支吾着：“没打过防疫针？”

“我在问你！我怎么不知道打防疫针？”

石妈装模作样地上前看看，忽然想起似的：

“噢，我想起来了，是洗澡不小心，划的。”

久一逼视石妈的眼睛：“我怎么不知道？你并没有说过！”

石妈顺着眼，一看露馅了，索性就不吱声。久一把她和孩子带回家，把吴刚也叫了回来。这时，石妈才求久一原谅。但是，原谅她什么，还是不肯说。

久一气得只差上手挠她。

吴刚没回来，袁野却来了，听了事情经过，就笑着说：

“我以为什么大不了的事儿呢。好了，是我想知道孙子是不是缺少什么微量元素，所以我就跟石妈说了，怕你心疼，就私自给孩子取点儿血。没什么大不了的，不算事儿。”

久一觉得事情蹊跷。明明孩子已经测过微量元素，并没有什么事儿。即便有什么问题，再测也是正常的，没必要偷偷摸摸。这里肯定有文章！

久一让袁野拿出化验单，却拿不出。没办法，久一再次要把吴刚叫回来，袁野不高兴地说：

“不用叫了。是我和你爸做主要验的。这是化验单。”

久一接过来一看，竟然是亲子鉴定！

久一指着石妈大骂：“你马上给我滚老家去！”

石妈也号啕大哭，撕心裂肺。袁野实在听不下去了，就说：“石妈到我那儿，我正缺个贴身保姆。你不用，我用。”

久一强压着火气：“当然要你用。是你们心理肮脏，做出这些怪事儿！”

石妈顺着眼，像猫一样跟随着袁野走了。

久一把石妈落下的一双拖鞋从阳台上扔出去，砸在袁野脚前的花坛树上，一片呼啦啦响。

福来是被警察戴着手铐押回来的，也押在和祥生一个监狱。久一在吴刚陪同下，去看望俩人。吴刚带上酒菜，经内部人安排，单独和俩人见面，并畅饮了几杯。

“福来，到底怎么回事？”

“‘狼人’被抓了，把我供出来了。”

“什么事儿？”

“还是老金。是我出钱让‘狼人’把他做了的。”

“他不是出的车祸吗？”

“车祸就是‘狼人’制造的。”

“你承认了？”

“没有。我已经找了个替身，我很快会出去。不会超过明天。”

久一这时才知道，一向憨厚的福来，竟然报复心这样强，心狠手辣。

久一很伤心,不是因为自己的选择造成对福来的伤害,而是无法摆脱的是,下一步追究起来,可能会供出他与自己的关系,以及自己想要除掉福来的真正目的。久一希望这个错误,就这样错误下去也好。但是最保险的,还是他要出来,这样他才不至于破釜沉舟,什么也不顾,才会保证自己不受牵连。

“对不起,当初并不是我的本意。老金他们一定是见财眼开……”

福来不让她说下去。

他告诉她,如果他不出去,就去找破烂汉,他会给她一大笔钱,然后去找一个人。只有他可以保证他福来没事儿,风平浪静。

久一把情况如实向吴刚学了。她觉得他再不该有什么事儿瞒着丈夫,他对自己太信任和接受了,不能辜负好心人。

破烂汉竟然和老婆又回到瘪拉洼,住在高档酒店里。吴刚陪着久一见到他们的时候,他们正在院子里散步。

破烂汉姓什么已经不重要,大家都认识他是那个被福来带走享清福的破烂汉,是那个上访告状的破烂汉。叫破烂汉,大家觉得亲切。久一也这么叫他,也见过破烂老太,就提起争要鬼屋的事儿,也提起福来及他的一笔资金。老汉马上明白了,一见久一就知道她就是福来的心上人。老太更是夸久一漂亮,果然福来没白思念,是值得他日夜思念的人。老太小声说:

“福来从来不接触女性,也不见女孩儿,就天天盯着琉璃女人,原来原型就是你呀!”

久一见他们不管不顾,只说福来情痴,担心他们会说出尴尬事儿,就介绍他们认识身后的吴刚,他们才闭了下嘴,又开始夸吴刚帅气,与久一是天生的一对,福来那憨相,没法比。

“终于明白,你为什么选择了先生,把福来甩了。”

二老的话,刺激了吴刚的神经。他不动声色地跟着久一,从福来留给破烂汉的卡夹中,找到一张特殊标记的银行卡,然后去见主管政法的姚副市长,说明来意,就将银行卡及一张便条放在抽屉里。姚副市长刚一推让,久一就说:

“福来出来当面答谢!”

姚副市长心领神会,早被这位琉璃女杰迷得神魂颠倒。

久一琉璃美容项目火爆全市，会员骤增到一万，还有七家正在洽谈加盟，琉璃产业园寸土寸金，先后有十几家琉璃配套企业入驻，人气兴旺，事业顺风顺水。吴永祥无法忍受久一眼看着把琉璃集团的生意逐渐吸走，冲吴刚大发雷霆。大家都知道是吴刚养虎为患，才导致今天这种被动局面。会议决定，解除吴刚和吴三寿的职务，另做安排。

琉璃作坊产业园中心购物广场奠基日那天，正好福来从看守所出来，平安无事。他直奔会场，仪式正在进行。久一正在就琉璃作坊产业规划及经营设想，向全市人民进行了阐述。然后是班的老婆琼斯发言，对投资中国、走向世界战略信心满满。然而在请总部代表发言的时候，破烂汉却走了上来。他说：

"有请福来董事长王福来先生讲话。"

所有的人都惊讶地看着福来。大家这才知道，三年前的福来又回来了，响起一阵热烈的掌声。

福来走到台前，只说了一句话："感谢久一女士的努力，她是真正高贵的'琉璃女人'！"

全场响起更加热烈的掌声。

姚副市长上台讲完话，与主席台上的人一一握手。这时，一辆警车从人群外开进来。大家都看过去，见五六名检察机关的工作人员走过来，来到姚副市长身边，简单说明几句，就离开了现场。

另有两名女警官走到久一身边，对她说：

"也请石久一总经理协助我们调查。谢谢！"

袁野坚持去海南过冬，不顾吴永祥的反对。她一直有一种不祥的预感，预感到这个冬天的哈尔滨，会特别寒冷。

吴刚已经放手不管公司一切的事务，一心要把姚副市长往死里弄。而姚是吴永祥的好朋友，以姚在本市的复杂关系，他吴永祥怎么能再在这里混下去了？都知道是他吴永祥的儿子吴刚，把儿媳久一行贿的事儿全程录像，就像是事先设计好的一个圈套，硬生生地让领导往里钻，以后哪个领导肯为琉璃集团做一点儿事儿？

吴永祥终于对花瓶一般的儿子闯的祸，有了充分认识，亲自出门沟通，大家都还给他面子，不回绝他，但也没有新动作，像舞台上的道具。这种冷漠，就像深秋的天气一样，一日日增长着寒冷。永祥知道，这就是永祥集团的热度。

袁野走而不走,是因为祥生一直没有出来。如果不是出现吴刚的举动,天冷的时候,祥生就该出来了。但是现在已经无从谈起,无论袁野怎么埋怨吴刚,都无济于事。人际关系的链条断了,就接不上,除非有非常棒的中介物。

因为祥生竟然和陶淘的父亲同监,永祥就忽然想到了陶淘。陶淘已经成为公司勉强支撑的中坚,她风风火火的性格,让她有与别人不一样的能力。他亲自召见她,和蔼地问询些一塌糊涂的经营情况后,问她:

"到底祥生为什么不同意和你结婚?"

"他一直暗恋着久一。"陶淘嫉妒之意溢于言表。

"不管他恋谁。他还恋麦当娜呢,他能够得着吗?你就说你们的关系吧,到底怎么样。"

陶淘不明白总裁的意思,傻傻地说:"同居了两年,没什么问题,挺好的。但只要一涉及久一,不允许说她一句坏话,哪怕小议论,他也会暴跳如雷。"

"那你就不要说。如果祥生出来,你们能马上结婚吗?"

这个问题让陶淘很犹豫。说心里话,她一点儿底儿都没有。无论她怎么讨好他,都好像隔着一层玻璃。

"放心,有我呢。只要他一出来,我就给你俩办婚礼……"

陶淘没等听完,就伸手要抓未来公公的手,到半路就缓过神,顺手捡一张报纸以掩饰尴尬地说:"谢谢老爸,我就等着这一天呢。"

"但是,"吴永祥说,"他还在拘留所,也可能很重,被判刑,你还能等他吗?"

"我等。我永远等他。爸,你想想办法帮帮他吧。"

"帮他是一定的。他是我的儿子。但是——"

吴永祥说到这儿,故意把语气低落下来,观察着陶淘的反应。

"但是什么?爸你快说!"陶淘急性子,仿佛要上前扒开他的嘴。

"新来的检察长是个爱色不爱财的人。他是我同学的老乡,我让我同学从南方送给他一件琉璃精品,纯手工工艺,他一定会看中。你去送就认识上他,其他的就不用我说了吧?只要祥生一出来,你俩就出国。国外的那个项目由你俩来负责,这样就可以把祥生的案子结了。你明白吗?”

“得请示三叔吧?”

吴永祥摇摇头。

“只有你知我知,不可让任何人知晓,包括祥生。”

陶淘点点头。

吴永祥很满意,领她到工艺精品室。陶淘迟疑着,有些胆怯。

吴永祥哈哈笑着,安慰她:“不要把老爸想得肮脏。我是要让你看一件艺术品,你喜不喜欢。”

一个小平台上,放着一件未完工的琉璃女人体雕塑,与久一系列不同的是,与唯美风格形成了强烈的反差。这是个马尾辫,肤色黝黑而器官饱满突出的女孩儿,正在侧头欣赏风景的样子。

陶淘一看,就惊叫道:“总裁,你自己亲手制作的?”

“是的。好久没做了,手生。你没看吗?这些细节,还没有做完,就毛糙地收工了。”

陶淘脸红了一下。

“怎么看着眼熟?不是久一。”

“你看看,好好看看,看她是谁?”

陶淘摇头。

“你看签名吧。”

陶淘往脐一看,是吴永祥的签名。

“再看后臀……”

陶淘一看,自己的名字赫然在上,惊喜地叫起来。

“是我。太棒了,我喜欢。”

吴永祥微笑了。

“你喜欢,就送给你了。”

陶淘犹豫了,假惺惺地说:“这么珍贵,我哪能接受……”

“算是一份公公送给儿媳的礼物,怎么样?”

“这些还没有塑完的部分怎么办?”

吴永祥倒想把这几个关键部位弄完,可又不想将久一移植过来,是两个风格,身体当然不同。如果提出观赏,就不像话了,毕竟已经知道她是私生子的人。这说明,吴永祥还存有最起码的道德底线。

第三十三章　小白脸

一周后，祥生在陶淘的陪同下，飞到了深圳，从那里取道去了国外。袁野千恩万谢，才带着石妈去海南了。

袁野是个多疑的人，尤其带上石妈，一上飞机就有些后悔。她最可靠的保姆放假，却带一个背叛了主子的仆人出门，能不让她心存疑虑吗？她一上飞机，就跟她约法三章：一是不可碰钱。二是不能带任何电子设备。三是不行结交朋友。不碰钱，是怕她钱足了撂挑子不干。到地方要对她进行全面细致的身体检查，防止录像录音。而结交朋友当然是搞情人，那是她绝对不允许的。

石妈是个干净的农村人，经过几年平淡的城市生活，早看透了城市人之间的陌生和尔虞我诈。她还是认真地听着，在心里记下，低眉顺耳地跟在后面，把袁野安抚得服服帖帖。

袁野自从做了太太，增加了奶浴的爱好。一到海南，天热得难耐，她就到处找有奶浴的地方。在一片椰树林中，有那么一处疗养中心，开着一处可做奶浴的项目，每天袁野泡完温泉，都要做奶浴。给她做奶浴服务的，是个乳臭未干的瘦俊青年，是个四川人，长得小而结实，说话细声细语。她一下子对他产生了好感，边做边谈天说地，很是舒服。有一天，因为去得早，小伙子还没上工，袁野就坚持等，等到小伙子来了，她就问他做什么去了。小伙子并不隐讳说：

“提供特服去了。”

袁野知道这种服务，早听人讲过。但小四川直白地告诉她，让她很尴尬。一种理解是不外，混熟了；另一种理解就是介绍项目，直说就是勾引。

袁野有些不舒服，但不是厌恶，而是嫉妒。她不言语，让石妈把她的用具拿着，提前就走了。之后几天，海南泡在台风中，到处树歪人倒，大家都待在屋子里，不能出门。袁野了无兴致，又无人可打麻将，和石妈聊天又说不到一起去，只好望着天发呆。

石妈要去超市买些吃的，问她有什么吩咐没有。她想了一下说：

“如果有保养药，买些回来。好像我的更年期要过了。”

石妈走到门前，回来又问：“再想想，还有什么吩咐？”

袁野不耐烦地说：“要个男的，你能找来吗？”

她当然是一句不耐烦的话，却把她内心想的什么说出来了。石妈出了小区，就顶风冒雨躲进疗养休闲中心，里面也因为台风而客人不多。她找到小四川，叫到一边：

“到家按摩行不？”

小四川来了生意，当然惊喜得直说行，而且台风大，收费要高，白捡的便宜。石妈低垂着眉说：“高还能多高？”

这口气就是个阔太。

“其他人上门三百，你家姐姐是老主顾，就二百八吧。”

石妈大惊小怪：“你是什么呀？华仔吗？这样吧，二百，不干拉倒。”

小四川还没明白“拉倒”是啥意思，见石妈头也不抬就往出走。他不会放过这个生意，追上来。

“姐姐，每次给你三十，二百六怎么样？”

石妈将事先写好的地址递给他。

“现在就去吧。周结。”

小四川直冲石妈的背景鞠躬，梳洗打妆一番，就往高档别墅区去了。

石妈在超市买了许多东西，又逛了几家服装商店，才打车回家。

一进门，发现一双男人的鞋还在，竖起耳朵一听，楼上卧室里似有窃窃私语。她干咳一声，说：

“阿姨，我回来了。”

石妈把东西放进冰箱冰柜，然后进厨房做饭。这时，袁野才从卧室里出来，对她吩咐：

“多做两个菜，今天小张在这吃了。”

石妈堆笑着答应：“好嘞，清蒸鱼……”

“不要。你要做你拿手的红烧鱼，让小张尝尝东北菜。”

袁野这才对石妈转变了看法，不再后悔，觉得有时候“跟着感觉走”也不无道理。

临走，袁野送给小张一尊“琉璃女人像”，约好了明天同一时间。袁野冲小张说：

“没有其他活，早点也行。”

石妈低头顺眼，都听在耳里。

“石妈，你觉得这个小伙子怎么样？”

“不错。虽然人长得小了点，但他特精明，手法好，按摩得肯定舒服。”

“舒服极了，是我所做过的最舒服的一个。而且他很会说话，轻声细语，徘徊在耳畔，就跟那小鸟儿啁啾一样，悦耳动听。如果闭上眼睛听，就像将果仁巧克力放在舌尖儿上，那么滑润、香腻、爽心……”

石妈暗笑一下，继续做自己的事儿。

袁野见石妈不吱声，就故作生气地问：“你怎么不说了？”其实她心里爽着呢，是因为兴奋才装得像个小女人一样。

“其实，阿姨应该把他留下来……”

袁野闻听，把手里电视遥控器拍在桌面上，啪的一响，吓了石妈一跳，大惊失色。

“放屁！你以为我是什么人？淫妇荡女？”

石妈赶紧走过来，道歉着：

“对不起，阿姨，我没那个意思。我是说，这天台风多大，外面走路都住不稳，椰子噼里啪啦直往下掉，刚才我回来就差点被广告牌横飞过来砸着，算我命大。我是说，这天他那么单薄，还不被台风给刮跑了？”

袁野觉得石妈说得有些道理，本来她的脾气发作也是挤出来的，并非真生气。她恢复兴高采烈，支使她：

“你去，看看楼下，小张是不是离不开。如果离不开，还在楼下躲着台风，你就请他上来，等台风过了再回去。”

其实石妈一直在忙碌的时候，眼睛瞟着楼下，见到狂风中并没有走不了人，但有个人影一直在对面食杂店前，买包烟，然后向上张望着。虽然天暗风紧，视线模糊，她凭自己多年的经验，断定这个人就是小四川，他手里的琉璃还在一闪一闪。

石妈下到楼下，大雨已经封门。她记得匆忙中记过小四川的电话，在手机翻找无果，正急迫，突然一个人从风雨中蹿进来，吓了她一跳。一见，竟然是小四川。

“你，你怎么回来了?”

小四川浑身透湿，呼哧带喘地说：“我看你出来了，你一定要买什么东西。我这儿熟，你买什么，我给食杂店打个电话就行。你不要出去，太危险了。”

“哦，这太好了。我想买……”

石妈也说不上来。小四川聪明地提醒：“是要买蚊香吗？你们东北人，到这儿就怕蚊子，一来就会买蚊香，或者蚊帐，对吧?”

室内有空调，石妈她们并不需要这些东西，但她应和着点头：

“是呀，这里的蚊子真讨厌。老鼠也大得吓死人……”

“姐姐，习惯就好了。我把商店的电话告诉你，你记一下。”然后拨过去，说，“阿豪，请你马上给A区A栋A单元AAA室送蚊香，要最好的无烟无毒的。算我账上，谢谢您!”

小四川安排完，就要顶雨冲进风里，石妈一把抓住他的胳膊说：“太危险了，你还是到家里避避雨再走吧。”

小四川礼貌地说：“不打扰了。我还是回去吧。明天见。”

小四川怀里护着琉璃，向雨中冲，不出两步，脚下一滑就摔倒了。石妈在后面大叫：“回来——你这个傻小子!”

小四川又连滚带爬冲回来，浑身湿透了。

“快上楼，小心着凉。”

袁野正在房屋里踱步，门开了，一见小张狼狈地回来，就往里让。

“石妈，去取套干净衣服，把洗澡房打开，让小张冲洗一下。”

小张礼貌地点头，表达着谢意：“阿姨姐姐，打扰了。这天真不好。”

“这天才好。这天才是海南的天。如果下雪才怪呢，那是我们北方的天。”

袁野给小张拿出拖鞋换上，然后坐在客厅等着小张出来，她要和他聊一聊海南都有什么地方好玩儿的。

台风一早就飞走了,海南又一片阳光明媚,只是到处有些狼藉,环卫工人在清理修缮,一切显得祥和美好。

小张背上双背包,穿上吴永祥在海南游玩儿的全新装束,带着袁野出发。石妈在窗口盯着小张开着吴永祥的轿车,一溜烟儿驶出了院子,回身给久一打电话:

“久一,一切顺利。”

久一恼怒地说:“你不要给我打电话好不好。有问题有变化再来电话。”

久一暗骂石妈真是混蛋。福来出来后,已经表露了对琉璃作坊绝对控股的身份,他不想再藏在人后,他要大干一场。久一不敢直视他的眼睛。他的眼睛已经不是从前纯朴憨厚的眼睛了。

“我不会和吴刚决斗,但我要把他的集团打得落花流水。”

福来说这话是恶狠狠的。他用一根指头捏着香烟,大口大口地吸着,然后像驴一样喷出来,在半空形成一个蘑菇云。

琼斯开始向两位合伙人分别汇报工作,一个是久一,一个是福来。她提出了异议:

“你们这是搞什么鬼?能不能坐在一起,我讲一遍就行了。我分别到两位面前汇报,重复两次,太浪费时间。”

久一说:“你不用再向我汇报了。”

福来反对:“那就改改,以后向我俩汇报,一起听,一起研究。”

“这就对了。”琼斯满意。

公司以前由久、聂、熊三元结构,现在变成了久、福、琼三元结构,久一才知道一直是福来在操纵着公司的运行。久一并不觉得沮丧,只是觉得自己的使命完成了,该到了相夫教子的时候了。

久一回家和吴刚商量,想要离开这个城市,吴刚却倔强地反对。

“怎么你怕了?我没怕。我能把他弄到拘留所,就能把他弄到监狱里去!”

吴刚说的是与他死磕的姚副市长。

久一不好劝丈夫罢手,也不好继续给自己背叛的人卖命。即便福来有意让她为他当长工,偿还她当年欠下的情债,她也认了。

“我们还是走吧,为了孩子。”

“不行。”

吴刚斩钉截铁，连夜起草一份琉璃集团振兴计划，同时要求久一辞职。

久一同意了，但不接受琉璃集团出山邀请，也不接受琉璃作坊的留任，大门不出，二门不迈，全心全意做起了全职太太。

第三十四章　无　赖

这天,离新年越来越近了,寒冷送人们进入喜庆的时光。久一照常做事,石妈来电话了。她都快把石妈忘了,如果时间就在此刻之前停止,她觉得生活真很满足,是极好的。

但是她接起石妈的电话,就听到石妈哭着说:

"久一,袁阿姨出事儿了,快通知她家人!"

久一心里掠过一丝不祥的预感。她曾经想报复这个婆婆,她知道了她不该知道的事儿。但是现在,她一点儿都不希望她出事儿。

"什么情况? 千万不能让她死……"久一觉得自己的用词不对,就顿一下,继续问,"别着急,慢慢说。"

"阿姨新近喜欢洗海水浴,学会了冲浪。就在刚才,她被救生员从海边找到,人已经……已经死了。呜呜……"

"你还知道哭! 你咋不也死了? 我看你怎么向吴董事长交代!"

久一骂完,真的生气了。坐下来,又想起什么,给石妈拨回去,告诉她直接给吴董事长打电话,先不要说我知道。

"明白了。"石妈心领神会,用牙齿咬破嘴唇,然后向吴永祥报告这个最不幸的消息。

北方和海南警方进入调查,并没有查出什么,将导游张某某放了,因为路途远,吴永祥决定在海南直接火化,然后带骨灰回来。祥生从国外赶回来,也没怎么哭,凭他的直觉,觉得这里面有文章,又无力参与,他自身还是个保外救医的在押犯。他回来之后,再想出去,已经没有可能。吴永祥正缺人手,就继续留任做部门经理。而陶淘却不肯回来,负责境外生意。吴永祥天天看着报表,非常愤怒效益全面是负值,市场份额已经接近一个小厂的水平,巨大的人员开支及运行费用不断攀升，压得他喘不过气来。老三提出向福来借贷的建议，渡过难关，大家同意了。但谁去公关都不合适，三叔提议让久一出面。

经过吴刚几天几夜的工作，久一终于同意出面协调。她来到自己一手建起来的琉璃作坊工业园，又到老作坊参观一回，感触良多。她对陪伴她的聂说：

“现在想来，就是一场梦。如果放到现在，我不会再有那么大的雄心，干出这么大的事业。”

聂称是。

“当时穷啊。一穷，就什么都想干，无论是好事还是坏事。现在大家都安居乐业，没有过去那么多的仇恨和斗争，只要肯努力做事，就有钱赚。这就行了。”

久一觉得聂也变化很大，虽然还是尖嘴猴腮，但都有肉了，肉嘟嘟的，也有了些绅士的派头。

“老熊呢？怎么没有看到他？”

“他负责稀土采购，整天在码头、交易所、银行跑，已经半年没回来了。”

“他在外地？”

“在港口城市。”

“他也学好了。”

“他本来就是个好人，在过去那个倒假骗人的时期，他也没办法，算有头脑的了。”

“是呀，他现在务实正业，我很高兴。”

“我会把这话转告他，他会高兴得睡不着觉。他曾经跟我说过，和你在一起，天天看着你，不吃不喝也不会饿。”

“我还成他的干粮了！哦，对了，他结婚了吗？”

“结了。生了个丫头，把他乐的，直转圈儿。”

“那为啥呀？”

“久一总经理，你是真不知道还是装傻？他说，他有机会和你做亲家呗……”

久一听聂这么说，也乐得直骂老熊。

“看他长的呗，丫头长得可别像他，像他就惨喽。”

俩人说笑一会儿，看着百姓在曾经是待动迁的荒凉之地上建起的工业园区里快乐地生活，都觉得很知足。

“久一，我知道你来，肯定是有事儿，方便问一下吗？”

“你也不是外人，我先问一下你吧，看有没有这种可能。琉璃集团出现资金困难，链条断了，想要贷一笔款，不知道现在琉璃作坊的经济状况，能帮这个忙吗？”

“钱倒是有，不缺。关键是两家都很生，无论是商战还是其他手段，你来我往，没少有摩擦，严重到你死我活的地步。我觉得可能性不大。”

久一单等着聂这句话。

“没可能性才好呢。我受小刚之托，没有办法。那么我就不去见福来了。你替我转告一声，代为问候。”

久一执意要离开，聂留不住，就往出送。在门口，福来站在那里，望着久一，面无表情地问：

“是久一？和我约定的时间还差二十分钟，怎么要走？这才是逃兵的行为。仗还没打，先拎着弹夹，拖着大盖枪，想跑哇？”

久一有些尴尬，说：“没什么事儿，看看就行了。”

“我知道这里每一寸土地都有你的汗水。何不好好看看，难道这里有人能吃人？”

最后一句，是当年他们在一起的时候，经常逗她开心的话。久一不好再坚持，就随着福来，来到他的办公室，把来的意思说了。

“我要说明的是，我不是琉璃集团的员工，我只是受小刚之托，来了算交差了。”

“你真是琉璃女人，不假，经过助溶、着色、釉烧，你就把原来的恩怨都忘记了。我倒赞同你的这种品质，但是我忘不了。我现在就差一步，就可以把琉璃集团击垮了。”

久一看到了和自己一样充满欲望和复仇的一个全新的福来，心里受到剧烈的刺疼。

“唔，让你又想起那么多不开心的事儿，实在对不起。我何尝不想这样做？可是，我身不由己。所以，你就当我，就当我什么也没说……”

“不不不。”福来用秃手抽着烟，摇着头，“你没说？谁说你没说，你已经说了，我都记得，每个字我都记得。你带给我一个好消息，一个绝好的消息。他们在向深渊里滚下去,而且越滚越快……"

久一看不得他那双秃手,听不得他那有些丧心病狂的声音,他似乎是在欢呼和呐喊,在看着一头牛被老虎吃掉!

"不要走。吴夫人。"福来拦住她的去路,"我决定了,答应你的请求——叫请求准确吧?如果觉得刺耳,就叫支援,我和你——因为这里也有你的股份,而且占百分之五的股份,你有权投这一票。那么,我们就支援,支援琉璃集团,他们要多少?"

"一个亿。"

"好吧。就一个亿。咱们无偿支援一个月,够意思吧?做到仁至义尽,光利息你算一下就知道我们的诚意。但要说明白,只因为吴刚,只针对吴刚——我嫉妒他,也佩服他,他不是我的对手,我也不是他的对手——我早不是他对手。那么之后,如果琉璃集团及时还清,我们就和他们没有关系了。如果继续使用,就按二分的月利息计算,年结。如果还不清,就要利变本金,继续计算下去。你看这样如何?"

久一知道福来的小算盘,他在乘人之危,趁火打劫,落水下石……她不知道自己是怎么走出琉璃作坊的,回到家,吴刚已经抱着孩子,在家等着她了。

"银行来收大楼资产了。"

吴刚说,平静得像在讲新闻调查的一个经济事件。

"这么紧迫?"

"资不抵债。"

"怎么会到这步田地?"

"三叔把资产转移了,造成的窟窿,已经形成太阳黑子,快成宇宙黑洞了。"

久一激动地叫道:"他无耻到这步田地,还不把他送进监狱?"

"在调查,已经一页页暴露出来,逐渐浮出水面。"

"真可恶。"

"你去福来那儿,他怎么说?一定不会同意伸出援助之手……"

"还行,他同意了。"

"真的?"

吴刚仿佛看到了曙光。

"但是,他主要是看在你的面子上。他答应提供一个亿资金,免息用一个月。”

“太好了。福来就是福来!”

“之后,按照二分利息,年结。如果……”

“什么如果,这个已经很低的了,即便三分利息,也要贷。这可是救命钱呐!”

吴刚立刻给吴永祥打电话。吴永祥指示吴刚:“无论福来提出什么条件,都答应他。”

久一听了,心里空落落的,不知道这里面藏有什么猫儿腻。

第三十五章　目空一切

第二天一早，吴刚陪着久一到琉璃作坊大楼，本来说好的福来却不在。等了一会儿，聂匆匆赶过来，他也不知道福来去哪儿了。手机没开机，司机也不知其去向。吴刚忐忑不安地问久一：

"该不会是福来反悔了吧？"

"福来现在什么样，我也不清楚。也许一宿觉，人的浑身细胞更新了四分之一，如果说换了个人，也未尝不可。"

"是这个比例吗？"

"不要较真儿好不好，都什么时候了。我也是胡诌的数字，你参考着听吧。"

吴刚不再言语。

聂从里面出来，告诉他俩到琉璃酒店十九楼找他。久一心一紧，觉得福来是故意的，他是在羞辱自己吗？自己和吴永祥的事儿，没人能够知道哇！

他们绕了一圈儿，又回到出发的地点。直达十九楼，找到五号房间，门关得紧紧的。

按过门铃，好一会儿才听到里面衣服窸窸窣窣的声音到了门口，安全链摘下，门才打开，见琼斯倦怠地站在门口，好像她被冒犯了，甚是不悦。这时，门里福来喊：

"是吴刚和久一吧？快请进来。"

福来坐在沙发上，刚点上烟。

琼斯坐在福来旁边，懒怠地说："亲爱的，我累了，还要再睡一会儿。"

福来亲一下琼斯伸过来的手，微笑着说："随你便，正好我们要谈事儿，一会儿再陪你。"

两个人亲昵着，恋恋不舍。

久一生起一丝妒忌，看他们的程度，也只是刚搭上。一个是秃手，一个是寡妇，倒挺协调相配。

“吴夫人，看上去脸色不太好，是昨夜没睡好吗？担心是吧？主要认为我不靠谱，一个库工，会向神气的琉璃集团放贷，连我自己都不信。但这，就是现实。峰回路转，‘春风不入夜，今夜到我家’。”

吴刚无法忍受福来的傲慢，脸色铁青，半咬着牙问：“王总，你觉得条件还可以再低些吗？”

福来仰头大笑。

“哈，看呐，吴永祥的大公子像个乞丐一样在向一个库工低三下四地讨价还价！”

突然又严肃起来，一本正经地说：

“不过我告诉你们，也就是你俩，否则我不会贷一分。既然吴总说话了，我就再让你一个月，两个月免息如何？对于一个企业，两个月足可以翻身。只是你们的船大，别翻过身来，自己爬上岸，回手把救命的船掀翻。如果那样的话，我会让你们的公司付出代价！”

吴刚想着父亲的话，一直努力克制着，向福来保证，不会忘恩负义。

福来摇着头，坚持着说：“口说无凭，我要吴永祥先生给我写个字据，同时做出承诺。”

久一觉得福来并不过分，经过和吴刚短暂商量，然后由吴刚向吴永祥汇报情况，又在电话中与福来通了个电话，双方均是外交辞令，拿琉璃集团大厦做担保，不管已经有多少抵押在银行，福来就贷给琉璃集团，以解燃眉之急。

“谢谢！谢谢老弟！”

吴永祥再次表达谢意。

“不客气。一切才刚刚开始……”

吴永祥听到了最后一句，不惊诧，反而露出狰狞的冷笑。

他放下电话，对身边的美女说：“好戏还在后头。”就掏出字据条。

“还有什么问题？”吴刚问。

“条要石久一打，如何？”

久一犹豫地说：“我打好使吗？”

福来说："我就要你给打，在我这儿好使。"

"法律上无效……"

"我，就是法律！"

福来说完，看着久一打的条，发出恐怖的笑声。

贷款一事并不复杂，很快就办结了。琉璃集团又忙碌起来，一派繁忙景象。百足之虫，死而不僵，琉璃集团得到了喘息的机会，又有了新的气象。

久一拒绝其他人的邀请，还是在家当全职太太。这天，她刚准备好菜品的材料，幼儿园来电话，说孩子被人接走了。她问道，是孩子爸爸吗？老师说是的。久一又问一句：

"戴眼镜吗？"

老师说戴，然后问："你和他说话吗？"

"不用了，谢谢。"她放心地说。

久一正在因为偷偷做亲子鉴定一事，和吴刚做持久冷战，不想多说什么。无论怎么说，救命钱，除了亲娘老子，谁会借你？吴永祥得便宜还卖乖，提醒吴刚：

"苍蝇蚊子，蟑螂臭虫，都围着久一，你就不上心？"

吴永祥心里有数，他并不在这些虫子之外。但这次，他已经确信无疑，福来就是久一原来的男友，而且有同居史。以前他让祥生调查，上来到他手边的，都是假情报。这回，他用久一给弄来的救命钱，委托社会调查公司对久一进行全面调查。别看孩子是吴刚的，但她的心不一定是谁的呢！

吴永祥也暗自喟叹，如果不是儿子痴心，被这个丫头迷住，自己或许还会保持与她的情色交易关系，延续着对美的鉴赏，不能说不算个缺憾吧。

没几天，一份调查结果就反馈回来，放在吴永祥面前。在那一年，石久一和王福来共用一个水、电、气，后来石久一独自一个人租了户住宅，接待的人除了有吴刚，还有祥生。但唯独没有王福来，说明他和王福来不再往来，已经分手。她留学回来，没有职业，也没有工作，花钱却如流水。她家父母都是本分农民，没有额外收入，她可能在从事不正当的行为，以供自己生存。她经常去一个叫琉璃酒店的十九层，与一老板见面,前后一般在一个小时,然后……

吴永祥不想再听这些旧闻,他问他们是不是把过去的假消息,原封不动地搬了来,糊弄他?问他们有没有新的,否则将终止合作。

调查公司又一份报告说,王福来当库工时,做过一次手术,手术家属签字人就是石久一。

"确定?"

永祥发现了新大陆一般,把签字复印件反复看,点头首肯。

"还有。"调查公司继续说,"先生夫人袁野之死,存有许多疑点,最主要的疑点是在其保姆身上。这个保姆并不是袁野平时的保姆,而是被石久一辞退的,她们是姑侄关系。他们因为孩子而分手,反目成仇,却存在几次很关键的通话。几乎每次都是保姆石妈有变动之前。更为可疑的是,袁野死了之后,保姆石妈没有马上给袁野丈夫或儿子打电话,而是给关系并不睦的石久一打了电话,通话时长五分三十一秒。后来又通过一次,就好久没有通电话,直到有人调查时,这个保姆又在家乡打长途给石久一,通话时长仅为二十九秒。二十九秒说明很匆匆,非常急切沟通信息,达成一致后就再没通过电话。"

吴永祥精神一振,对儿媳更要刮目相看了。她怎么可能与袁野的死有关系?一次意外事故,难道会是一次阴谋?她和袁野会有什么利害关系?这些问题,要求调查公司继续进行调查。

正打着算盘,吴刚到他的办公室,告诉他一个不妙的消息。

"我儿子吴石当当不见了,很可能有人绑架了。"

吴刚匆匆离开,在幼儿园周边找,杳无黄鹤。已报了警,警察三分钟之内就来到了现场。

园长一见吴刚,就说是吴刚接走的,穿着打扮都一模一样。吴刚矢口否认,园长急得直哭,直说:

"大兄弟,可不能开这个玩笑,我的幼儿园刚开!"

一脸真诚地哀求。

通过小区及监控视频,发现是一个男人,确实和吴刚穿着打扮均相仿,体态相似。他抱孩子直接上到路边一辆面包车上开走了。开车的是个女人,戴着口罩、墨镜,看不清楚。经调取车辆信息,这辆车的号牌是假的,交警开始追查同型号的车辆,全市有一千多辆,逐辆开始排查。

没有绑匪的消息,也没有交换条件,仿佛就是一起简单的婴儿失踪案件。警方反复观看录像认定,这是一起熟人作案,否则不会对吴刚的穿着习惯和口气模仿得如此像,园长竟然没有发现破绽。

这天,福来的办公室来了一对客人。福来抬头一看,惊讶地与男人拥抱。

"祥生,你到了国外,干吗还回来?"

祥生摇着头说:"母亲不幸仙逝,我哪儿能不回来?我的性格直,有话就直说,说完走人。我今天来只是了解一件事儿。"

"什么事儿?"福来问。他对祥生印象还好,属于狗腿子那种,自己没什么大主见,墙头草,随风倒。

祥生介绍一下自己的新女友,然后问:"你知道久一在国外都留学,都学些什么吗?"

福来吐着烟圈儿,在揣测着祥生的动机。

"我当时只是她的同乡,对她的情况并不完全了解。我是一个库工,只会写自己的名字,还挨过父亲揍后脑勺儿。她说的一些,我都听不明白。"

"我在国外,了解了她在国外的生活。因为和你有关,我才告诉你。"

"跟我没关。我跟她没半毛钱关系。我不想听。"

福来做出事不关己的神态,但情绪焦躁起来,无法逃过祥生的眼睛。

"但是,她在国外,课余参加了一个俱乐部。这是个富翁派对俱乐部。她就是在这个俱乐部认识了富商托迪。托迪给她转入了大笔资金,分七次转的,你不想知道这些是什么钱?你不想知道这是什么交易吗?"

福来还想继续无视下去,但已经做不到了。他将两只手藏在兜里,想起那几个逐渐变黑的并最终截肢的手指,已经平复的恶毒又翻腾上来。

"我说了,这跟我没有关系……"

"你是个懦夫!懦夫!你一直在逃避一个现实,就是石久一是完美无瑕的,她不会有污点。如果有污点,那不是她的问题,而是这个世界太污秽不堪,把它给污染了,对吧?"

祥生故意这样刺激福来，故意往他痛处戳。

“你不是……你为什么要逃往国外，为什么见到久一绕道走，为什么看着吴刚他俩恩爱而暗自痛苦？”

福来反击也是机枪扫射或点杀。

祥生也被击中要害，脸部肌肉抽搐两下。他对久一的爱，是密不可宣的，自认为没几个人知道，那是深埋在地幔下的熔岩。而福来却一语点破，他更确信自己对福来的判断了。

大家一开始真就把这个库工忽略了，连忽视都谈不上。现在来看，为什么他能够将琉璃产业做得如此大，是有原因的，他的智商真的很高。智商与环境和学历没有关系，他可能是在被久一的爱遗弃后，形成了宇宙大爆炸！

“我也在为我付出的感情，清算账目！”

祥生一字一句地说完，他有种守着真人不说假话的意思。他要向这个大亨挑战，向自己付出的感情讨个说法。

“怎么清算？我并不是你的情敌。”

“但是，托迪是你的情敌，他从国外来这里，不是投资项目，而是冲久一的人来的……”

福来打断祥生的话。

“他死了。人死灯灭。你不要说了。你不是就想要知道我和久一的关系吗？社会有许多传言，你为什么不信？至于她在本市，她到国外，和我并没有什么关系。”

“可是，你能否认这些汇款记录吗？”

祥生从包里掏出一叠纸，放在福来面前。

“看看日期对不对？从2008年奥运会后两年间，你向石久一的两个账户，十三次打入六十八万元。你否认吗？”

福来盯视着祥生，怒不可遏。

“我们只是老乡关系，我是代他家汇的，他家都是农村人，不懂……”

祥生做着认可手势。

“好好好，就算你说的是这样，那么你将你祖上的老宅以二十一万低价紧急卖掉了，就在成交第三天，你在银行将这笔钱悉数转给出国中介，办理石久一的出国手续，这是在那笔六十八万之前，在奥运会举行之前，大年前后，你还说这与你没有关系吗？”

福来失声了。他早知道有人在调查他，但没想到会细到这种程度。

“你想证明什么？”

“我想说的是，久一不值得你这么爱她……”

福来点着头，走到祥生身后，又摇摇头。

“你告诉我这些，把这些陈芝麻烂谷子折腾出来，你绝对不是这个目的。你是要我怎么样？”

“她是个恶毒的女人，你说该怎么办？”

“不不不——你在中伤她，她不是你说的那样，她是个善良的女神，没有任何瑕疵、晶莹剔透的美玉，是泛着高贵光彩的琉璃……”

福来抽起烟来，把雾吐出来，远处看，像他那游离不定的灵魂，袅袅升腾起来，在头顶突然消失，被鬼魂吸走了。祥生站起来，坐在福来的办公桌上，故意将五指摊开，沿桌面向福来划过去……

“把你的手拿开！”

福来从老板椅上跳起来，愤怒地喘着粗气。

“我还知道。”祥生趁热打铁，“我还知道你的孩子，还没出生就打掉了……”

话还没说完，福来突然一掌打在祥生的下巴上，顺势用双手钳住祥生的喉咙。

“我警告你，你别欺负我没手指，但我有手。你记住了。”

他推开祥生，将已经出鞘的匕首放回腰间不见了。祥生被吓出一身冷汗，捂着下颌说：

“你应该抓住机会，把琉璃集团兼并，我做你的内应。”

福来恢复平静，冷眼盯视着祥生，发现他没说谎，才冷笑转向一直很平静地看着两个男人智斗的女孩儿。

“对不起，怠慢了。没吓着您吧？我们哥俩闹着玩儿。”然后转向祥生，“我们是兄弟，兄弟也要联手。兄弟利益更要共享，这是我的一个原则。——不送了。”

聂进来，送祥生到一楼。

临分手，聂面无表情地说：“你的建议倒是个好主意，不过你只能和我联系。你明白吗？”

祥生点点头。美女开口说:“你的老板,是个枭雄。”

美女挎着祥生,走向自己的轿车。

“稍等,”聂又叫住,“如果方便,我在酒楼已经准备了便餐,可否赏光?”

美女望一下祥生。

祥生说:“当然。谢谢!”

第三十六章　琉璃的魔力

美女乔是吴永祥所雇调查公司的业务老总,她早不想在调查公司干了,与祥生一见如故,很快发展成情侣、伙伴和帮凶。她掌握着袁野死亡全过程的调查资料,并看好祥生可以借福来之机,逃离琉璃集团的泥潭,脱胎换骨,成为福来琉璃集团方面的代表,实现权力超越。

祥生自从得到这个女人乔,才知道久一只是一张画。他无论与陶淘还是其他的女孩儿如何交往密切,都没有摆脱久一的阴影,只有乔一下子打开了他的心结,让他体会到了爱情的美妙。他对公司业务也马马虎虎着,对一些琐事不管不问,引起吴永祥的不满。一个提不起来,又一个也是没精打采。现在公司生意虽有所恢复,但资金压力仍然巨大,入不敷出,尤其是三弟永福胡搞,形成了巨大亏空,一时无法弥补。

这几天,财务总监一再提醒他,借贷的日期临近。吴永祥如热锅上的蚂蚁,坐卧不安。他知道,这道坎再难也必须跨越。

"只能铤而走险。"

他鼓励自己,找吴永福。

吴永福装病在家,已经有半年了。他在装病,吴永祥当然知道,可是三弟是他一手拉扯大的,无论如何要迁就他。他亲自到吴永福家,大门紧锁,手机关机。邻居说,他每天都到邻近的湿地钓鱼。他想起自小他常带弟弟去的那道河汊子,就直接到那里。今年的雨水大,所以很多湿地在水里,显得宁静清爽。果然那里有许多人在垂钓,他一眼就看到三弟的背影。两把鱼竿,一把太阳伞,一张简易凳上,坐着戴棒球帽的永福。

"哈哈,病得不轻啊!"

永福回头,见哥哥找到这来,不快地问:"还没整够?"

“什么整够不整够？正常。家族生意也要有规矩。”

“规矩都是人定的。我当然为我的决策负责。不过，我也有对的决策，为什么没有人再提？”

“功是功，过不过。有过怎么了？有过改就行了嘛。不过像你现在这个态度，根本没有改的意思。你这么弄一下，他这么弄一下，这个集团不就成麻团了？好了，我不是来讨论这个事儿的。”

永福拉上上钩的鱼，吴永祥帮他摘钩，放入网里，沉入水中，用石头压好，防止离逸。

“什么事儿？”

“请你出山。”

“开什么玩笑？我什么也不管了。操心怕烂肺子。”

“你这个肺子还真得烂一烂。这个福来，已经占去了我们主要的市场，这样下去，我们死定了。”

“当初我说什么了？对这样的人，不能可怜。怎么样？一让再让，等他们羽翼丰满了，你想斩断，已经来不及了。”

“还来得及。”

“你是怎么个想法？”

“斩草除根。”

吴永祥把自己的想法跟吴永福说明一下，永福点头称是。

果然不出所料，父亲吴永祥找到他，眼圈红着。

祥生一惊，问：“爸，你怎么了？”

“爸爸始终对你愧疚。从小到大，你受了不少苦，遭了不少罪。”

“过去的事儿，还说它干吗？”

祥生心里酸酸的，觉得父亲老了许多。

“本想你妈和你，名正言顺，刚开始过好日子，集团就遇到了危机，竞争激烈是一方面，人祸是主要的。你三叔是个混蛋，对你不好，排挤你，你也不要往心里去。将来集团，还得靠你。”

吴永祥说到祥生心里去了。他的许多抱负，都被三叔否了。他没有真正说了算一件事儿。他永远被看成是个私生子、野种，所以他只能把许多话，埋在心里。除了忍，别无他法。他一直鼓励着自己的一句话就是：不在沉默中死去，就在沉默中爆发！

吴永祥继续说："咳，生活刚刚步入正轨，无忧无虑，你妈她……她又突然受难，真是不幸啊！你说你妈的命咋就这样苦呢？"

"我妈的死，真是蹊跷，可又没有什么原因，警方也认定是一次事故。所以，怀疑都只是怀疑，没有明确证据。"

"我倒有了一个线索，你亲自去一次，或许会对找出你妈死的真正原因有帮助。"

祥生没想到父亲也会怀疑到久一。他点点头，于当晚飞去了海南。

祥生到住地后，就直奔疗养中心，小四川早走了。他到食杂店买烟，因为他膀大腰圆，在小区里走过，很显眼。店主是个典型的南方妇女，拉住他问：

"阿仔，你是A区A栋A单元AAA户别墅的吗？"

祥生点头。

"我猜就是。你家人在我这里欠的账，太久了，你还吧。"

店主大嫂拿出欠条，竟然密密麻麻有两页，一部分已经付过，还有两千多没有付。

"怎么知道是我家欠的？"

"哎呀，我怎么会冤枉你？你家有个富婆，长得大眼高挑的，是吧？"

"对。但是，她在这里也没有签字，只凭你手写，我怎么知道是真是假？"

店主急得一时忘了普通话，说的地方话一堆，祥生根本听不明白。店主发现祥生愣着，才讲普通话。

"这里有签字的，是张仔代她签的。"

"就是那个导游？"

店娘把嘴撇到耳垂儿，因为欠账时间久，早堵了一肚子气，不管不顾地说："什么导游？说得好听唉。其实，就是个面首。"

"你说什么？"

"就是鸭子。你还不知道哇？他是疗养吧的阿仔，专门伺候富婆的。"

祥生听到这，脸上已经挂不住，问："你说的都是真的？"

"当然是真的了。听说这个富婆送给张仔好多钱。张仔有了钱，就不干了，跑到三亚去开店。他有那么多钱，却不肯付账，要我朝富婆要。我还没等要，她就死了。真是报应啊。”

祥生见店娘恶毒地说了这些，更不想给她了，一瞪眼睛，粗嗓门说：“她死了，你到阴间朝她要去！”

祥生要走，被店娘拉住，叫嚷着，招来小区里一群乘凉的老婆婆。祥生正恼火，店娘的男人骑摩托吱呀一声，停在门前，直奔过来。祥生见到男的，拉开架势。三五个海南男人也不是他的对手。

只见这个小个男人上来就给了老婆一巴掌，用地方话骂了几句，然后冲祥生点头道歉道：“兄弟，账免了，算交个朋友。”

好像是妇女侵害了他。祥生不好意思，拿过账单，从包里掏钱。

店主男人按住他的手，坚持说：“兄弟兄弟，真的不用。你们已经放了东西在这里，抵掉了。”

“东西？什么东西？”

祥生问，满脸疑惑。

店主从里面拿出件长条礼盒，打开一看，是“琉璃女人”。祥生认识，才确认他们并没有无赖，确有其事。

“这要许多钱，两千不止，就抵掉了。多点儿少点儿没所谓啦。”

祥生察看脐下，隐约有个签名，竟然是石久一！

“是那个中年妇女放这儿的吗？”

“是那个鸭子。我老婆不喜欢，就是因为是他的东西，觉得脏，不要。我却喜欢。你看这做工多精致，是件好东西呀！”

祥生灵机一动，说：“好哇。你留着吧。其实它是假的，是玻璃，随便小摊上都可以买得到。我们那里有的是，十块八块。你喜欢，下次我带几个过来，白送给你。”

店娘一听，上前就抢过“琉璃女人”，举头上要往地上摔，祥生忙拦住。

“我说这个鸭子不会把好东西放这儿。这个骗子。”店娘骂道，受了骗似的愤怒不已。

“好了好了，不要生气。我问一下，还有个年轻女人，是个保姆，和他们在一起？”

店娘气还不平，说：“她来结了一次账，再就不来了。是她给富婆找的鸭子，张仔告诉我的。她还找我老公，要安排去海上冲浪。我告诉她有台风,危险。她却不听,偏要安排。结果怎么样?”

祥生惊讶地问她男人。小男人点头说:“给我一千块,我当然要给她安排。我以为是她自己去,要自杀呢。”

祥生问:“我把账都结了。我不能让你们吃亏。这房子,我已经买了,以后咱们就是邻居了。你把这个玻璃给我吧。”

小男人舍不得,拿在手里不想给。

祥生把递出的钱又放入包里。店娘一见这架势,打她丈夫的头,叫道:“你一见女人就想摸,这种破玻璃也不放手。你这个死头想啥,我还不知道?——放手!”

店娘把“琉璃女人”递到祥生手里,顺手抓过祥生的钱。

“还少点儿。”

“不要了。交个朋友。”店娘心满意足,倒显大度。

祥生对小男人说:“不过,你要带我去趟三亚,你知道张仔在哪儿吗?我要找到他。”

小男人为难地说:“三亚那么大,我怎么找得到……”

祥生把“琉璃女人”放进背包,递给他五百元。

“这是报酬。路上的油等费用,由我来出。”

小男人高兴地说:“好嘞,我知道他在哪儿。”把一项安全帽递给他,自己从把上摘下一顶戴上,启动摩托车。

店娘不快地叫骂:“你回来还没睡觉就又跑了。你这哪是去找张仔,一定是去找你的按摩小姐,是吧!小心三亚小姐把你吃了,你带着空壳儿回来,我可不要你!把你扔街上去……死鬼——”

久一整天哭泣,因为她的宝贝孩子仍然没有下落。

她达到了事业的顶峰,得到了她想要的一切,却突然失去了最宝贵的东西。人生总是个不完美的过程。吴刚一直在家陪着久一,心疼得直给警察局打电话:

“我要你们三天内破案!”

三天过后,他又冲警察局喊:

“限你们一周内找到我的儿子!”

一周后,他去上班,带着神情恍惚的久一。久一见谁也不说话,只在吴刚这儿待着。吴永祥召开会议,正式让出总经理大权,就像当初让给吴永福时一样。吴刚陪着久一迈进总经理办公室，将久一放在总经理座椅上。久一好像睡了很久才醒，问：

"这是哪儿呀？"

"这是琉璃集团总经理办公室！"

久一霍地站起来，摇着头："我不干，我不干，我厌恶透啦。"

吴刚忽然有了新想法，就给父亲打电话。

"爸，有个事儿，和您商量。"

"什么事儿，您说吧。"

巨额的借债快要到期，吴永祥希望以这样的形式，"激励"年轻人奋斗。他正在琉璃酒店十九楼按摩。按摩女一个比一个差，让他扫兴。

"我想，这个总经理，我干不了。"

吴永祥瞪起眼睛。

"你干不了……你干不了也得干！"

"我想我还是做副总，挺好的，负责产品开发，是我的长项。"

"你的长项？我看你的长项是，没有长项。"

吴永祥挂了电话，一想不对劲儿，把按摩女蹬开，回拨道："小刚，你说的有道理。那么你有人选了？"

"是的。"

"是谁？——噢，你不用说了，我猜出来了。现在，是你说了算，你就定吧。"

吴刚看着久一，努力让她开心，又把久一放在宝座上，问："感觉怎么样？"

久一也清醒了，连忙离开座位。

"老公，这是你的位置，我怎么给抢了？真是的。"

"不，这就是你的位置。"

"别哄我开心。我不耽误你的工作，现在形势这样不好，加油吧。"

"我们一起加油好吗？"

"好哇。"

"你心疼我不？"

"当然心疼。我们的儿子还没找到……"

久一又啜泣起来。吴刚安慰着。

“你要是心疼我，就来支持我。行吗？”

“行啊。你让我做什么都行，我只有你了，老公……”

吴刚搂着她，把她放在座位上，深深地亲一口，像初吻一样甜蜜。

“说话算数，忘掉悲伤，振作起来。”

“好的，忘记悲伤，振作起来……”

“那么现在，我宣布，你就是琉璃集团公司总经理，石久一女士！”

吴刚把各部经理都招过来，分别见了久一总经理，久一才如梦方醒，后悔却已经来不及了。

集团正式交给吴刚，已经是个落败的景象。再由久一担任，可以用百废待兴来形容。虽然久一轻车熟路，却无法转运资本这个轮子，她陷入了泥潭之中。

她召开了上任以来第一个全体职工大会，提出了新产品战略，誓夺竞争优势。会后安排了个走秀场，秀出了新产品脉络，引起轰动。员工们聚集在大堂两侧，观看由十个设计师设计的新品系列。十几个模特T台走秀，如“琉璃女人”走下生产线，一个古典，一个奔放，一个清秀，一个原始，一个木偶组成的唐朝系列，分别由久一总经理领衔秀满全场。大家眼前一亮，久违的掌声响彻整个永祥大厦。

更为惊奇的是，在最后肖邦第五钢琴曲声中，在大家如痴如醉中，久一做出了一个惊天的举动。只见她轻解羽衣，香袖漫展，肌肤流脂，光晕散逸。一个完美、丰润、健康的胴体，让所有人恨不得长出八只眼。待有人缓过神儿来，纷纷掏出手机跟拍，久一已经优雅地合衣掩体，走向写有“重塑辉煌”的主台，站在中间，满怀期待地凝视着前方，纹丝不动，就跟一尊琉璃作品，一模一样！

福来端看着久一真人琉璃女人系列图片，也惊呆了。

福来召集几大市场听汇报，果然不出他所料，琉璃集团的产品大卖，声誉回归，市场份额上升到第二位，增长率持续第一，专卖连锁发展迅速，一场风暴已经来了。

“董事长，尽快想办法。”聂提议。

“有什么主意？”

老熊总在外面跑，见惯了企业之间的争斗，他提议：“再把久一请回来,他们的产品马上就会倒掉。”

聂摇摇头。

“久一的孩子丢了之后,没见她失魂落魄,反倒更有灵性,仿佛鬼怪附体。”

福来问琼斯的意见。琼斯说:

“把我们的资金抽回来,这是唯一可行的办法。”

福来点点头。

“就照琼斯的意见办。聂总准备资料,琼斯准备洽谈。”

“可是,还没到期。”财务总监说,“还有十五天。”

福来倒吸一口凉气,摇头叹道:“十五天？五天也不能给空儿。五天后,可能琉璃集团就像一只病虎,翻过身来,把我们吞掉……事不宜迟,连夜收集一切可以抽回资金的材料,明天就去见这个石久一女士……”

祥生是坐飞机回来的。一同回来的,还有哭丧着脸的小四川。

祥生一下飞机,就听司机说话滔滔不绝,异常兴奋,就觉得特别奇怪。司机从来没这么兴奋过,反复讲增加的奖金、涨的工资,就有些迷惑。问其原因,司机骄傲地说:

“久一当我们的总经理啦!”

祥生很生气。

“她当总经理,通过董事会了吗?”

“那我不清楚,反正是全体职工推选的,大家都拥护她。果然,上任才一个多月,立竿见影,过去的琉璃集团,又回来了!”

祥生心里酸酸的。她原想直接到久一的老家,带警察把石妈抓起来,一审肯定能交代清楚,母亲死亡的设计者,就是石久一！是她石久一设计了一个假相,把石妈安插在母亲身边,伺机报复母亲。可是一个难题无法解释——她为什么要害母亲呢？她们之间会有什么深仇大恨?

他反复考量,没有一种理由能解释清楚。唯一的一种可能,就是母亲知道了石久一的秘密。

其实,知道久一秘密的人,不是袁野,而是祥生他自己。他几乎知道她的全部秘密,所以他才有充分的理由怀疑石久一!

他忽然想起母亲曾经告诉他:"久一怀过孕。"

他问:"你怎么知道?"

母亲回答:"我认识一个医院的妇科大夫,我做妇科检查时求她,送给她一尊琉璃女人,她当时一看,就惊讶地说,我给她做过人流。因为她太漂亮了,这个大夫还卑鄙地偷偷拍过她的裸体。"

这是个可恶的消息。

有些事儿,该自己知道的,就知道,不该知道的,不要刻意知道。

后来母亲还好奇地又去找那个大夫要图片,遭到拒绝,讽母亲变态。

"她才变态。"母亲回来把那个大夫一顿骂。

难道母亲因为这个事儿,问久一了?

祥生无心管小四川,只把他安排在琉璃大厦套间里面,就匆匆离开了。一夜之间,祥生被久一替代,他心里很不是滋味。

第二天,他去找小四川,发现他已经人去屋空,手机永远处于停机的状态。没办法,只好放弃,毕竟当务之急,不是他交代出石妈背后的阴谋。

他回到办公室,集团会议室里坐着几个人,他一见,竟然是以福来为首的琉璃作坊公司人员。这时,久一从总经理办公室出来,她还是那么漂亮,只是脸部多了道忧郁的线,说明她的孩子还杳无音信。

"回来了,袁总——哦,吴总,顺利吗?"

祥生一见她,所有在背地下的决心,像早霜见到阳光一样,了无痕迹。他带有些暗示的口吻,简短汇报几句:

"找到与我妈同行的导游,他被吓坏了,昨晚带回来,想让他与石妈对质,今天一早去,发现他已经撬窗逃跑了。"

"对质还能问出什么?他会承认他溺死了咱妈?"

这是久一第一次称呼祥生的母亲叫"咱妈",祥生更觉得这个小四川跑得不明智。他跑什么呐?即使不跑,他也会放了他,没准还会送他飞机票,外带一些路费哩。

"还行,他把一些情况都说了。"

祥生这样说,观察久一有何反应。

久一夹着笔记本,说:"今天的会谈很重大,你也来吧。共同努力,期待上帝保佑,顺利渡过难关。"

“好吧。我马上到。”

祥生回到办公室,换了身西装,打上领带,刚转身,见福来跟进来,俩人忙热情地握手致意。

“你的人,在我的手里。”福来说。

“什么我的人?我没什么人。”祥生否认。

“你从海南带回的张先生。他在我的大厦茶楼里喝茶呢。你不是带他回来办事吗?没办事儿他就想跑,被我留住了。你不想让他来吗?”

祥生大吃一惊。自己的行踪怎么会被他监控了?我是想让小四川出现,来打击久一,难道他福来更想打击久一,以便造成琉璃集团新的混乱吗?祥生失声笑道:

“不,他只是个生意上的朋友,他来做他自己的事儿,如果我想约他,一会儿我会找他。”

“看来,你此行收获不小。从你的眼神能看得出来,你们公司大有前途。”

“我们公司已经是穷途末路,还有什么前途?只是混口饭吃罢了。”

“都一样,终点——都是一样的。”

福来的话语中,充满了暗示,不甘示弱。

“不一样,至少过程不一样。过程不一样,产生的结果会有所不同。如果是我,我早把资金撤走了。你知道农夫和蛇的故事吗?”

“现在撤也不晚。”

“有久一,就什么都晚了。不信?”

祥生的眼里充满着挑衅和戏谑。

祥生借上洗手间,给过去的警察同事打电话,请他速到琉璃作坊茶楼扣住小四川。然后才进到会计室,会谈已经开始。福来直截了当地说:

“两个月的免息借款已经到期,现在我们就商量签署贷款协议了。”

“为什么要提前半个月?未免有些着急了吧。是担心我们还不起?”

“不是担心还不起,有久一在,我们对资金的安全问题,是放心的。

只是在一起商量一个补充协议，并于资金继续使用的利息问题。”

久一明白福来在绕圈子，她敏感地知道，福来要反悔了。现在还不是与他们弄掰的时候，哪怕再过十天就完全可以摆脱困境了。于是久一豁达地说：

“利息不是问题。还是按照从前的约定，起草一份，我们签字盖章就行了，还用王总兴师动众？”

福来醉翁之意不在酒，哈哈乐了，用他那仅一只拇指的手吸烟，轻松地回答：“我知道农夫和蛇的故事。所以，我觉得我们是合作，而不是对抗。咱们在研发新产品，进行强强联合，作为另一个补充条款，如何？”

久一在日记上计算着什么，然后抬起头问：“还有第三个补充条款吗？”

“有。就是永祥大厦做担保！”

到此，久一已经知道了福来此行的目的。她笑着说：“王总，十五天后，我将把所有的本金全部奉还给您，至于补充协议，就免签了，因为不存在继续贷款这一说。同时，琉璃集团非常谢谢您的救命之恩。我保证，只要贵公司开店的区域，我们不进。只要有贵公司代理的商场，我们不进。只要有贵公司签署合作协议的公益组织，我们不进……”

福来十分恼火，偷鸡不成反蚀把米。他本来想要进一步洽谈十五天后的利息及偿还方式，如今都无从谈起。久一早准备了谢礼，请大家参观重新修缮的琉璃艺术馆，毫无保留地把她新产品设计室向福来开放。

“真不错。”福来赞叹道，“我很想把它推到我的产业园区去。”

久一莞尔一笑。

“好哇，连我们的人员都推了去吧。我们还巴不得呢。”

“这是玩笑话。原来我才是琉璃集团的一个小厂，怎么可能耗子吞大象呢？我的胃口不大，只是保留一口饭就行。”

“很低调，你还能进步。”

久一说这话是无意中说的。但是，这句话是同居的时候经常讽刺福来的刻薄话。福来听了也一愣，内心酸酸的，没有再参观下去的心思，带车队绕琉璃集团转一圈儿，指着琉璃集团大厦，对大家说：

“我，王福来，我一定会再来！再来做什么？我要接管这个大厦，让它变成我的大厦！大家有信心吗？”

“有。”

全体鼓起掌来。

然后，福来单独开车去会小四川，正赶上两名警察在各茶室找人，觉得不妙，就简单交流几句，觉得没什么价值，就用车送小四川上了火车。潜意识里，他还是要保护久一。

第三十七章 手筋儿

福来的野心快速膨胀起来,尤其见到久一及久一快速赶超的局面,他觉得一刻也不能等。他连夜商量对策,他发现,他的这些人一见到久一,就像丢了魂儿似的,脑筋被抽了条儿,还灌进了水。

“干吗愣着,去之前的雄心壮志哪儿去了?”

福来极少这么大声训斥手下。

“噢,又见到了久一是吧?还念旧情是吧?不过,你们应该看到,我们虽然还处于优势地位,我们是只老虎,马上要把这只小绵羊抓到手了。可是,天有不测风云,久一又出山了。这个神女在哪出山,哪的天就放晴,太阳就照进来。她真是神了,你们谁不服气?——我不服!我就要让她接手的这个烂摊子,砸在她的手里,信不?”

聂插嘴说:“也是虚张声势,想用这个来吓唬我们。”

“你说得对。她就是这个目的,就是要打掉我们的意志,消灭我们的斗志。你们没发现自己在中毒,在被一种诱惑麻痹了神经。”

“这点小伎俩,在咱这时,也不是没使用过。”

“好使吗?好使过,但现在不好使了。大家一定要能够抵制住精神鸦片!”

“放心吧,董事长,我们啥没见过……”

“啥没见过?我看有些人就是见一次想一次。胡思乱想有什么用?天上飞的大雁你能抓住放锅里炖了?我提醒大家,不能再神情恍惚,一定要振兴精神!”

福来意犹未尽,继续说:“不过,久一也算还是咱们的老总,你们没发现吗?她今天看似是领着大家参观考察,实际是在给我们琉璃作坊上了一堂业务课,是在告诉我们,琉璃作坊这方面落后了,那方面需要改进了,对吧?大家理解到这个层面了吗?如果理解了,就可以回家出方案。没有理解的，在这里继续理解，直到理解到位了才可以走。”

大家沉默着，一个也不敢走，都闷着，显得尴尬。老熊为调节气氛，讲到今天送走的小四川，说起吴家的故事。

“我听小四川说，久一在那边遇到了大麻烦。她的保姆石妈给吴夫人当保姆，把吴夫人侍候死了。吴夫人的儿子，就是吴永祥的私生子不干了，怀疑是石妈害的，又怀疑石妈是久一指使的，正在调查。你们知道私生子叫什么名字吗？原来叫袁祥生，进吴家后改为吴祥生。你们听听这个名字，起得也太直接了，不用问就是吴永祥生的，所以叫祥生……”

聂觉得有趣儿，逗他：“来生，就是福来生的呗。如果林生，就是斯大林生的呗？胡扯。”

不经意的调侃，引起福来的强烈反感，他拍桌而起。

“说不正经的，一套套的，拿方案，一个个蔫头耷拉脑的。”

大家一看，董事长大发雷霆，都忙闭上嘴巴。

人人自危，是从这次琉璃集团回来后，琉璃作坊出现的不祥气氛，并迅速蔓延。

老熊其实是个粗人，他除了要点儿小聪明，基本不会有大的创造。不过，他的认真和愣劲儿，足以在琉璃作坊立身。但拿到台面，尤其摆在久一面前，就成了小孩儿捉迷藏。

老熊带着从小四川那听来的秘密，凭他对久一多年的一往情深，主动找久一说：

“祥生调查你，他可能知道你很多事儿，你要防备。”

久一正愁没机会和祥生沟通这件事儿，有主动送上来的靶子，她不会放过射击的机会。毕竟她心里最清楚，祥生离真相越近，自己越危险。

“你是我最要好的朋友。我离开琉璃作坊这么久，你还一直这么惦记我，真得谢谢你。”

老熊并没有听出久一的外交辞令，将他掌握的有关祥生去海南调查的信息，如实告诉了久一。久一不肯听一面之词，毕竟是两个公司，而且是敌对的企业，是不是离间计，也不好说。所以久一思考再三，觉得问题严重，就把祥生叫过来，核实有关情况。

祥生本来调查是秘密的，也不想惊天动地，见老熊在场，就知道小四川出卖了他，就直接问老熊："你是怎么知道我的行踪的？"

老熊无言以对。

祥生一个横踹，就把没有防备的老熊踢断了两根肋骨。

老熊躺在医院的病床上，怎么想也没想明白，自己为什么被踹得这样惨。他只觉得自己是个大侠，在替天行道，所以他并不服气。

借口老熊受伤，琉璃作坊二十多名管理聚在福来办公室外面，要求报警，毕竟祥生还有案底在身，挖出来够这个私生子喝一壶的。老熊掌握有祥生杀害尤二哥的证据，只要挖出背后保护的黑手，就可以把琉璃集团击溃。

福来犹豫不决。他考虑的不是祥生，而是祥生背后的黑手是谁。琉璃集团长期经营，已经建立起很庞大的关系网，这是琉璃作坊所不及的，如果把这个黑手打掉，可以把琉璃集团打倒，但不可能不涉及琉璃作坊自身。

聂老谋深算地提醒："董事长，牵一发而动全身。这跟竞争还是不一样的。"

"我想听听你的意见。"

聂说："这次，倒是打掉琉璃集团最难对付的一员大将的机会。要不，我们可以继续给他们放款，待他们放松警惕，再将祥生除掉。"

"他们并不十分需要钱了。"

"他们会需要的。你等着一周后，我们的款到期时再看。"

如今，只要可以打掉琉璃集团，福来什么都肯做，急得什么似的，恨不得马上接管琉璃大厦。聂见董事长心急如焚，就安抚着他，小声说："还有个突破口。"

"什么突破口？"

"我找到了久一的孩子！"

福来开了辆普通的汽车，来到城郊的一个居民区里，停在一处普通的住宅前。

"抽根烟吧。一般在下午三点，会有个女人进来给里面一个孩子喂奶。"

聂对福来说。他讲述了他发现端倪的整个过程。那天，他们去琉璃集团，吴刚并没有出现，在会谈中间才进来。聂在和吴刚握手的时候，嗅到一股奶香味。他跟踪他七天，他七天都要去派出所，和警官问询孩子下落情况。警官总是安慰他，将网上收集来的被拐婴儿相片，逐一给他看。看这些相片，成了他每天必须进行的工作内容。

在第七天，他接了个电话，就匆匆去了趟寺院，在那里听主持讲了些什么，就独自一人来到这个小区，坐在小区旁的咖啡里喝茶。这时，有个女人也从外面进来，坐到他的对面，聊了些有关久一情绪的事儿。然后，这个女人就离开了。

福来拿过聂得到的女人相片一看，他认识。

“她，不是石妈吗？”

这时，聂碰了一下福来。福来转头向大门看，有一个挺着大脸的育龄妇女，将电动摩托车放在门旁，和摆摊的老头儿打个招呼：“大爷，帮忙看一下。”

“去吧。没事儿。”

老头儿头也没抬，这样回一句，说明他们很熟。

育龄妇女拿出门卡，进入大门，就左转，消失在绿化树后。

“她是到哪一家？”

“一单元2901。一户吴刚名下的住宅。”

“吴刚？”

“我还没有进到里面，还不知道里面是不是我估计的……”

“你是说，孩子在这儿里面？”

“极有可能。”

“吴刚是在演戏？还是他和久一一起演戏？可是无论他们谁在演戏，还是一同在演戏，到底是为什么呢？”

聂露出狡猾的微笑。

“他们的婚姻，可能名存实亡。”

“你不要幸灾乐祸。可这些，与我们有什么关系？”

“你不是可以重新考虑吗？”

面对聂的反问，福来断然否认。但他的仇恨因为孩子的问题，再次刺痛他的心。

“如果我的孩子顺利降临到这个世间，他可以在这个地球上的某个广场上，快快乐乐地玩耍，健康自由地生长……”

“你有没有想过，这个孩子是你的孩子吗？”

聂的问话，句句向他的忍耐极限逼近。他摘下手套，看着残损的手掌，突然侧身夹住聂的脖领。

“你是想让我杀了久一？”

聂并不反抗，只闭眼等着福来，在他临近窒息时才放开，然后大口大口喘着粗气。

“谢谢你的提醒。我真应该看看这个孩子，像不像我。”

福来下车，要向小区里进，被保安拦下了。

聂从后面跟过来，给保安塞了盒烟，也不做任何解释，就请福来进去了。福来挡聂在外面，让他在车里等着。

福来怒冲冲地敲开 2901 房门，一下子呆住了。

开门的是个苍老的老翁。尽管很老，福来却一眼就认出是已经断绝父子关系的老爸。

老爸也很惊讶，问他：“你怎么来了？”

自从福来把老屋卖了，老爸因为无家可归，就出外打工，再无消息。如今他已经老了，走路有些蹒跚，吐字有点儿不清晰。

“对不起。”福来转身就走。

老爸很警觉，追着问：“你怎么找到这儿来了？”

福来停下来，不肯抬头看老爸。

“我……我来看看孩子……”

“你不要多管闲事儿。”

“他是谁的孩子？”

“是你的。”

石妈在后面说，幽灵一般。

会谈的时间临近，久一一直在为怎么样与福来达成合作冥思苦想。

她心里最清楚，无论她做了多大的努力，只要福来一个动作，琉璃集团的大厦就会轰然倒塌。现在的琉璃集团是只纸老虎，一只年迈的行将就木的植物人。

不过，在绝望中，她已经理出了对自己有利的条件。比如销售网合作、技术共享、产业融合以及联合上市……如果他足够聪明，就不会被这些烟雾迷惑，只需将这一个亿的资金撤回，即使不讨要巨额利息，也会釜底抽薪，断绝琉璃集团的后路，那么他只需伸出手来，就会接住琉璃集团这个大胎儿……

久一很恼火的是，她思考得越多，最终都会转到对琉璃作坊有利的形势上来。她觉得自己真不称职，不适合作琉璃集团总经理。

如钟表一样准时，福来插着兜出现在会议大厅走廊，向久一走来。这次，他没有用点头代替握手，而是大方地伸出他的秃手。

许多人还是第一次看到福来没有戴手套。

“你好！石总！”

福来洪亮的声音，充满着自信。

“你好，王董事长，里面请。”

久一握了一下福来的秃手。热乎乎的，还是几年来第一次与没有了手指的手掌有肌肤之亲。她的心被蜇了一下。

双方人员分别握了握手，互致问候。

福来看一表，见还有十分钟，对吴刚说：“我想单独和吴总见下面，仅谈五分钟。”

吴刚热情地请福来到自己的办公室，寒暄一下，福来就直接问：“你的孩子并没有丢，你为什么一直瞒着久一？”

吴刚脸色突变。

“你都知道些什么？”

“我知道你是在利用久一！”

“这不是利用，是满足她的欲望。她不是一心扒火地想当总经理吗？何况她有这个能力。”

吴刚突然很沮丧。

“你到二十九楼去了？我知道了。你全部知道了，我有什么可说的？”

“那个孩子不是我的！”

吴刚激动地站起来。

“就是你的，这里有鉴定报告。他不是我的，不是你的，那会是谁的？”

吴刚从抽屉里将一张纸单愤怒地扔给他。纸单无声地滑落到地板上。神来用秃手将纸夹起来，傻眼了。

“我建议,你也做一下。”

吴刚恢复了平静,潇洒地耸一下肩,很无奈的样子。

这次会谈,是福来所有的谈判中最失败的一次。他自始至终,都神情恍惚,六神无主,语无伦次,不知所云。他彻底又被吴刚打回了库工。

这一切,却是他自找的。

他一个人去了医院,重新做了鉴定。但是等待结果十分熬人。他的眼前总是出现婴儿天真的笑脸和吴刚英俊傲慢的神态。

聂急得如热锅上的蚂蚁,天天在福来身边,却找不到和他交流的话题。只要一提琉璃集团,他就提到孩子。而所有的远大抱负,都似乎不足挂齿。聂接出初愈的老熊,老熊还对祥生咬牙切齿。聂劝他与祥生合好,将来有可能成了同僚。老熊骂道:

“我把琉璃大厦炸了!”

聂想一下,不紧不慢地说:“祥生对久一调查,是对他妈袁野的死有所怀疑,而且怀疑到久一,却找不到石妈。如果你让祥生找到石妈,他们不就有好戏看了?还用你亲自动手吗?”

老熊有所领悟,当即开车到琉璃集团向祥生道歉,冲动是魔鬼,和气才生财。祥生没想到老熊一个以欺诈起家的无赖,竟然也被福来训练得如此有素质,觉得琉璃作坊太可怕了,福来太了不起了,能把些废土烂石提炼成精美的艺术品,还能把歹人提炼成精英,他才是精英中的精英,自叹弗如。

俩人找个酒吧饮酒,不打不成交。搂肩搭背,相谈酣处,老熊告诉祥生一个秘密。

“你家吴刚的儿子,是福来的。”

祥生不相信,又一时气愤,再次把老熊打倒在地。老熊捂着新伤旧疼,对祥生骂道:“我的好心,你却当了驴肝肺。不信,你去华贵家园一单元2901,你见到你家一直说的丢失的孩子,是不是在那?他家的保姆石妈是不是在那?然后你再他妈回来找我!”

祥生并不相信老熊的话,见他说得头头是道,就直奔华贵家园,他一直埋在心中的母亲之死还没了结,他怎么肯罢休?他来到2901,发现已经换了户人家。对于前任住户,一问三不知。

祥生回头就把老熊带到现场,老熊也蒙了。他保证:

"我一定能把他们找到。你告诉我你想找谁？小孩儿?"

"我找小孩儿没用。我要找到石妈。"

"好,给我一天的时间。"

祥生放了老熊。老熊和聂商量后,就放出人马找,很快就得到了新的地点。他立刻告诉祥生。祥生赶到一处平房的时候,平房正在燃烧,消防车只能有一台靠近,喷出的水注有气无力,两个小时后才扑灭。

官兵从里面抬出一具被熏得黑黑的妇女,放在医护人员临时抢救台上,一会儿就有医护人员说:

"没办法了。死了。"

"里面还有人吗?"一个干部模样的人喊。

"没有了。"

祥生看到一个老头儿抱着个一岁多大的男孩儿,因为怕火,用一个官兵的迷彩服裹着,看不清楚,跟着官兵上了医护车走了。他觉得这个老头儿特眼熟,却想不起来。

他挤过去,问还在指挥清理火场、死看死守的长官:"还有其他伤亡吗?"

"没有。"

"死者叫什么名字?"

"不知道。"

祥生给吴刚打电话,却一直占线。

第三十八章　苟延残喘

福来带着律师来到琉璃集团,却被告知,久一已经辞职了。

福来闯进吴刚的办公室,秘书根本拦不住他。吴刚从座椅后面转出来,笑吟吟地说:

“王董事长,干吗生这么大的气?不就是怀疑孩子是谁的吗?是谁的,有什么区别吗?”

“可孩子根本就不是我的,你为什么说是我的?”

吴刚点上支雪茄,然后递给福来说:

“你的手,不方便,我替你点上,抽一口,这可是上等的古巴雪茄。是我在欧洲做事儿的时候,合作伙伴送的。我在那里学到了许多欧洲文化,包括经济手段。我发现我所学的先进的经营手段,在我们的行业中,根本没用。在这里有用的,只有最原始的手段——抢夺、欺诈、利用……你死我活,尔虞我诈,才能够有立足之地。”

福来推开他递过来的手。雪茄掉落在地板上,有工作人员快速清除干净。

吴刚让他的人都出去,然后说:“也请你让你的人也出去,就我们俩人,好好谈谈。像那天会谈前一样……”

福来退下律师,坐到吴刚的吧台桌上,像那天一样。

“你说说吧,明明是你的孩子,为什么硬说是我的孩子?”

“你想知道吗?”

“是的。”

“我也想知道。”

吴刚冷峻的面孔,充满着狡诈的淫笑。

“我想知道,不仅仅‘孩子是谁的’一个问题,我还想知道久一是谁的,她和谁好过,在谁的供养下留的学,留学后是怎么处心积虑地进入到我们家庭……这些你不关心吗？”

福来从来就没有把吴刚放在眼里，此时他才后悔，自己大错特错了。他预感到久一也许正处在危险中……

“我不关心。这些跟我没有关系。”

“久一跟你没关系？”

“没有……”

“那么结果出来了？能拿给我看吗？”

福来把结果单从包里抽出。

“不是我和久一的孩子。”

“你再说一遍。”

“不是……”

“够了。王董事长——这已经足够了！”

吴刚突然暴躁地叫道，将化验单几下撕得粉碎，然后捧着，用嘴吹掉。

“你不看看吗？”福来问。

“不用看。我撕了，其实是我替你撕的，因为你的手……你撕不碎。”

福来受了污辱，额头青筋暴突出来。

“你是想死吗？”

“想死的不是我，而是你。精明的王董事长！你想听我把事情的原因说给你听吗？你一定想知道。对吗？”

“说吧。”福来看着这张英俊的面孔，真想一刀从上面割下去。

“我知道以前你从没有想过要杀我，因为我从未在你的视线里，不是你的对手。当我告诉你我的目的，你肯定想杀我。——好了，不卖关子了。其实你真蠢，你知道我一直怀疑久一和你的关系，你却没有设防，可以说得意忘形，肆无忌惮。你将一亿元的资金给我们使用，看在我的面子上，我真的不信。但我还是谢谢你，谢谢你救了琉璃集团，渡过了难关，恢复了元气。然后，我制造了孩子失踪的假相，引起你对孩子的记忆，你还真就记起来了。但我还是不能确定久一会和你有过孩子。当我提出亲子鉴定的时候，你去了。你只要一去，还用看结果吗？这，就是我不看就撕掉的原因。因为我知道，这个孩子，是我吴刚的，不是你王福来的。你的孩子，已经被医生杀死了……”

“是久一她……”

“不用解释。都是过去的事儿了,太没有风度了,王董事长。我还要告诉你,你这个月,还帮了我一个大忙。我们用这一个亿的资金,成功与香港一家琉璃企业联合,实现了久一定下的‘再铸辉煌’的目标。现在我们的市值已经达到二十亿,你的区区一个亿,我们随时可以还你。这是我父亲的远见卓识,他的功劳。而你给我们这段化验结果出来的等待时间,是我们最佳的喘息期,空气清新,负氧离子充足,没有污染……”

福来不是愤怒,而是呆了。他仔细盯着吴刚,却怎么也看不清楚。

福来叫道:“马上还我的一个亿!”

吴刚绕过来,拍着福来的肩膀:“这一个亿,一定会还的,但不是现在,不是我,也不是琉璃集团,而是石久一。”

福来瞪起双眼,几乎要爆裂了!

“你说什么?你再说一遍?”

“我们已经准备好了法律文书,随时接受法院的传唤。”

吴刚显出只有土匪才有的无赖神态。

福来怒不可遏,摔门拂袖而去。

三次谈判都是以这种方式结束,是任何人都没有想到的。现在走法律程序,稍稍还早了点,琉璃作坊还没有做好准备,而琉璃集团却胸有成竹,严阵以待。

琉璃作坊因为与琉璃集团的官司,引起新闻媒体长篇累牍的报道。而关于福来董事长的命案,也再次见诸报端,引起主管市长的高度重视,批到检察院立案调查。

吴刚到机场把一直在外疗养的父亲吴永祥接到大厦,领父亲参观经过重组后的琉璃集团,前面已经冠上了“香港实业”。吴永祥边看边点头,对在场的领导层表扬吴刚:

“我终于可以放心卸任喽。这真是,后浪推前浪,后生可畏呀!”

吴永祥老谋深算,终于看到了一个脱胎换骨的继承人,满心欢喜。他给领导层正式开会让权后,放心地离开了大厦,又去了1903房,那里早有个新毕业的学生在等着他了。

吴永祥到浴室洗了个澡,然后坐在沙发上喝女孩儿给沏的茶。

“你的条件不错。”

吴永祥翻阅着女孩儿的写真集。

“我做模特,参加过全国大赛。”

“你家里同意做这个吗?”

“现在的年轻人,谁还听父母的? 自己的路自己走。”

吴永祥得意地欣赏着这个散发着青春气息的女孩儿,问:“你想不想成为她?”

他指向橱柜里摆着的一尊“琉璃女人”。

女孩儿点头,说:“想,非常想。”

“她可是清新秀美,洁白如玉的女神,没有人能够超过她。你知道她叫什么名字吗?”

“石久一,我知道,我很喜欢她。”

“想成为她吗?”

“想。”

“那么,我看你够不够她那么美丽……”

吴永祥眼睛放光,色迷迷地盯着女孩儿的胸部。

“我自己脱吗? 脱到什么程度?”

女孩儿落落大方,勾足了吴永祥的兴致。

“你觉得脱到什么程度,就脱到什么程度,只要能让我找到久一的感觉就行……”

水波潋滟,润滑如沙,音符飘逸,茸鹿归家……虽比不上久一一二,却如行云流水,美不胜收。

吴永祥尽管老迈,却如若朝华壮年……

福来正在准备对琉璃集团的诉讼,祥生带着几位警察来到办公室。

几年来,福来经常和警察打交道,何况他已经成为举足轻重的大人物,彼此熟悉。

“又有什么事儿?”

“王总,我们想了解一下情况。现在可以吗?”

“我的秘书可以代为接待吗?”

祥生摇摇头。

“恐怕不行。这次没有人肯为你当替死鬼。”

“你这是怎么说话呢?”他转身问警察,“我们正在和他们公司打官司,他不可以回避吗?”

“不能。”警察说,“刚刚发生一起命案,现在怀疑你涉及其中。”

福来站起来,很配合的样子。

“好哇,什么案件,又与我王福来有关?”

“吴永祥先生死了。”

福来没听清,侧耳又问:“什么? 谁死了?”

祥生上前抓住福来的胸襟,叫道:“肯定是你设计的圈套!”

福来推开他,一脸疑惑。

“你们是说,吴永祥,吴永祥老先生……死了?”

福来忽然回过神来,仰面大笑。

“哈哈,尊敬的吴永祥先生……”他转为悲哀,“您一路走好!”

“有几个问题,请老总你配合。”

一个年轻的警察,面无表情地说,将一个本子放在桌面上,将录音笔放好。

福来操起电话,对秘书说:“请聂先生过来,带着律师,也要带着录像设备。”

“你要要什么花招?”

“不要什么花招,我只是让我的律师和副总在场,也做个记录。不是因为对你们不放心,会刑讯逼供,而是因为,这实在是个历史性的时刻,值得记载下来。在琉璃作坊公司发展史上,这是具有里程碑性质的重大事件……”

年轻警察问询科长:“可以吗?”

科长点点头。

年轻警察说:“您是琉璃作坊董事长王福来先生吗?”

“是。”

“您认识一个叫王化一的大学生吗?”

福来想一下,摇摇头。

“在七月十五日,您不是见过她,并接受了她投递的就职简历吗?”

福来还是想不起来。

年轻警察将一张相片放在福来面前。福来一下子想起来了。

“是的,她就是坐在你现在坐的位置,她要到我们公司做艺术模特。”

“那您刚才为什么说没有见过，也不认识？”

“不为什么，才想起来。”

“是才想起来，还是要掩盖你和她的关系？”

福来有点恼火。

“我和她没有关系。到这个季节，会有些大学毕业生慕名而来，投递简历，这很正常。我们希望招到优秀的职员，成为我们公司未来的当家花旦……”

“您说的花旦是什么意思？是以招聘艺术模特为名，实则让她们从事特殊工作吗？”

“什么特殊工作？”

“比如公关、酒陪，或者……”

“艺妓？你是这个意思吗？你都不好意思说，你还好意思问吗？”

“这说明你知道这个王化一是做什么的。”

“我只见过一次，然后我就让人力资源部的人领走了，再没见过。你就直说吧，她怎么了？她把吴永祥给杀了？”

年轻警察听此，马上让他打住。

“停——你是怎么知道她把吴永祥杀了？”

福来恼火却又不便发作，问：“你能不能把情况直说，让我跟着绕圈子，你能不能爽快点？”

年轻警察达到了自己的目的，告诉他，吴永祥先生在他长期租住的酒店里接受异性按摩，突发心脏病离世。

福来抱怨道：

“一句话的事儿，瞧你这个年轻人弄了一大堆废话。我明白你们的意思了，是不是问我，我有没有雇用这个女孩儿，以为尊敬的德高望重的吴永祥先生提供异性按摩之机，提供性服务，导致吴永祥先生心脏病发作，挂了。对吧？我告诉你们，我想雇人宰他，早就想雇人宰他，因为他精心设计了一个大的圈套让我钻进去，出不来了。我现在正在准备跟他打官司，这就是我要回答你们的。”

“那么说，他的死和您没有关系？”

“有。”福来笑道，“我会庆祝的。”

福来阴笑着盯视着祥生。祥生愤然离开了现场。

第三十九章　陷入泥潭

春风得意的福来，有了些张狂和飘飘然，却在不经意间，遇到了很大的麻烦。

麻烦来自于他的优柔寡断，他的儿女情长，引起公司一些人的不满，其中包括聂。聂颇有微词，不止和一个人说起福来决策的失误，福来的坐失良机。聂曾经提醒过琉璃集团的诚信问题，但是福来没听；也不是没听，而是没采纳。福来有些刚愎自用，他相信他用他的资金，能够打倒一切他想打倒的对手，包括钟爱的女人。

由于琉璃集团没有将一亿元资金及时偿还，琉璃作坊的经营资金链也出现断裂。琉璃作坊如果打这个官司，至少要打上一年，那么琉璃集团会度过三个缓冲期，喘息、输氧、复活，然后进入快速发展期，这是福来绝对没有想到的。以他的理解，这个百足之虫应该爬进自己的锅里。而事实上，恰恰相反，琉璃作坊的市场份额出现迅速萎缩的态势。

福来意识到这一点，与琼斯发生争吵，将吃里爬外的老熊开除了。

“你找到久一。否则，不要回公司，永远。”

这是福来对老熊的最后通牒，同时把摆在案上的“琉璃女人”摔得粉碎。老熊经营赝品是内行，所以他做的事儿大多是赝品。

福来对老熊的愤怒，并不是针对老熊自己，而是老熊一直袒护的久一。如果现在久一站在他面前，他也会把她撕成碎片。聂并不相信这一点，聂在为老熊送行的酒桌上说，如果久一又站在面前，福来董事长还会建条华荣道，不但让这个女神过去，还会让女神后面的鱼鳖虾蟹过去。

老熊看书不多，没明白聂的意思。聂也不解释，笑而不答。

更坏的消息是，吴刚更加老到，实施了一系列振兴计划，与国家政

策结合得紧密,创新举动不断,招招针对琉璃作坊而来。琼斯吵着:

“福来,清醒清醒,魔鬼已经来敲门啦。”

福来方才感到势头不对,吴刚大有把琉璃作坊做空、拖垮的架势。聂主持成立了琉璃典当行、拍卖行紧急应对,被指放高利贷,搜刮民脂民膏,声望受损。双方官司旷日持久,导致生意一落千丈。而吴刚成立了琉璃协会,单单排除了琉璃作坊,积攒了大量人气财气。

聂参加国际会展之前,已经将资产转移到陶淘那里,代为保管。待他谈完合作项目,专程到陶淘公司,却发现已经人去楼空。陶淘只是在那里租用个办公室,所有的项目都是包装,利用国内地方政府急于招商引资捞政绩的心态,和国内政府签署了大量的合同,堆了各处,成了废纸。

“我的钱! 我的钱!”

聂将这户他来过几次,和陶淘共度良宵的房子砸了个遍,突然警笛大作,几支枪口从窗口对准他,喊他原地不要动,否则怎么怎么样。他听得懂。他不敢动,让陪同的合作伙伴解释一下,然后交罚款,离开了这个让他伤心的城市。他无心观光,四处打听,终于通过琼斯,得到了陶淘的去处,坐了半天的快速列车,来到另一个国家的一个小岛上,见到了在沙滩上悠闲地晒着阳光浴的陶淘。

“你真是情报专家,我到哪里,你都能找得到。”

陶淘并不慌张,夸奖着她的旧爱。

“我喜欢你。陶淘,我们结婚吧。”

陶淘拿掉毛巾,将她那像雪茄一般的胴体展露无遗。她并不避讳他,将防晒霜一点儿一点儿地往上涂着,很仔细,慢条斯理。这和从前的陶淘判若两人。

“我有心上人了。”

“谁?”

这时,陶淘突然张开笑颜,冲聂身后大叫着,说着英语。聂听懂了,都是很肮脏的挑逗词,更显火辣。

聂回头,见一个并不强壮的外国老翁,仅穿着裤头,像个年轻人一样凑过去,亲吻着陶淘,嘴里说着一些小动物的昵称。

聂尴尬地等着他们亲热着。外国老翁回头诡异地看聂一眼,问陶淘:“他在做什么?”

陶淘搂过老翁，继续亲，说："碰到我的同胞，中国人。"

聂站起来，问："陶淘，我要单独和你谈谈！"

老翁显得很紧张，推说上厕所就溜了。

"我的钱呢？"

"不放心？为什么不放心，还放我这儿？"

"我的养老钱，你知道，对我很重要。"

"我并没有吞掉，你为什么这么紧张？"

"我见到你的公司，已经不存在了，我能不紧张吗？"

陶淘强作笑脸："嘻嘻，你是想我了吧？现在不行，这个老东西缠着我不放。你别看他老，花得很呢，那方面能力也棒极了，并不逊色于你……"

"别扯别的。我现在要你把钱打到我的账户上。"

"干吗？我又不是借你的，是你主动要放我这儿的，而且心甘情愿上了我的床。我并没有逼迫你，对不对？"

"该给你的部分，我自然不会食言，你留下就好了。在此基础上，再给你留十个点，这回该可以了吧？"

陶淘突然想起什么，很抱歉地说："对不起，我忘了，上个月我刚刚办了个时装发布会，钱都花掉了。等我的合作公司一跟我签约，我马上把所有的资金全部还给你，有多少给你多少，你看怎么样？"

"一个发布会，也不至于上千万吧？"

"哦，你放我这不是一百万吗，什么上千万？我听不懂。"

这时，老翁带过来两个黑人小伙子，气势汹汹地走过来，问陶淘："你有什么麻烦吗？"

"他在纠缠我，是个流氓。"

陶淘这么说。聂听懂了陶淘的蹩脚英语，气愤地操起太阳伞，折断伞布，用铁杆直冲陶淘扫去。黑人青年也没想到这个中国大叔如此敏捷，正要拉开架势迎招，已经被聂两棒打倒在地。

当领事馆的人把聂保出来，福来已经知道聂往国外转移资金的事儿，紧急召集会计人员查账，才发现一笔巨款窟窿，直逼着本已摇摇欲坠的资本链条加速断裂……

福来通过越洋电话，好言劝聂回来，只要回来，一切一笔勾销。聂老奸巨猾，根本不相信福来的话。双方话谈崩了，福来叫道：

“我马上报警,你知道被通缉的后果!”

聂冷冷地说:“你最好收回你的话,并往我的账户上打入一百万资金,否则,你就会完蛋!”

福来怎么可能怕聂吓唬?叫嚣:“咱俩看谁完蛋。你跑到天边,我也要把你抓回来,像蚂蚁一样捻死!”

聂冷笑着,不慌不忙。

“我回去?我倒希望回去。我可以告诉你,我有老金被杀的证据,你心里该知道我指的是什么,指的是谁。”

福来心一惊,不相信聂会知道。

“你回来呀,我等着。”

十天后,聂还真就回来了。他为了自保,事先给警方打了电话,先投案自首,警察在机场出口接他,没有给福来下手机会,眼看着聂悻悻地离开。

福来认为聂是虚张声势,但自他一进警车,才知道聂来真格的了。他预感到几年来的秘密,终于保不住了。他到警察局请求探监,得到允许,面对着朝夕相处的伙伴,福来落泪了。

“我是觉得伤心。为什么朋友都一个一个离我而去。”

聂很淡定,说:“人为财死,鸟为食亡。我们都是凡夫俗子,难逃相同的命运。不是你一个人,大家都是一样的。我的朋友,也一个个,离开了我。”

“钱,就这么重要?”

“是的,钱非常重要。”

“既然你这么看重钱,我就给你一百万……”

“来不及了。我已经把什么都说了,包括我们在一起做过的一切。”

福来拍案而起,大骂:“老聂,你他妈混蛋!”

第四十章 追 杀

福来整天担惊受怕，惶惶不可终日，整个人都脱相了。他将老熊叫回来，告诉他过去的事儿，就过去了，现在把公司交给他来管理，不要贪不要占，宁可没有业绩，也不要投资。因为他了解老熊，他没这个脑袋。

琼斯这才知道福来对她并不信任，就提前回国了。福来从老熊那得到了久一消息，当晚就买了机票飞到海南。因为他虽然一直没有接到任何形式的传讯，但他知道那是迟早的事儿，会很快来到的。

“一切，都是因久一而引起的，她应该承担一切责任！”

一路上，福来悻悻地反复这样想着。

在他身后十几排的座位上，一个中年男人一直在闭眼睡觉，眼角的余光并没有离开过福来。他看到福来只带了一个随行保镖，和他保持着前后座，随时伺候。

福来到三亚找到小四川，他做的店很火，忙得不可开交。他已经娶了个东北姑娘，大起了肚子，看上去十分幸福。福来很羡慕，给未来的孩子扔了五百元钱，就将一个地址交给他，让他带路。

小四川骑着摩托，来到一外僻静的小区，没有物业，人员很杂乱。他们上到三楼，叫开门，福来和助手就冲进去，控制了保姆。但除了保姆，没有其他人。福来一看这房间布置，就知道是久一的。他对她的习惯太熟悉了，对她的气味太熟悉了。

助手问保姆：“别怕，我们是老乡，她去哪了？”

一开始，保姆说什么也不说，后来说，久一带着孩子去了哈尔滨城。

小四川的一个客户就是哈尔滨城老板，当小四川出现在她的面前，她竟然不顾一切地扑在他身上，叫道：

“你这个烂仔,跑哪儿去了? 拿了我的钱,不做事,你想找死啊!”

福来一见,头都大了,以为《丑女也疯狂》的女主角变个肤色,从电影里跑出来!她正在开会,当即宣布散会,请小四川的客人喝茶,敷衍几句,与小四川携手进了包房。知趣的主仆二人只好告辞,到夜街上逛,等待着小四川的电话,却一直没动静。

哈尔滨商场越天晚越热闹,人们纳凉、购物、游玩儿,显得宁静祥和。突然,电梯上一对母子说着话引起福来的注意,像久一,混在向上滚梯的人群中。福来追上去,正疑惑间,见观光梯里,一个妩媚的琉璃女人向他这边看来,也一惊。

“久一,久一。”

福来大喊,向观光梯跑去。保安马上围上来。他忙向惊慌的游客解释。

“她是我的妻子。”

保安并不相信,尤其提到他残疾的双手,劝他离开。

在楼内电梯里,祥生正抱着久一的孩子,向下行。

久一紧张地问:“你怎么也来了?”

“当我知道福来来三亚,我就猜他是来找你的,果不其然。”

“他怎么知道我在这? 并没有几个人知道哇。”

“没有几个人,毕竟还是有人知道。别说那么多了,他已经去了你的住处,所以你们不能回去了。”

“他想怎么样?”

“还不知道。但我猜,与那笔资金有关。”

“吴刚不是说已经还给他了吗?”

“后来谈起来,成了驴打滚,利滚利。福来非常狠毒,他意在用这笔资金,把琉璃集团兼并……”

久一皱眉,要下梯。

“不行,我得和他说清楚。钱是钱,情是情。他的这份人情,我还他。”

“不行。”祥生生硬地说,“他们公司也在面临着危机,你去找他,不是自找麻烦吗?”

“那怎么办?”

“先回避一下,然后再说。”

“我不想躲。”

“你打电话问一下你的保姆，他气势汹汹地来，带着个保镖，会是善茬子？”

自久一到三亚后，就把手机关掉了，图个清静，很想陪着儿子，享受一把天伦之乐。此时她打开，才发现久不用，已经没电了。祥生把手机递给久一，让久一给保姆打电话证实。保姆一听主人动静，一再确认无误后，哭着说：

“吓死我了。来了两个人找你，其中一个人没手指，气势汹汹的，说是晚上还来，你千万别回来，找个酒店先住下吧。”

“他问什么了没有？”

“只说找你，说是你表哥。”

“他带刀了吗？”

“没有看见，但是表情很恐怖。”

“好了。没事儿，是我的表哥，你不要和他发生冲突，别惹他，就说你什么也不知道。”

“报警吗？”

久一想一下，说：“不用，暂时不用，但你时刻做好准备报警。”

久一这才深信不疑，跟着祥生上了辆出租车，来到市郊一处别墅区，住进一幢空置的三层别墅。祥生很警惕地楼上楼下转一圈儿，将母子安顿在二楼住下来，叫了三份外卖。

久一透过窗子，看到祥生和送外卖的说些什么，然后，在芭蕉树后消失了。久一突然觉得并不安全，望着儿子，害怕极了。她不让儿子吃送来的食物，哄儿子睡觉。她想给吴刚打电话，才想起手机仍然没电，就找充电器，这时候祥生进来了。

“找充电器吗？我这有。”祥生微笑着，从手包里掏出充电线，接过手机帮她充电。

“这里是哪儿？”久一问。

“一处很静谧的别墅。”

祥生还是没有说出地址，好像他在有意在回避。

“还是三亚市吗？”

“出了三亚市了。”

祥生仍然没有说明地址。祥生见久一疑惑的眼神，揽着她的肩

膀,安慰道:

“好了,这里安全了。任何人也找不到咱们。”

久一有些困惑,问:“你给你哥打个电话。”

“好吧。”

祥生掏出手机,拨给吴刚,却嘟嘟接不通。久一转身进屋,见儿子还在睡,回头却被祥生吓一跳。祥生跟进来,而且离自己很近。

“祥生,你……”

“别怕,久一,有我呢。”

祥生像个救世主似的,张开胳膊,欲拥抱她。自从那次亲吻后,她一直有意识躲着祥生,无论他对自己多么好,也尽量不和他单独在一起,但今天实在特殊。受骗上当的福来终于找到这儿来了,他一定穷凶极恶,对她咬牙切齿,恨之入骨。

久一佯装没有发现,去取水瓶,腰就被祥生搂住,并滚进沙发。

“祥生,你干什么?”

久一努力推开他的嘴巴。

“久一,我太喜欢……”

久一意识到自己把自己放在了自认为最安全的境地里,实在是太傻了。她因为保护儿子而失去了的智商,此时又快速回来了。她用膝盖支开祥生的身体,一轱辘爬起来,甩掉被祥生撕扯着的外衣,说:

“你哥来电话了。”

果然,正在充电的手机响起。果然是吴刚,他说接到保姆电话,把他吓坏了,问她现在在哪儿,有没有事儿。久一努力辨清楼角的门牌,大声地把这栋别墅的位置说出来,其实是不是别墅的具体位置,她也不知道,但重要的是,向祥生传达一个信息。

“我和祥生在一起,他在保护我,没事。你尽快把福来的款还他,咱们得讲信用……”

“有钱也不还。”吴刚阴险地说,“琉璃作坊垮掉,才是我希望看到的……”

“你怎么越来越像你爸?做生意跟做人一样,得要讲良心,讲诚信。你别忘了,正是福来及时伸出救命稻草,才使我们集团没有倒闭。”

“算了。他哪儿是为了救公司,他就是想要得到你。咦,他是不是和你在海南约会吧?”

“你说什么?吴刚,你怎么能这么说话?”

久一觉得自己受到了大污辱,骂着吴刚混蛋,就把电话关了。关了她才后悔,因为她感觉到门后,祥生正在贴着门窃听,危险就在她和儿子身边……

午餐后,儿子要到小区里玩儿,久一就领着,往出走。

“久一,去哪儿?”

祥生从沙发上站起来。桌子上已经摆上了南方水果。

“到周围转转。”她微笑着,没事人儿似的,“这里的环境真不错,跟花园似的。”

“还是不要去了。这儿离市区很远,周围都是树林,我怕有危险。”

“没事儿,我又不是小孩子。”

“那好吧,我陪你们。”

久一打开手机,要给保姆打个电话,却发现手机没有信号了。刚刚吴刚还打进来,怎么会没有信号呢?久一边走边疑惑地到外面,才发现这里是处山坳,离其他别墅还有一段距离。四周安静,没有任何人影车迹。

“好安静。”

“是呀。这是我朋友的房子,盖完后就没有住过几次,墙皮已经脱落,屋椽下有水渍,说明房顶有漏雨的地方,该大修了。但是他现在生意做得不好,无心照看这里,就把钥匙放在我这,有朋友要到海南来过冬,他就让我把钥匙送给他们。最多的,来了二十多人,楼上楼下打地铺,很热闹,挺有意思的。”

久一观察祥生,显得他很疲惫。他穿的七寸裤,露出小腿肚新鲜的血凛子。他晚上一定出去了。

“真是一个不错的地方。可是,我的东西都在三亚,我今天得回去。”

“缺什么,我一会儿出去买。”

“我要回哈尔滨。”

“不行。福来在到处找你。”

“找我又怎么样?钱是琉璃集团用的,吴刚应该按照协议,马上还人家。这个问题不就完事儿了?”

“问题没这么简单……”

“好了,你别说了。两个公司的情况,我比你清楚。吴刚和福来是什么人,我也比你清楚!”

久一现在全是对福来的同情和忏悔。她自离职,努力让自己不想这些事儿,但是这件事儿是自己做的,自己不能躲避。

“祥生,我倒想要见见福来。”

祥生一愣,望着她。

“我要当面把情况跟他说明。好汉做事好汉当,他吴刚不还,我还。”

祥生没想到久一会做出这样的决定,急着说:“你还,就能解决问题?”

久一叫道:“那他想怎么样?”

这时,身后有人说话:“不想怎么样,只是想和你聊聊。”

两人错愕地回头,见福来带着两个人,从树后闪出来,其中一个就是小四川。

祥生挡在前面,喊道:“我们说好的,你们不出面的。”

“你太慢了,我没那么多耐性。”

“相信我,我能把问题解决。”

福来摇着头,推开祥生,微笑着盯着久一说:“你好,吴太太,没想到你躲到哪儿我都能找到你吧?”

久一抱起孩子,惊愕地瞪着祥生。

“我没有躲……”

“到里面说吧。里面请,吴太太。”

看来,福来对这幢别墅很熟悉,因为他径直到客厅,将鞋柜中的拖鞋穿在脚上。

久一恍然大悟。以她的经验判断,这栋别墅,是福来的。他曾经和她显摆过。

“怎么样,昨晚还住得惯吧?”

福来坐在沙发里,抽着香烟。

“别说没用的,有事儿直说吧。”

“你的脾气还没改,六年了,就不能改一改?”

福来好像恢复了当年的性情。

久一从未这样惊慌过,努力克制着来自内心的恐惧。她不是恐惧别的,而是恐惧孩子。

“有话就说吧,憋着多难受。”

久一在公司的时候,都随身带着防身武器。到了海南,觉得天涯海角安全,就没做任何防身,算个失误。很显然,祥生是福来的同党,他们是一伙的,对付一个手无寸铁、带着幼儿的女人!她开始痛恨祥生,他的虚假诚意把自己骗了。所以她根本不看他一眼,当狗屎臭他。有朝一日出去,第一个做掉的就是祥生!

久一这样愤愤地想着,还是没有逃出去的主意。手机没信号,一定是有人做了手脚。这里偏僻,不会有人路过,把这个别墅炸了也不会引起人们注意,说不定还以为是新人结婚的浪漫礼炮呢。

“你先来吧。”

福来对祥生说,让小四川和助手回避到外面。

祥生犹豫着,但显然,他的仇恨在从他的表情中浮现出来。

“好吧。久一,你知道我喜欢你,但喜欢不代表我喜欢的人就可以邪恶。我问你个事儿,你一定要实话实说。”

久一不看他,根本瞧不起他。

“你杀了我妈妈。”

“谁?袁野……她也是我丈夫的妈妈,我的婆婆,我为什么要杀她?”

“因为她知道了你的一个秘密。”

“胡扯。”

“你还不承认吗?福来就坐在这里。我就是要福来坐在这里,我再问你一遍,是不是您设计的圈套,让保姆石妈给老太太找面首,然后四处游玩儿,遇事故死亡了。是这样的吗?”

久一明白了。她冷笑着反驳:“多么曲折离奇!你是当警察当呆了吧?老太太找面首,我哪里知道,你怎么知道?”

“我已经调查清楚了,人证物证都在。”

“在哪儿?”

祥生叫小四川进来。久一一看这个小男人的猥琐相,忙让他打住。

“我不想恶心。你能说点别的事儿吗?”

“这个事儿很重要。”

“你妈本来就是小三,时尚地生了一个你,你都知道你妈的这些乱糟事儿,你爸爸不知道吗?他那么神通广大,不聋不哑,你怎么知道不是你爸干的?”

祥生语塞,攥得拳头嘎吱响。

“我猜你这个私生子,一小在那种环境中长大,真的素质差,不是一星半点儿,这也是我为什么没有看上你的原因。我本来不想告诉你,现在不得不说出来,是你逼我说的……”

祥生上前一把抓住久一的肩,就看到久一湿润的皮肤,闪着光泽。他惊愕,像被电了一般松开手。继而,挥起拳头,向自己的额头打来,一块淤青清晰可见。

“我为你保守秘密这么多年,你却用这句话来报答我……”

“我不愿意看到你,你知道吗?你就是一只在角落里爬行的蚂蚁,自卑、阴暗,小心眼儿,而且我最瞧不起你的是,你看上去像个男人,其实你是个双性恋、变态狂、墙头草……”

久一故意把祥生压到地狱里,让他暴怒,好激起他的本性。但是显然,自己的话语太重了,他被真的击溃了。他一向听从久一的每个字,今天让她把自己给揭穿了,大脑一片空白,就想找个墙隙儿钻进去。

“我和袁野的关系很好。她没了,对我没好处,这你知道。你母亲的死我很难过,但这是一场意外,警察已经定论了。人死不能再生,这是没办法的事儿,无法改变……”

最后这番满含温情的话,与刚才的剑拔弩张相比,再次重重地打中祥生,使其体无完肤!

孩子哭醒。

久一快速把儿子抱在怀里,泪水偷偷地淌着。她快速地想着办法。

望向树林深处,没有公路或者人影儿,只有一些无名鸟飞。她多么希望自己是老鹰,把孩子叼去,放在哪里也比这里安全。

久一在哄儿子的时候,快速地拨打吴刚的电话。

“不用费劲了。这里没有信号。”

福来站在门口,盯着久一母子。

“刚才还有,现在怎么没有?你做了什么?”

“我把信号屏蔽了。如果你要打的话,你和我谈完,就可以了。现在——轮到我了。”

久一抱着孩子,跟着福来走出来。她几乎不相信自己和这个男人在一起生活了那么久。此时,她觉得福来特陌生。熟悉的人陌生,还不如就到一个陌生的地方,接触一些陌生人。

“祥生,你带小家伙出去转转吧。不过,不要伤害他。”

久一不肯放手,祥生恶狠狠地抢过去。

“我是他叔叔,你都不信?”

久一扒门看着祥生牵着儿子到草地捉虫子,就落泪了。如果在平时,她会觉得多么和谐,拍两张相片,发给丈夫或者圈内博友,与他们分享幸福和快乐……

福来从后面抱住久一,亲吻着她的脖颈。

久一并没有反抗,而是恳求地说:“不要伤害我的儿子……”

“可是,你伤害了我的儿子……”

久一突然感到非常恶心,推开他,叫道:“是,是我的错。但是你让我怎么办?你能养得起还是我能养得起?我们活着都困难,怎么养活孩子?”

“有我一口吃的,就有他一口吃的,你怎么说我养不起?你就是不想要,要攀高枝,是吧?”

“你怎么说都可以,但是孩子没有了,我也难受……”

“别假惺惺的啦。你高兴还来不及呢!”

“你让我怎么说呢?”

“不用怎么说。我已经调查清楚了,你就是在飞机场,认识了吴刚,你就把他迷上了,你这个贱女人!”

“是的,我是喜欢他。”

“你敢说你真的喜欢他?我看你是喜欢他的金钱!你其实根本就不喜欢他!如果你喜欢他,你就不会再与我合作,我看得太清楚了!”

“随你怎么想,那是你的事儿。”

“然后,你就急着把孩子做掉了,因为这个可怜的小生命,耽误了你的前程,你的远大前程。所以你就毫不犹豫地把孩子做掉,毫不犹豫地把我甩掉。当你发现甩不掉我,就在瘪拉洼废弃的鬼屋把我藏起来,然后设法让老金把我干掉……”

“真能编——老金见钱眼开,图财害命,但最终是你把老金撞死的!”

“没错。我要让他死得粉身碎骨!我达到目的了。”福来的脸变形后又恢复了松懈状态,看上去十分凄凉,“自从你把我甩了,我很自卑,几次想自杀……后来我问自己,你为什么自杀?穷人的命怎么就这么贱?从那时起,我就决心要超过吴刚,让你看看!经过几年奋斗,我真的超过了吴刚!但是,我最终还是被我对你的感情给骗了,我把我自己骗了。我在拳击台,马上要把对方击倒的时候,犯了一个大错,给对方喘息的机会。这个机会是给你的,是我对旧情的眷恋,却把自己彻底害了!没想到你与琉璃集团串通一气,骗取我的资金,久拖不还,把我打倒了。这是一场多么扣人心弦的拳击比赛呀!”

“你说的不对,我没有想骗你钱!我和小刚刚刚通过电话,还在催他还钱……”

“有用吗?没用。如果不是你有意骗我,也是他们有意骗我,利用我们的关系,达到他们的目的。”

“对不起。我真的对不起。他们不还,我还你。”

“你还?你用什么还?”

“我将股份让给你,够一个亿的……”

“现在不是一个亿的问题。你让一只病老虎复活了,这个损失可不止一个亿!”

“那你要怎么办?”

久一不想再这么磨牙下去,她要他干净利索,像个男人模样!

“这真是一场精彩的比赛。但是一切还没有结束!只要终场的铃声没有响起,谁赢谁输还很难预料,一切都有可能!你们别高兴得太早。我要用我这双没有手指的手,把属于我的,我失去的,应该归还我的,统统夺回来……”

说着,福来已经无法控制住自己扭曲的面孔和张狂的举动,甩掉手套,向久一扑来。久一用椅子挡开,转身向楼上跑。因为透过门玻璃，可以看到福来的助手，威严地站在那里。

福来伸手去抓，却因为没有手指，让久一逃脱了。他一愣，扭曲的心理再次激起他的愤怒，继续追赶。

祥生听到屋里动静异常，就将孩子放在小四川的怀里，小声说："你也有孩子，对吧？这个孩子有危险。一会儿，我把那个打手制服，你就骑摩托逃离这里。快去报警，把孩子交给他们……"

小四川很紧张，不知道他们谁是谁非。他不想惹麻烦，就往出推孩子，突然感觉到冰凉的铁器抵住自己的肋部。

"杀了你，不是我情愿的！"

小四川一股尿喷出，忙抱住孩子。

"好好。"

"看我打倒打手，你就抱孩子跑——如果你不按我说的做，我会找到你和你的老婆孩子，你可要想清楚——不要让这个孩子出事儿！"

孩子并不找小四川，要哭泣，祥生冲助手招手说："哥们，孩子要大便，你有手纸吗？"

助手听到里面好戏已经开场，正兴奋，见祥生要手纸，觉得这时候进去取手纸是不合适的，就掏出兜儿里的纸巾，走下台阶，故意引开大家的注意力，以掩饰从房间里传出的呼救声。

昨晚，祥生就是被这小子打倒的，他的擒拿凶狠，所以必须离得再近些，祥生才有机会下手。助手很警惕，离一步远就不走了，将纸巾扔过来。祥生故意没有接到，任纸巾滚落到草地上。因为祥生一只手还牵着孩子的手，助手不得不弯腰去捡。祥生看准时机，一脚踢中他的面门，上前一步将螺丝刀插进他的肋下，又一脚把他踢下台阶，滚进花丛。这小子知道发生了什么事儿，马上举起手，将腋下的刀扔掉，仰面捂着咕咕冒血的窟窿，说：

"哥们饶命，我不想杀人，我想活命……"

"老实点儿！"

"我不吱声。"助手的汗珠滚滚而下，咬牙不敢叫，哀求着，"饶命……"

祥生推开小四川，命令道："快走！"

看着小四川慌慌张张地抱着呆了的孩子，启动摩托消失在门外，祥生才看一眼助手。

“我的血……”

“你自己知道怎么处置。薅把草堵上!”

祥生将助手的刀子拿在手里,冲进门,沿吵闹声向楼上跑。上到平台,见久一就站在楼边,随时可能跳下去。而福来无赖地向下面比画着:

“跳呀,你有种就跳呀。周昌跳下去了,唐塔也跳下去了,请你也跳下去吧?你跳下去,我的一亿就没了,归你老公了,他可以再娶个黄花大姑娘……”

祥生喊道:“久一,别傻!不能跳!”

福来回头一看是祥生,不高兴地说:“你怎么……”又看到祥生双手沾着鲜血,马上明白了,回身从腰际抖出匕首在手里。

“你要英雄救美?”

“福来,我们商量一下,你不要冲动。”

“来呀,咱俩比一下,看谁的拳头硬!”

“好哇。我们不用刀,这样我们还是兄弟,只是比个输赢。”

“赢什么输什么?”

“输,就从这里滚蛋。赢,就赢久一的自由。”

“好哇。”福来将刀子扔到一边,看着祥生也扔掉刀子,脱去上服,只露出结实的上身。

“你以为我没有手指,就不会打拳了吗?”

“我知道你拳头厉害,但是我也不孬!”

福来逼近来,拳头如雨点一般,不断击中祥生的面门,不出三个回合,祥生就被打倒在地。

福来用脚踩着祥生的脸,说:“我告诉你,久一本来就是我的人。”

久一闻听,头脑一阵眩晕,摇晃一下,抓着天线的手就滑落下去……

福来一惊,一个箭步上前抓久一的手,才知道自己的手差了一截股儿。他沿女儿墙攀缘过去,搂住久一滑落的身体。因为久一昏迷,整个身子如一摊泥,整个压向他。他将两腿叉开,才撑住下坠的力量。

“祥生,快来帮忙儿——”

福来声嘶力竭地喊。

“快来帮忙儿,快……”

祥生趔趄着奔过去,抱住久一。久一醒了,她不知道发生了什么,一看身下是福来,本能地一蹬,福来就啊的叫着,跌落下去。

下面是堆建筑垃圾……

尾 声

海南的椰风格外清凉。

油画般宁静美丽的海滩上，久一带着孩子，快乐地嬉戏着。一堆沙子，不断变幻着形态，一会儿是城堡，一会儿是老鹰或者企鹅，一会儿是一座美丽的家园。

久一发现，儿子似乎一下子长大了许多，除了偶尔像大人一样沉默不语，还会像长官一样地对她发号施令，而且儿子特爱讲故事，什么场景都能构成一个故事，里面有小白兔的故事、有警察抓坏人的故事……

她发现，儿子讲的不全是故事，也有些事实。故事并不精彩，事实并不清晰，但仍然让她既惊讶，又高兴。惊讶的是，她的生命在延续；高兴的是，她还快乐地活着。

活着，这很重要。不管以怎样的方式，只要活着，就好；平平安安地活着更好；纯洁善良地活着，最好。每每想到这些，不知道什么原因，她经常因不堪回首的往事而哭泣，也因生命的脆弱而流泪。

“我爱你——宝贝！”

久一喃喃地说，就疯了。

（2014 年 8 月 6 日—9 月 8 日于哈尔滨）

图书在版编目(CIP)数据

琉璃女人 / 孙彦良著. —北京 : 中国文史出版社, 2014.10

(跨度长篇小说文库)

ISBN 978 - 7 - 5034 - 5391 - 5

Ⅰ. ①琉… Ⅱ. ①孙… Ⅲ. ①长篇小说 - 中国 - 当代 Ⅳ. ①I247.5

中国版本图书馆 CIP 数据核字(2014)第 231138 号

责任编辑: 马合省　薛媛媛

出版发行: 中国文史出版社

网　　址: http: //www. chinawenshi. net

社　　址: 北京市西城区太平桥大街 23 号　邮编: 100811

电　　话: 010 - 66173572　66168268　66192736 (发行部)

传　　真: 010 - 66192703

印　　装: 廊坊市海涛印刷有限公司

经　　销: 全国新华书店

开　　本: 720 × 1020　1/16

印　　张: 19. 5　　　字数: 290 千字

版　　次: 2014 年 10 月第 1 版

印　　次: 2014 年 10 月第 1 次印刷

定　　价: 38. 00 元